U0605834

岭南烟火色

汪广芬 著

SPM 南方传媒 | 花城出版社

中国·广州

图书在版编目（CIP）数据

岭南烟火色 / 汪广芬著. -- 广州 : 花城出版社，2023.9
ISBN 978-7-5360-9878-7

Ⅰ. ①岭… Ⅱ. ①汪… Ⅲ. ①散文集－中国－当代 Ⅳ. ①I267

中国国家版本馆CIP数据核字(2023)第147430号

出 版 人：张　懿
责任编辑：夏显夫
责任校对：李道学
技术编辑：林佳莹
封面设计：张年乔

书　　名　岭南烟火色
　　　　　LINGNAN YANHUO SE
出版发行　花城出版社
　　　　　(广州市环市东路水荫路 11 号)
经　　销　全国新华书店
印　　刷　广州市岭美文化科技有限公司
　　　　　（广州荔湾区花地大道南海南工商贸易区 A 幢）
开　　本　880 毫米 ×1230 毫米　32 开
印　　张　12.625　　2 插页
字　　数　236,000 字
版　　次　2023 年 9 月第 1 版　2023 年 9 月第 1 次印刷
定　　价　79.80 元

如发现印装质量问题，请直接与印刷厂联系调换。
购书热线：020-37604658　37602954
花城出版社网站：http://www.fcph.com.cn

前　言

曾经，我以为，诗和远方，是梦里云烟。也许，在晓风残月和长亭古道边，在芳草斜阳之外，在万水千山之中。须长途跋涉，辗转四海，浪迹天涯，有钱亦有时间，方能抵达。

其实，我们脚下生活着的热土，既是家，也是人生舞台，亦是诗和远方。这片热土，在岁月的沉淀中，在历史的弹指一挥间，诞生了无数珍贵的历史足迹，有许多动人的人文故事，有诗情画意的万千风景，但人们往往最容易忽略的就是身边熟悉的风景，越熟悉越是陌生。

脚下生活着的热土，是我们的栖息之地，是心灵的港湾，是做自己、活自己、想要遇见更美好的自己的慰藉动力。在这里，隔着流年，人间有味，满目清欢，无须独上兰舟，无须漂泊天涯。在这里，人们可以安身立命，可以挥洒汗水，可以创造未来，可以书写人生。

岭南烟火色

岭南这片热土，岁月在静默中守护，时光在无声中迁徙。既有云山碧水，也有地老天荒；既有春花秋月，也有锦瑟流年；既有万丈红尘，也有世外桃源。风霜苦楚，浮云流转，沧海桑田，许多鲜为人知的故事，掩映在岁月的隐秘角落里，流逝在时光的咏叹调中。源远流长的历史踪迹在悠悠召唤，它在期待人们去轻轻拨弄它的琴弦，拭去那烟波浩渺的岁月浓雾，看到它发光发亮的一面。

那些古老有趣的岭南故事，它们亦宛若怀着赤子之心的茶艺大师，常伴青山绿水，深情婉约，有情有义，情义无价。日月两盏灯，春秋一场梦，纵遇千劫百难，兴废沧桑，在深邃无涯的时光里，始终盛雨煮茶，平静深稳，不离不弃地在等候高山流水的知音，等候花开花落的静美，等候故人来这里重逢，等候着你来与它深情邂逅。

当你用心去了解岭南这片土地，用心去发掘那些鲜为人知的故事，它们有拓展你的思维，丰富你的生活的魔力。仔细寻访和品味岭南这片烟火色，依稀旧梦似曾见，心内波澜现，就像是“梦里寻他千百度，蓦然回首，那人却在灯火阑珊处”的那种感觉；假如你不曾了解它，那就真的是“杜宇声声不忍闻，雨打梨花深闭门”的遗憾了。

“东边日出西边雨，道是无晴却有晴”，红尘中处处有精彩。山川与大地，日月与星辰，风土与人情，美食与爱，诗与远方……无不吸引着人们向美好生活出发。有人说，生活中从不缺乏美，只是缺乏发现美的眼睛。平淡日子里，总有一些回忆会令人泪流满面；总有一些正能量，令人无限憧憬和满怀希望。

为什么我会写出这本书？先来告诉你一个小说家的故事。小说家钱姆 · 波托克回忆了母亲力劝他放弃写作的情景：“做个神经外科医生，你不但可以拯救许多人的生命，而且可以赚更多的钱。”波托克的回答是：“妈妈，我不想拯救别人的生命，我想做的是告诉他们应该怎样活着。”

至于我，并不是想告诉人们应该怎么活。我只是想告诉人们，我对岭南这片热土的全新感知。走遍了半生四季，我才真正体会到岭南文化的光芒魅力。

岭南文化是悠久灿烂的中华文化的组成部分，其最大的特点就是：多元、务实、开放、兼容、创新。采中原之精粹，纳四海之新风，在中华大文化之林独树一帜。

早在秦汉时期，被毛泽东誉为“南下干部第一人”的赵佗率先在岭南开启传播中原文化的先河。至唐代时期，惠能在岭南这片土地上创中国化佛教——禅宗南派，影响全国以至世界。至清代，凭借得天独厚的优势，广州十三行成为中国与世界贸易、文化交流的唯一窗口，岭南得风气之先，成为中西文化交流的重要津梁，多种文化思潮在这片神奇的土地上交错，编织成绚丽多彩的画面，它向世界各地传播着东方文明。

到了近现代，岭南文化更是成为中国政治、思想、革命和社会发展的先导，从洪秀全金田起义、康梁变法、孙中山领导的民主革命，到毛泽东、周恩来在岭南的红色实践至邓小平对广东改革开放先行先试，岭南文化始终是中国近代政治革命的重要代表和领导力量，无一不为岭南增添浓重的烟火色。

岭南民俗与岭南饮食，异于北方，富于地方特色，有自己独特的风格。岭南这片美丽的乡土，滋养了我的灵魂，激发了我生命的活力，它总是萦绕在我心扉召唤我去开拓梦想，去书写人生，去发掘生活美好的意义。未来有无限种可能，岭南烟火色，那里有万千风景，那里有无数动人的故事，那里有人们孜孜不倦在追求的诗和远方。

目　录

第一辑

第二辑

第一辑

故乡的南门河

每个人都会怀念自己的故乡。即便是走遍千沟万壑、跨过千山万水，故乡依然是根植于心灵深处柔软和永不褪色的记忆。

我的故乡在茂名市电白县观珠镇，在我的心中，那是一座美丽的粤西小镇。说起我的童年，我最难以忘怀的是故乡的南门河。故乡的南门河，顾名思义，是流淌于观珠圩镇南面的一条小河。这条河不长，在地图上也名不见经传，找不到它的影踪，但它贯穿了我整个童年时光，给我的童年岁月带来了许许多多的欢乐。

往事如梦又如烟，打开记忆的信笺，回忆童年里的点点滴滴，尘封已久的岁月又浮现在眼前，南门河那日夜流淌的河水，叮叮咚咚，就像一曲优美动听的音乐，时刻萦绕在我的心扉。无论我身在何方，我都不会忘记陪伴我长大的那条小河——故乡的南门河。

记忆中的南门河，那真是一条美丽的河流。河堤两岸长满了青青的河边草，晨曦中，绿草茵茵，白雾苍苍，一年四季野花盛开，五颜六色、成双成对的蝴蝶和蜻蜓翩飞于草丛中，偶尔还有荷包鸟、谷米子、小麻雀等活跃的身影。放学归来，我会帮妈妈去南门河洗衣服，累了，我会坐在河堤上休憩。带着无比惬意的心情，随手采摘几朵小野花，嗅着野花馥郁的芳香，望着在草丛中来回穿梭和自由飞舞的蝴蝶，感觉天地真是灵动极了。我躺在草丛上，尽情地仰望蔚蓝的天空，朵朵白云如同在自己的眼前飘荡着一样，习习的微风在耳畔柔柔地吹着，这时候我的思绪早已随风飘扬，飘向了远方。闻着故乡泥土的气息，我满怀憧憬，浮想联翩，我遐想着未来的自己能考上大学，有朝一日学有所长，有出息之后再荣归故里，回来探望故乡。

一眼望去，河堤的两岸是碧绿的田野。田野里长满了稻谷，也长满了各种瓜果蔬菜。春天的时候，田野是一片碧绿，到了秋天，田野变成一片金黄。风吹稻田的时候，就如同一阵阵连绵起伏的海浪在翻滚着。记得小学二年级的时候，音乐老师教我们唱《美丽的田野》：“我们的田野，美丽的田野，碧绿的河水，流过无边的稻田，无边的稻田，好像起伏的海面……”而南门河两岸的稻田就如同歌曲中所唱的那般模样。记得我唱这首歌的时候，唱得特别起劲也特别动情，音乐老师还让我上台当领唱。

到小学三年级学习语文课文《赵州桥》时，我脑海里的参照物就是故乡南门河上的那座南门桥。南门桥虽然没有赵州桥那般古老悠久的历史，但童年懵懂幼稚的我觉得故乡的南门桥就是赵州桥的翻版，它同赵州桥一样美丽、壮观和实用。即便到了今天，漂泊异乡的我，在欣赏古诗词时，每当读到辛弃疾的“稻花香里说丰年，听取蛙声一片”，我就会想起故乡南门河两岸迷人的田园风光；读到王维的“长河落日圆”时，就会想起故乡南门河夕阳西下的壮丽景象。黄昏时分，站在南门河的南门桥上，看那浑圆苍茫如同蛋黄一样的夕阳徐徐落下余晖，红彤彤的霞光染红了两岸的稻田，这些都是我童年时光鲜明的记忆，挥之不去。

每逢繁星满天的夜晚，站在南门河的南门桥上遥望天边弯弯的月亮，“嫦娥奔月”那个古老的民间故事就在我幼稚而充满梦幻的脑海里呈现，心中常怀念想：“嫦娥仙子到底有多美呢？”每逢中秋节的时候，已经掉光了牙齿说话会漏风的曾祖母就告诫曾孙辈们：“一定要先拜祭月光才能吃月饼，不然嫦娥仙子会责怪的。”她还煞有其事地说：“嫦娥仙子怜悯凡间穷人，月宫里那棵桂花树有时候会向人间掉下金叶子救济穷人，就看哪个幸运的人能捡到。”为此，望着美丽皎洁的月光，我总幻想着天上的嫦娥仙子正在摇月宫里那棵桂花树呢，不知道哪一天就有一片黄金叶子掉到南门河的岸上来，要是被我幸运捡到的话，我就立刻拿回家交给我的曾祖母，让她心愿实现。

在春夏交替的季节，镇里停电的时候，夜幕低垂，四周漆黑却蝉鸣啁啾，我经常和小伙伴们一起拿着手电筒去照刚从洞穴里冒出来、爬上树枝正在蜕壳的蝉虫。大家也喜欢趁这个时候去南门河的岸边玩耍。当南门河上方那轮圆月爬上树梢时，显得特别大又特别圆，它的银辉照耀在波光粼粼的河面上，月光下的南门河就如同一条银色的飘带，缥缈而蜿蜒，延伸至广阔无垠的夜空。月朦胧鸟朦胧，河岸边一片静谧祥和。隐藏在草丛中那吱吱不断的虫鸣声，就像是苍茫夜色下一支动听的夜鸣曲，还有无数的萤火虫随着夜鸣曲在翩翩起舞呢。趁着这明月如镜的月色，小伙伴们就在河堤上嬉戏，或追逐萤火虫，或抓蟋蟀，一阵阵欢声笑语在村子的四周绵绵回荡，笑声也飘向清朗而又寥廓的夜空。多么快乐的童年啊！

记得在河堤的一侧（靠上屯村的那一侧），隔三岔五地间隔种植着小竹林，竹林是许多翠鸟的天堂。当东方的旭日冉冉升起时，那早起的鸟儿，在一片袅袅茫茫的白色晨雾当中，欢快地在竹林边上鸣叫着，孩子们很喜欢来这里看翠鸟，抓翠鸟。在一处小竹林下来大概一百米处（靠坎头卡村的这一侧河堤），这有一个石拱门和涵洞，清澈的河水就是从这里流出来，去浇灌岸边的田野。在石拱门和涵洞的洞顶，人们喜欢在这里晒腌制的萝卜干，而小孩子就喜欢在石拱门和涵洞的周围玩耍，玩泥沙，滑石梯，等候在河边洗衣服的妈妈，有时候也挽起裤脚到河溪边上去抓蝌蚪、抓螃蟹，快乐极了。

在南门桥的一侧岸边（靠坎头卡村的这一侧），有三株上百年的老榕树，树干虬曲苍劲、虬枝峥嵘，树叶郁郁葱葱。老榕树下的沙子，软软绵绵，洁白如雪，宛如棉花一样柔细，童年里的我们都喜欢在老榕树底下玩这片洁白又软绵的细沙子，有时候也去攀爬老榕树的枝干，想抓树上的鸟儿。据说，镇上谈恋爱的青年男女，夜晚最喜欢来到南门河这几棵老榕树底下，坐在软绵绵的细沙上，卿卿我我，互诉衷肠。

不管白天还是夜晚，迤逦的河水总在絮絮私语、潺潺流淌。那淙淙的河流清澈见底，水中和河岸上有许多形状各异、光滑晶莹的鹅卵石，也有很多花纹的玛瑙石。小鱼小虾在河里自由自在、悠然自得地嬉戏。我在河里洗衣服的时候，小鱼小虾就在我的脚下游来游去，我想抓这些鱼虾，可我怎么也抓不着。河岸的泥沙孔里，有许多河蚬，绵绵细沙里那一圈一圈的小孔，就是河蚬冒出来的气孔，我们经常挖沙孔，把躲藏在里面的河蚬挖出来，提回家煮了吃，饱食一餐后还会受到大人的表扬，南门河河蚬的味道，现在我仍记忆犹新。清晨，南门河是洗衣服的姑娘和妇女们的天地，她们一边在河里洗着衣服一边唠着家常，生动的语言、欢快的气氛、热闹的笑声，就连河里的鱼虾也能被感染。在炎热的夏天，到了傍晚，南门河就成了小伙子和男人们的天地，镇上和河岸边的村民喜欢领着自家的孩子到河里游泳洗澡，欢乐的场面和热闹的气氛，仿佛也感染了天边绚丽的彩霞，就连夕阳仿佛也跟着一同笑了起来。

我读小学四年级的时候，南门河开始慢慢发生了变化。不知从什么时候起，在南门桥的大榕树旁，来了一个抽河沙的个体户，抽河沙的发动机日夜不停地抽呀抽，于是南门桥的河床底下就出现了一个大水坑，因为在南门桥的桥洞里大声讲话能听到响亮的回声，所以小学生放学后都喜欢到桥洞里一边玩水，一边大声讲话，让自己清脆响亮的回声在桥洞里飘荡。现在，南门桥河床底下出现了这么一个不知深浅的大水坑，小孩子又爱到这里游泳玩耍，然后就陆续出现了小学生溺水死亡的事故，并且层出不穷。再往后，就出现了家长们一听到南门河就“谈虎色变”，老人家就对小孩子说，南门河里有“水鬼”，专喝小孩子的血。每家每户的家长，都开始禁止自家的小孩再到南门河去玩耍。要是瞒着父母偷偷去，回来都要被父母责骂，甚至用棍子打。可怜天下父母心，因为这些父母，永远都忘不了那些溺亡孩子的双亲在面对那被打捞起来的孩子尸体时，肝肠寸断、撕心裂肺、悲痛欲绝的场面。放寒暑假的时候，学校也会开动员大会，动员广大师生千万勿去南门河游泳玩耍。

等到我参加工作以后，再回到故乡，南门河已经彻底改变了往昔美丽的模样。河堤两岸的树木已被砍光，光秃秃的，不见任何一棵树木了，那三株上百年的大榕树已经无影无踪，石拱门和涵洞也只剩下残垣断壁、颓废斑驳和苟延残喘的身影，四周已被黑熏熏的垃圾所覆盖。河堤因为失去树根的保护，有些地方已开始坍塌，不再有软绵柔细、洁白如雪的细沙子。河岸上垃圾成堆，臭气熏天。啊！南门河俨然成了居民们的垃圾收容场所，居民们把垃圾都往河堤里倒，有时候还会出现死鸡死鸭，并发出阵阵臭气，苍蝇满天飞。河水以前清澈见底，小鱼小虾成群，是流动欢快的活水，如今却如同变成死河涌，几乎是死水，浑浊不清，失去了往昔的朝气蓬勃与欣欣向荣的活力。看到南门河变成这般模样，我扼腕叹息，黯然伤神，就连远处的青山，仿佛也失去了往日的光彩。

“逝者如斯夫！不舍昼夜。”回忆起故乡的南门河，这片生我养我、情浓于水的故土，心中难免唏嘘与惆怅。内心深处无比眷恋的南门河旧日风光，如今却已变得面目全非。漂泊天涯的游子回来找寻童年故乡的影子，可童年岁月中许多美丽的印象已了无踪迹，每每想到从前那清澈见底的南门河如今已变得浑浊不堪，仿佛有一种创伤、有一种裂痕与隔阂在心中蔓延开来。我沉默不语，两行热泪却早已盈眶。啊，往日的旧时光，它究竟流淌到哪里去了呢？它怎么就一去不复返了呢？它怎么就消失得无影无踪了呢？我们的母亲河在受苦受难，采沙者在对她敲骨吸髓之后，早已使得她千疮百孔、伤痕累累，如今她流着浑浊的血液在微弱地呻吟着，呻吟着，我们亏欠她的已太多太多。小时候，人人向往远方、向往远处可爱的星光，背井离乡之后才发现，故乡永远是根。

古人云："美不美，乡中水；亲不亲，故乡人。"最近，我经常梦见母亲与故乡的南门河。我梦见故乡的南门河又恢复了往昔的风采，仍如同我童年时的那般模样：南门河畔那三株大榕树依然郁郁葱葱，蓊郁荫翳，两岸稻花飘香，鸟语争鸣，一派生机盎然的景象；南门河的流水依然清澈见底，鱼虾成群，日日夜夜都叮叮咚咚地唱着那欢快的歌，年复一年，日复一日，由春唱到夏，由秋唱到冬，永不停息……

故乡的那一碟捞粉

广东的饮食文化多姿多彩，各种美食应有尽有。而“食在广州”的美誉更是享誉全国，享誉世界，名不虚传。可有时候在广州老城区地道的美食店里，品尝一碟正宗的广府美食“干炒牛河”的时候，我就会不由自主地想起家乡的捞粉。味蕾的诱觉一旦被打开，便馋涎欲滴，恨不能大快朵颐。

多么想念家乡的捞粉啊！要是有一碟家乡的捞粉摆在我的面前，我会狼吞虎咽，风卷残云般吃起来。怀念故乡是人之常情，每个人总会对自己故乡的美食情有独钟，情之所系。

“干炒牛河”固然好吃，但和家乡茂名的捞粉比起来，我总觉得，味道还真是差那么一点点。家乡的粉皮，它原汁原味地保留了稻米香醇的味道，弹性十足，如同乡间一位天生丽质、清新淡雅的美少女，比起城市里头美女们的浓妆艳抹，精心打扮，它贵在质朴，贵在纯真，贵在无任何雕饰。家乡的粉皮，因为是纯手工蒸磨，所以它保留了传统的口味，风味独特，醇厚。只是，它的美味，不被外界宣传和知道罢了，但凡尝过茂名捞粉的人，都会对它爽口的味道念念不忘，赞不绝口。

离开故乡快二十年了，每次回到故乡，我第一件事就是要吃一盘思念已久的家乡粉皮。我和姐妹们争吃粉皮的滑稽模样，总会让慈祥的老父亲开怀大笑，他老人家总笑出了眼泪，诙谐地戏谑我们是“饿狼传说”，好像几十年没吃过粉皮的样子，像小孩子一样打闹争抢着吃。每次回老家，虽说老父亲总会精心准备一桌子的好菜，可每次粉皮总是不够吃，它总是第一时间被我们一扫而光。我和弟弟风卷残云，吃完了满满一盘之后，肚皮早已撑得圆滚滚的，可还是咂巴着嘴巴舔着嘴唇说：“这一盘粉皮，都不够我们塞牙缝。”引得满桌子的人哈哈大笑。

在老家的大街小巷，大大小小的粉皮馆子是遍地开花，生意红红火火。它们的摆设都极简朴，几乎没有什么装潢，也从来不打广告，但口碑和口感就是它们最好的广告。尽管物价飞涨，但家乡的粉皮几乎没有涨过价钱，一碟捞粉也就两元或三元左右。每逢赶集的日子，爱吃粉皮的乡里人趋之若鹜，粉皮馆子里总是座无虚席，人头攒动，人声鼎沸，生意红火。对于许多乡里人来说，粉皮就是他们的最爱，碰上赶集的日子，真要好好地吃上一顿，一饱口福。

镇上有些人家，一碟捞粉搭配一碗白粥，或者再搭配一碟咸菜和一块煎豆饼，就是他们最喜爱的早餐。年复一年日复一日，在如同流水般的平常日子里，他们就是在这样既美味又简单的一碟捞粉中，安详地迎接每一天的日出和日落。

“少小离家老大回，乡音无改鬓毛衰。”人们总忘不了故乡，忘不了自己出生和成长的地方。家乡的味道，就像是母亲的味道，岁月宛如歌声一般流淌，让人感慨。回首往事，童年里的许多足迹也许已逐渐淡忘，消逝于脑际，就像天空中那一朵朵白云那样已随风飘散。但家乡的味道，却早已被岁月打下了鲜明的烙印，深深地镌刻在脑海之中，那是抹不去的味蕾，令人始终无法忘怀，它仿佛是脸上爬满皱纹、操心和劳碌了一辈子的老母亲对儿女们的那份牵挂。“儿行千里母担忧”，即使我们离家万里，但母亲对子女的那份牵挂依然会伴随着我们，围绕着我们，并守候我们的一生，永远不离不弃。

家乡的味道，涵盖了山的味道、水的味道、阳光的味道、风土人情的味道，最后融合成了时间和岁月的味道。它不是语言也不是文字，可它蕴积了无数的语言和无数的文字，那是一种温暖的味道，是一种思念的味道，是对流逝的往昔熟稔的味道。它慰藉着心灵，慰藉着记忆，最后凝聚成一股醇厚和浓郁的乡情在血脉中静静地流淌。对家乡风味的留恋就像是一种无言的信仰，无论走到何方，无论身在何处，就算是走遍天涯海角，它总会让人们回忆起故土，铭记着乡愁。

每当我品尝家乡的粉皮，恋恋不舍地放下筷子的时候，心中总会涌起千种滋味，万般感慨。才下舌尖，却上心头！蓦然间，我已分不清哪一种是滋味，而哪一种又属于情怀……

山不转水转
水不转山也转
可岁月的轮轴转来转去
人们总转不出对故土和母亲的思念

长长的粉皮
就像母亲早已苍白的发丝
也像母亲对儿女们的牵挂
它深情悠扬　古老绵长

洁白柔软的粉皮
是潜藏在游子心底的赤子衷肠
深入骨髓的乡情

岭南烟火色

它丝丝入扣　念念不忘

那晶莹滑溜的筋道

就像母亲柔中带刚的精神

也像母亲锲而不舍的信念

它炫目而张扬　柔韧并刚强

……

悠悠白云山

年逾四十之后，闲暇时经常会感慨，时光荏苒，岁月如梭，青春年华流逝永不复返。为了消磨伤春悲秋的情绪，今天约了好友去爬白云山。掐指一算，惊讶地发现，我在广州生活居住的时间已超二十年了。

细想起来，在这二十年的光阴岁月中，我爬白云山的次数应该不下百次了，无论是刮风下雨还是艳阳高照，爬白云山都不会让我感到厌倦。每一次爬白云山，我都会有不同的体验。白云山的风景仪态万千，我怎么看白云山也看不腻。随着年龄的增长，感觉自己越来越喜欢爬白云山了，对白云山的那份眷恋，就如同是一对老年夫妻随着年龄的增长，越来越了解对方、依赖对方一样，晚年岁月里越发彼此尊重，携手并肩并相濡以沫，很安然也很泰然地欣赏着“夕阳红”。

古人云：“仁者乐山，智者乐水。”广州有一部分退休老年人几乎天天都上白云山，春夏秋冬风雨无阻。他们在白云山上活动聚会，唱歌跳舞打太极，做各种各样的健康运动，娱乐身心，安享晚年。李白诗曰："相看两不厌，只有敬亭山。"学习和欣赏李白大诗仙豪放不羁的情怀，我却想对自己说："相看两不厌，唯有白云山。"

在纯真的童年时光，在我还没有来过广州这座省会城市之前，我幼小的心灵就已对白云山充满了遐想。小的时候，老家那台十二英寸的黑白电视机，永远只固定看一个电视频道——广东电视岭南台（广东卫视的前身）。那时候，岭南台经常播放白云山制药总厂的一则广告，这则广告在优美动听的音乐旋律下，有一句无比美妙、涤荡人心的广告词："白云山，白云山，爱心满人间。"童年的伙伴一起玩耍时，都爱把这句电视上学来的广告当童谣一般乐呵呵地传唱，因为朗朗上口。它广而告之，如同宣传标语一般，使我从小就对白云山充满了向往。望着天空上飘来的白云，尚小的我经常发愣："这朵云是不是从白云山上飘来的？白云山到底是一座什么样的山？这座山到底美不美？有着什么样的风景？"白云山就如同那遥远而未可知的未来，它披着一层神秘的面纱，时不时在梦中召唤我前往。

仿佛有一种信念的力量鼓励我去一睹白云山的风采。后来，我终于上广州读书了，第一次和同学们攀登白云山，是在阳光明媚的春天。当时我兴奋极了，我在心里面呐喊：“终于能一睹白云山的真面目了！”

第一次站在白云山脚下，见到白云山时，我心情澎湃，欢欣雀跃。也许是白云山感受到我对它的某种敬仰之情，又像是我与它早就心心相印一般，呈现在我面前的白云山有一种无比崇高的意境美。大自然的某种神秘之力仿佛在向我招手，它点燃我心中的激情，呼唤我前进的步伐。于是我大步流星，健步如飞，仿佛身轻如燕一般，一口气直冲上了摩星岭，并第一次站在摩星岭上俯瞰整个美丽的广州城。

古人云：“欲穷千里目，更上一层楼。”广州这座千年商都，这座中国雄伟的南大门，在蓝天白云的映衬之下，高楼耸立，壮丽恢宏，气势磅礴，生机盎然，展现出在激流中勇进的气魄，也彰显着“敢为天下先”的奋发精神以及“海纳百川、有容乃大”的胸襟。同学们在摩星岭上大喊大叫，兴奋异常，掌声雷动，欢声笑语直冲碧霄，好几位同学还在摩星岭上许下凌云壮志。

苏东坡描写庐山有一首妇孺皆知的名诗：“横看成岭侧成峰，远近高低各不同；不识庐山真面目，只缘身在此山中。”每次爬白云山时，我都会在心底里默默地吟诵苏东坡的这首名诗。苏东坡说他一生都不懂“庐山真面目”，也许对于我来说，我终其一生也弄不懂白云山的真面目，但我的人生岁月从来没有停止过对白云山的敬慕和仰望。悠悠白云山，这是一座了不起的山峰，它见证了广州城从古至今几千年来的沧海桑田，风云巨变，见证了历朝历代的无情更迭和岁月的变迁，见证了近代中国南方革命的风起云涌，见证了改革开放之后新中国翻天覆地的变化。它在默默述说着广州城从古代的南蛮洪荒之地到如今的华丽变身，变成中国现代化数一数二的豪华大都市，它仿佛也在默默提醒着人们在享受时代繁华的同时，不要忘记从前的筚路蓝缕，不要忘记过去所经历的困苦磨难，历史的沧桑巨变都是弹指一挥间的风云变幻。它在默默地望着南粤大地，几千年几万年以来始终岿然不动，栉风沐雨。它永远激励着人们去创造、去追求更美好的生活，去攀登人生更高的巅峰。

都说羊城一年四季如春，但白云山的风貌一年四季却各有千秋，也各有风情。在晴天或在雨雾天，美丽的白云山亦呈现出不同的姿态，不同的风采。春天上白云山，春暖花开，草长莺飞，处处鸟语花香，蝴蝶忙穿梭蜜蜂忙采蜜，大自然春意盎然；鸣春谷里群鸟绵绵不断的欢叫声，那是春天的奏鸣曲，是春天里最美妙清脆的一支笛音；桃花涧上漫山争艳的桃花则让人感受到了春天的灵动与缤纷灿烂，赏花的人们纷纷拿起手中的相机争相留影，春天浓郁的气息透过照片也散发着光芒，流光溢彩。在烈日炙烤的夏日，白云山上枝繁叶茂，山涧的凉意一扫南方酷热的暑气，清清凉凉的山泉水掬在掌心，一种惬意沁人心脾；树林一片荫翳，葳蕤蓊郁，苍岭郁郁葱葱。秋天上白云山，秋高气爽，天高云淡，花好月圆，清风习习。冬天上白云山，暖阳高照，看不到如同北方那样的漫山黄叶以及落叶纷飞的萧瑟气象，虽然北方早已白雪皑皑，百花凋谢，万物凋零，但南国的冬天却依然郁郁葱葱，处处花海如潮，花香馥郁，温暖如春。雨雾天气过后，云雾缭绕的白云山甭提有多美了，如同南粤仙境一般，影影绰绰；也如同一位婀娜多姿的南粤少女披上了薄如蚕丝的面纱，她顾盼生姿，欲言又止，款款深情，在不经意间展现了她玲珑俊俏、妩媚动人的一面。

“有朋自远方来，不亦乐乎。”朋友们来广州，我都爱带友人去爬白云山。有一次，湖南衡阳来了几位客人，我照样带他们去爬白云山。他们一边迈着轻松的步伐一边不屑地说：“广州的白云山，相对于我们南岳衡山来说，就是一座土山丘嘛，哈哈哈……”引得大家哈哈大笑，我也跟着呵呵一笑，然后带他们爬到明珠楼去吃粤菜，在那里，让他们品尝广州的白云猪手和山泉豆腐，他们吃得不亦乐乎，大快朵颐。现在，他们只要来广州，总会提出要求："我要去白云山吃白云猪手和山泉豆腐。"白云山的高度虽没征服他们，但白云山征服了他们的胃，这体现了"食在广州"的饮食文化魅力。

有一位北方来的诗人，有一年秋天，我们陪他登顶摩星岭。夜色斑斓中，秋风吹拂着漫山的树林，那哗哗的响声，如同大海里的阵阵涛声，一轮皎洁的明月照耀着夜空，如水的银辉洒向大地，苍穹之下的广州城，灯火辉煌煞是壮观，霓虹闪烁如星光般璀璨，万家灯火通明，夜色温馨，繁华大都市静谧安详却又激情澎湃，波涛暗涌。这位诗人扶着栏杆眺望着远方，无比感慨地说："南粤还真是卧虎藏龙之地啊！"在这群芳荟萃、彩云追月的夜晚，我也诗情大发豪情万丈，脱口而吟："白云山中无绝顶，摩星岭上可摘星！"

所谓"山不在高，有仙则灵"。我的好朋友晓晓是安徽人，对于晓晓来说白云山就是她心中的灵山。每年的重阳节，新闻里都报道上广州白云山登高祈福的游客不少于十几万人次。认识晓晓以来，每一年的重阳节她都去白云山登高祈福，每次都硬要把我拽上。我曾取笑她："这时候来爬白云山，人潮涌涌，就像是蚂蚁群扎堆，寸步难行，明明就不是来过重阳节的，而是来遭罪的。"但对晓晓来说，却不是来遭罪。晓晓说，她每年重阳节来白云山登高祈福所许下的心愿，基本都一一实现。十几年来，我曾见证她如何从婚姻失败的阴影中走了出来，将自己的事业经营得风生水起。晓晓热爱广州这座城市，广州就是她的第二故乡，是她放飞梦想的城市，是她创业成功的地方。“吾心安处是吾乡！”白云山在晓晓的心中就是一座神山，只要她迷茫和经受挫折，不知道人生路的下一步该如何走的时候，她就会上白云山来，俯瞰这座城市，眺望着远方，向白云山默默倾诉自己心中的烦恼和迷惘，像《西游记》中的唐僧那样疑问“敢问路在何方”，这时候，她心中的这座神山总会给予她灵感，冥冥之中给她开悟解谜、指引迷津、指引方向。晓晓虔诚地形容自己，她爱着一座城，爱着一座城中的一座山……

以前我和晓晓爬白云山的时候，在“白云晚望”那个地方，总会碰到一个年过花甲的老爷爷，他几乎每天都来白云山练习萨克斯。他爱吹香港黄　填词的那首《狮子山下》，萨克斯的声音雄浑、深邃、忧郁、华丽；那音乐悠悠扬扬，轻柔忧伤，满山飘荡，但又充满了豪情与力量，充满了柔情与温暖。由退休老年人组成的一个合唱团，就在旁边高声唱着这首歌，不过，歌词却稍有改动，已改为：

人生 总有欢喜

岭南烟火色

难免 亦常有泪
我哋大家 在白云山下 相遇上
总算是欢笑多于唏嘘
人生不免崎岖
难以绝无挂虑
既是同舟 在白云山下 且共济
抛弃区分求共对
放开彼此心中矛盾
理想一起去追
同舟人 誓相随
无畏更无惧
同处海角天边
携手踏平崎岖
我哋大家用艰辛努力写下那
不朽南粤名句
……

而“白云山，白云山，爱心满人间”这句从小就印在我脑海里的广告词，却一直在我心中萦绕，挥之不去。

广州的冬天

广州，被称为四季永不凋零的岭南花城。广州是一座美丽之城、幸福之城、浪漫之城、活力之城、生态之城……

有人说，生活在广州，进可看“长安大道连狭斜，青牛白马七香车”的繁华；退可享“松花酿酒，春水煎茶”的恬淡。生活在这里的你，一定能发现和感受到不一样的花城之美。

要说南国的冬天，它有自己独特的天然本色。如何形容广州的冬天呢?

跟北方相比，广州的冬天就像三岁小孩子的脸，说变就变。广州的冬天阴晴不定，翻云覆雨，变化多端，喜怒无常；广州的冬天就像顽皮的幼童那样爱捉弄人，活泼可爱，多姿多彩。每到冬天，网友们经常调侃：“如果拿’北上广’的冬天作比较，广州的冬天简直是太优秀啦，它一天之内就能让人感受到‘春、夏、秋、冬’四季之变换，真是醉了！ ”

怎么解释网友们的调侃呢？广州的冬天通常是这样的，早晨起来，气温只有十二或十三摄氏度，阳光不燥，西北风也不燥，风和日丽，熏风袅袅，就像是沐浴在明媚的春光里；到了中午，却开始炎热起来，气温能飙升到二十八或三十摄氏度，让人大汗淋漓，赶紧把外套脱了，穿个短袖都还嫌热呢，而穿短衣短裙的靓女们也满大街都是，那是一道道靓丽的风景线，如同生活在夏天；到了傍晚，西北风又神不知鬼不觉地从天而降，趁着人们不注意，扑哧扑哧地在耳边刮着，一下子让人感到冷飕飕凉冰冰的，寒气逼人，霓虹灯下的路人，赶紧把手里的大衣和外套给穿上，怕稍不注意就感冒，这是生活在秋天；到了深夜，气温骤变，它能急遽下降到五摄氏度左右，就跟北方的冬天没啥两样，虽然没有北方的雪花飘飘，但也北风萧萧，寒气凛冽，天寒地冻如风刀霜剑，冷得你手脚冰凉，冻得你瑟瑟发抖，冷得你无比怀念“冬天里的一把火”，恨不得怀里能抱着一个红彤彤的火炭炉来祛风取暖，去驱逐这刺骨一般的寒意。这时，你会感叹：“明明早上还很暖和，怎么到了晚上就如此冰寒刺骨。”有时候，昨天的气温明明还高达二十二摄氏度，盖棉被还嫌热；可相隔不到一天，气温一下子降到七摄氏度，盖两层棉被还让人冷得哆哆嗦嗦、缩手缩脚。如果气温骤降再加上大雨滂沱，广州的冬天就是湿冷的了，棉被根本不能御寒，它变得冰冷如铁，盖几层棉被都会觉得不暖和。有来自北方的网友自我调侃道：“我是一匹来自北方的狼，却在广州被冻成了狗；听我同学说在广东过冬不需要穿棉衣，我直到冻成狗才明白他的意思:穿几件都没用。”而那大商场里的电热毯、电热炉等御寒商品，平时的生意是门可罗雀、门庭冷落、无人问津，却能在寒潮来临之际，仅在一天之内生意就风生水起，一下子就大畅销、大甩卖起来，供不应求。广州这忽冷忽热的冬天，还真让人哭笑不得。有人说，能把老外整糊涂的，除了博大精深的粤语，还有那说变就变的天气。

冬至是中国一个非常重要的节气，民间传统有“冬至大如年”一说。我国幅员辽阔，地大物博，冬至这一天，南方和北方还真是冰火两重天，有天壤之别。记得2019年的冬至，北方气温早已低于零摄氏度，大地银装素裹，天空飘着鹅毛大雪，在凛冽刺骨的北风中，人们围坐在温暖的屋子里，全家人一起吃着热气腾腾的饺子和大餐，热热闹闹地庆贺冬至这一传统节日。可在广州，2019年冬至的气温竟高达二十八摄氏度，新闻报道说又破了同期气温的历史纪录。在广州的街头，那一天穿短袖的市民比比皆是，初来乍到的北方人看着这一幕真是惊呆了，广州人真是一边吃着雪糕、一边打火锅；一边吃汤圆、一边过冬至。网友们又乐得炸开了锅，纷纷调侃说：“在广州过‘冬至’简直就是过‘夏至’，你都无法想象，广州人是开着空调过‘冬至’的。”有一位广州四年级的小学生，他在作文中写道：“我的表哥约我这个寒假去哈尔滨玩雪，我回复表哥，说我没空，期末考试后我要去痛快游个泳，表哥听后一脸懵，他笑话我这大冬天的游啥泳？事实证明，哈尔滨的表哥根本就不了解广州人的冬天。”

广州的冬至并不是每年都炎热如夏，有时它也会阴雨绵绵。民间有一句谚语叫“干冬湿年，湿冬干年”，意思是指冬至晴干，主年夜下雨；冬至下雨，主年夜晴干。许多上了年纪的南方人，则把冬至那一天的气温，看成是春节气温的晴雨表。

广州不是一座四季分明的城市，有人说，这座城市只有春、夏、秋，唯独没有冬。其实，广州冬日胜春朝，一抹桃红枝头笑。踯躅于冬日里的广州，异木棉盛放，似乎在向天而问：“可爱深红爱浅红？”尽显花色迷人。 杜鹃艳丽如瀑布，人行天桥、道路两旁、居民楼上随处可见它的身影。在大街上，在公园里，在城市的任何角落，你会发现，南国的冬天树木依然青葱，绿叶葳蕤，枝繁叶茂。不像北方，一到冬天，树上的叶子早已掉精光，菁华衰竭，片甲不留，光秃秃的样子，只剩一片苍茫。

在广州，想要欣赏落叶纷飞的景象，不是在秋天也不是在冬天，反而要等到阳春。春天本是草长莺飞、春光明媚的季节，广州的春天那树叶似乎是在一夜间由绿变黄，它们要吐故纳新了。

纷飞细雨中，金黄色的树叶像丝绒，像绵绵的柳絮，纷纷坠落，洋洋洒洒，落地有声。春雨过后，落叶铺满了整个广州城，将整个城市装扮成一片金黄，许多大街小巷都是金黄色的景象，到处都像是铺上了金黄色的地毯。你能想象“满城尽带黄金甲”的样子吗？那时候的广州被满地的落叶点缀着，装扮着，黄澄澄、金灿灿的景象流光溢彩，耀眼夺目。我们的环卫工人太勤快了，他们清晨五点已开始打扫街道，早早地将落叶扫进了垃圾桶，只有早起的人们才能欣赏那“满城尽带黄金甲”的壮丽景象。

网友们说，春雨霏霏之际，广州那黄叶漫天、落叶满地的景象，一点都不像春天，反而有深秋和初冬的气息。本属于秋冬的那份艳丽神韵，反而在生机勃勃的春天上演，这就是广州奇特的美。广州各大校园中那梦幻般的落叶，还真是人间一大美景。特别是在华南师范大学，那一片黄灿灿的校园景色，有人说，它象征着象牙塔里黄金般宝贵的知识，象征着大学生们正处于人生中的宝贵阶段。“读书不觉已春深，一寸光阴一寸金”，这景象如同在鞭笞着大学生们，要开拓进取，要锻炼好本领，要学习到真本事，将来才能用智慧和勤奋浇灌出灿烂的未来，莫要辜负这美好青春，莫要辜负这黄金时代。人们一边欣赏着风景，一边欢呼着：“啊，金黄色的世界。”古人云：天地有大美而不言，四时有明法而不议，万物有成理而不说。这一片片金黄色的落叶，物小却胸怀着大美，它们仿佛在鼓励世人："今日虽凋零，明日依然盛开。"在广州，燕子是报春的使者，落叶也是报春的使者，它们浪漫地装扮出诗意的广州，温柔了岁月，惊艳了时光，让人惊叹不已，让人流连忘返。

广州的冬天像春天，而春天则像冬天，两者非常调皮地玩捉迷藏互调了位置。阳春二月，春风驾着五彩祥云姗姗而来，北方正是冰雪融化、春意盎然、春暖花开的时候，"等闲识得东风面，万紫千红总是春"的诗句，描述的是北国之春。在广州，阳春二月寒潮却频频来袭，春寒料峭，无情的北风依然呼呼地刮着，吹在脸上像刀割一般，连树木都抵挡不住，发出嗖嗖的呻吟。广州有句民间谚语："未食五月粽，棉胎唔入栊。"什么意思呢？意思是没有到端午节，吃过粽子，广州人不会随便将棉被收藏起来放入柜子，这是因为在端午节前，南方的天气没有规律，有时白天十分炎热，人们如果一时大意将棉被收藏起来，到了晚上遇上气温突降，则会被冻醒，三更半夜起来找棉被。广州人只有过了五月节（农历五月初五）这一天，吃了粽子，才算过了春寒，正式转入夏天。

正因为广州不是一座四季分明的城市，所以广州人最爱旅游。人的一生中，老待在只能欣赏"春、夏、秋"景色的城市，难免单调和无趣。一有时间和假期，广州人总爱背起行囊，流连于山山水水之间。春天外出看海，春暖花开；冬天外出看雪，林海雪原。尤其是看雪，对南方人来讲，那更是一种期待。记得2015年的冬天，从来没有下过雪的广州，下了一场罕见的“霰”，广州全城沸腾了，微信中广州下“霰”的视频被纷纷转载，广州人用“霰”堆起了各种各样袖珍版的“小雪人”，引起微信群中北方朋友们哈哈大笑。好吧，从未下过雪的城市下起了第一场“雪”，想不引起轰动都难，看着幽默而又风趣的广州人欣赏“霰”的那种痴呆模样，以及弄出各种搞笑版的“小雪人”，北方人畅怀大笑，笑得喷饭，纷纷调侃：“啥？广州有雪，笑死我了，广州还真是笑死人不见血（雪）。”

在贫穷和落后的年代，一生中从未见过雪的南方人恐怕不在少数。如今时代不同了，航空、高铁带来的交通便捷，大大方便了喜爱旅游的广州人。别说出门看雪了，早上在广州饮早茶，中午在长沙吃臭豆腐，晚上在武汉吃武昌鱼的生活场景，早已司空见惯。我有一位朋友，她因随丈夫的工作暂时要到武汉生活。“双十一”期间，她买了一条新裙子，这条裙子恰好是春装，在武汉大冬天的没法穿，想要等到明年开春之后再穿吧，总感觉把这新裙子压箱底好几个月后，就像是旧了似的。压抑不住想穿新裙子的念头，她兴致勃勃地坐高铁回广州，穿上这条崭新漂亮的裙子陪父母喝早茶，那婀娜多姿、玲珑雅致的身材映衬着广州那暖阳如春、湛蓝如海的天空，甭提有多花枝招展、妩媚动人了。陪同父母喝完早茶后，她在花城广场兴致盎然地逛了一下午，神清气爽地拍了许多靓照发上微信朋友圈，大江南北的朋友们纷纷点赞，晚上她又美滋滋乐呵呵地坐高铁回武汉陪老公了。在交通便利的时代，有钱就能任性，诗和远方也并不遥远。

冬日晴朗的日子，在珠江岸边漫步，欣赏那碧波荡漾的珠江，别有一番情趣。黄昏时分，晚霞将珠江河畔披上一层梦幻迷离的色彩，金光闪闪、波光粼粼、长天一色的样子，美丽极了。论大气磅礴，珠江比不上黄河，波涛汹涌，莽莽苍苍；论楚楚有致，珠江比不上长江，烟霞万顷，气象万千，但珠江却有着迥乎不同的美。它虽然没有千里冰封，没有万里雪飘，更没有欲与天公试比高的恢宏之势，但它却有着独领风骚和秀媚圆润的南国气象，飞珠滚玉的珠江河，浮光掠影，碧波连绵，一年四季涛声依旧，它落落大方地吟诵着“数风流人物，还看今朝”。它有渔家晚唱，也有春江花月夜。“春江潮水连海平，海上明月共潮生”已足够你想象。

冬日周末，我喜欢去广州各大公园走一走逛一逛，拍拍风景照，一路暖阳洒地，全身暖烘烘的。在北方，肃杀的北风中百花早已凋零不见踪影，唯独梅花傲然挺立，于冰雪中绽放。但南国不同，广州的冬天鸟语花香，锦绣如画，城市中到处花团锦簇，花海如潮，百花争艳，那一朵一朵姹紫嫣红的鲜花灿若红霞。公园中绿草如茵，绿荫如盖，鸟儿那嘹亮清脆的叫声，是大自然最动听的交响曲。

每到春节前夕，中国的年味便逐渐浓了起来，岭南大地也变得气象非凡。最近几年，广府春节文化的宣传标语是：广州过年，花城看花。大年三十，广州市民家中通常摆放着三种“年花”：金橘、桃花和水仙。金橘，因为粤语中“橘”和“吉”是谐音，买一盆放在家里寓意大吉（橘）大利；桃花的寓意是大展鸿图（桃），青年人则希望能走桃花运；水仙象征富贵吉祥。逛花街是广州市民过大年的传统习俗，“年卅晚，行花街，迎春花放满街排，朵朵红花鲜，朵朵黄花大，千朵万朵睇唔晒……”这首名为《行花街》的童谣，广州市民从小就耳熟能详。广州的迎春花市繁花似锦，人海如潮，喜气洋洋，热闹非凡，早就名扬五洲，饮誉四海，是全国独一无二的民俗景观。

在广州，冬季成熟的水果可真不少。有皇帝柑、砂糖橘、红橙、阳桃、草莓、甘蔗，等等。其中我最喜欢的莫过于草莓了，那小小的、红彤彤的像个心形的草莓，就像一个个可爱的红脸娃娃，晶莹剔透，鲜艳欲滴。轻轻拈起一个放入嘴里细细品尝，酸酸的，甜甜的，那滋味别提多鲜美了。

广州的冬天风情万种。我热爱广州的冬天，因为它既有春天的妩媚，夏天的热烈；也有秋天的华美，冬天的肃穆。试问哪一座城市的冬天，能那么浑然天成地涵盖着一年四季之韵味？

秋天的静美

泰戈尔的诗集里，有一句唯美的诗句：生如夏花之绚烂，死如秋叶之静美。

春天的美是喧嚣的，处处繁花似锦。秋天的美是萧瑟的，漫山黄叶飘飞。春天的美是百花争艳、百鸟争鸣、五彩缤纷、韶华胜极；秋天的美是秋高气爽、冰霜玉露、烟雨寒江、丹桂飘香。

俗话说："一叶落而知天下秋。"行走在清秋，感受秋的气息，看落叶的轻舞飞扬，听一曲古老悠扬的高山流水或平湖秋月，把盏一杯香茗，体会流水无情落花有意，袅袅清香，回味无穷。抬头望天空，天地华宇浩瀚无垠，天涯海角无穷无尽。浮云的翩若惊鸿，宛若游龙，叠映彩霞，朝晖夕阴，气象万千。万般变化时，有多少诗意、有多少禅意，都留在了天空中，等待人们去发现，去欣赏。时间很短，天涯很远。一念起，天涯咫尺；一念灭，咫尺天涯。亲爱的，把心交给秋天吧，满地霜，落叶黄，一场秋雨一场寒，卷起秋风思故乡。庭前的花开花落，它宠辱不惊；天空的云卷云舒，它去留无意。岁月就是一首四季之歌，秋天就是一首精美的诗。

“落霞与孤鹜齐飞，秋水共长天一色。”秋天也是一幅美丽的长画卷，秋天里有蝉鸣深山，有雨打芭蕉，有梧桐更兼细雨，有留得残荷听雨声，有小桥流水，有月落乌啼，有鸿雁来宾。你可曾敬慕大雁南飞？单凭一双小小的翅膀，却飞越了千山万水，飞越了天南地北，天涯万里，来去自由，为了寻找更美好的天地，它毫不畏惧风雨。

秋风起，吃腊味，螃蟹肥。八月十五别忘了品尝桂花茶、桂花糕，九九重阳别忘了品尝菊花茶、菊花酒。“开轩面场圃，把酒话桑麻。”从泥土里散发出来的芬芳气息在召唤着你，可不要忘记秋天里的累累硕果。泥土虽朴素无华，可却是这位朴素无华的母亲，孕育了大地万物。只有扎根于泥土，才能结出芳香的果实。“春种一粒粟，秋收万颗子。”

秋天，瓜果飘香，稻谷归仓。秋天是淡定的，是从容的。虽然秋去冬来，却是春华秋实。虽然严寒的冬天即将来临，却也是：“莫怨西风当自嗟，任是无情也动人！”秋夜里的天凉如水、皎皎明月告诉了人们，人有悲欢离合，月有阴晴圆缺。只要是生命，有花开的绚烂，就有叶落的凄离；有开始，就会有结束。回首前尘，只要能像秋天这般收获累累硕果，也就无畏严冬里的北风萧萧，白雪皑皑。

什么时候才是人生岁月里的好时节？也许根本就没有答案。宋朝的无门慧开禅师，曾作了这样的一首诗，最为佛门弟子及后人传颂：春有百花秋有月，夏有凉风冬有雪；莫将闲事挂心头，便是人间好时节。

你好呀，春天

春天，它那轻盈的步伐所到之处，春风十里，春光明媚，草长莺飞，绿柳如烟，桃花灼灼，草馥兰馨，瓜瓞绵绵……你好呀，春天！哦，朋友们，生活总是太匆匆，请慢下你的脚步，闻一闻那春天的气息；请静下你的心情，听一听那花开的声音。

春风细雨中，万物吐绿。春天，像妙龄少女般俏丽，风情万种，柔情似水。春天的芳菲渲染大地，百花在春风中蹀躞蹁跹。纤柳如绵，丝丝缕缕；春雨如姿，淅淅沥沥。走在那缥缥缈缈的春雨中，叶落地上，雨润脸上，抬头望树枝，绿芽正无声无息悄然绽放。春华雨露中，那一树一树鲜嫩的叶芽，青翠欲滴，春意盎然，迎风招展中，它顾盼生姿，妩媚动人。啊！风含情，水含笑，那是春天的信使，它在向天空歌唱，在向大地礼赞，四季的轮回和岁月的更迭，生命的循环律动和蓬勃生机，就蕴含在这欣欣向荣、碧绿如烟的绿韵之中。

春回大地，万物在冬眠中苏醒。开门见山，苍苍翠微，层峦叠嶂；推窗望水，春水流银，波光潋滟。晨曦中，露珠在渺渺茫茫的春光中颤动，朝阳闪耀着金光，春晖将大地披上一层金黄。走在碧波泛翠的湖畔边，听流水潺潺，鸟语啁啾，呼吸着春风中那温煦甜润的清新空气，再用手沾一沾那灵光四溅的阳春水，那泛起的阵阵涟漪，如同心灵对大自然无比眷恋的妙曼情意。遥望四周，在蔚蓝苍穹笼罩下的碧野之外，风光旖旎，青山如黛，白云在飘飞。

“等闲识得东风面，万紫千红总是春”“风雨送春归，飞雪迎春到”“春色满园关不住，一枝红杏出墙来”……这些诗句告诉了人们，没有一个冬天不能逾越，没有一个春天不会到来。每个人心里都有一个向往的春天，每一个人心里都渴望和春天来一场浪漫的约会。亲爱的，把心交给春天吧，一朵繁花，无限春意；一缕春风，无限柔情。赏花的姣妍，听风的缱绻，看燕子筑巢，望蜻蜓点水，观彩蝶翩翩。换上美丽的妆容，带上愉悦的心情，放飞忙碌的身躯，去追随春天的脚步吧。桃之夭夭，灼灼其华，绵延万里，尽是春色，尽是春光。

就想在那桃花盛开的地方，在那满树嫣红的桃树下，摆个茶席，约三两知己，大家一起发发呆，喝喝茶，听听风，哪怕什么也不说，什么也不做，就这样痴痴地望着春天。哦，就是这样的，春天一到，心里的花儿也绽放了，一片一片的，花非花，雾非雾，时光也轻舞飞扬起来了，那一树一树的盈盈花开，那铺天盖地的百花齐放，其实是春天的请柬，它在深情地发出邀请，邀请那些懂它的人来观赏它，欣赏它。

春草萋萋，大地青翠，夜色苍苍中，春天的月华也格外妩媚撩人。月夜一帘幽梦，春风十里柔情，在春光里，在月华如水的春夜，像诗仙李白那样吟一曲《月下独酌》："花间一壶酒，独酌无相亲；举杯邀明月，对影成三人……"在旷达不羁、无拘无束中，我会忘了我自己。

春风浩荡，生机无限。春天是播撒种子，放飞理想的季节。春天，代表着复苏，代表着成长，代表着希望。春光无限好，春耕正当时，莫要辜负这美好的时光，莫要辜负青春年华。孜孜不倦地去耕耘，会是收获的开始。一分耕耘未必有一分收获，但不去耕耘就一定不会有收获。假如不懂得抓住春机耕种，不懂得如何耕耘，未来收获的将是一片荒芜。

春天让我遐想，让我憧憬。春天代表着诗意，是美好的使者。岁月长河里，我愿掬起心中那一汪澄蓝，瞻仰头顶那一片蓝天，放飞我心中的梦想。生命只有一次，在这美丽的春天，我愿携着一两信念、二两真诚和三两爱，换来半斤至纯至美的红尘，为春光祝贺，为岁月高歌，为未来煮酒。

你好呀，春天！

细心守护，静候花开

每一次看着我的孩子背着沉重的书包走进学校的大门，望着他稚嫩的背影，我常常会无端思索，我把我的孩子带到这人世间来，他将来会不会幸福？我相信，每一位母亲的内心深处，都曾在不经意之间去思考过这个问题。每一位做母亲的都殷切期盼自己的孩子，将来能有出息；更期盼自己的孩子在漫长的人生路上能活得幸福。

每个人从生下来的一刹那起，就被赋予了不同的命运，有不同的禀赋。老天爷让有些人长相漂亮，有些人却相貌丑陋；老天爷让这个人很聪明，另一个却很愚蠢。有人是含着金汤匙出生的，在富裕优越的家庭中成长；有人一出生就饥寒交迫，在穷苦艰辛的环境中求生存；有人长寿，也有人短命。有人天生丽质，也有人天生残疾。有人餐餐能大鱼大肉，山珍海味大快朵颐；有人穷尽一生的努力，不为锦衣玉食，只为碎银几两，勉强三餐有汤。虽说人人平等，但事实上，人生是不平等的，出生在不同的家庭也注定了不同的命运。与马克思同时代的卓越思想家西美尔用玫瑰的例子，说明社会平等的不可能："一个国家或城市里，人们不可能拥有一模一样的玫瑰，所谓平等，只存在于无休止对于平等的追求之中，而永远无法达成。”

然而，这个世界终究还是平等的，无论是皇帝还是农夫，是穷人还是富翁，无论拥有什么样的人生地位，荣誉名利，最终都要归于死亡。死亡，对每个人都是平等的，是不可改变的。不管我们愿不愿意，喜不喜欢，最后我们都会迎来死亡。当死亡来临之际，不管过去做出过多大的业绩，也不管有多高的名誉地位，积聚了多雄厚的财产，都不可能带往死亡的世界。死亡没有贵贱、高低之分，在死亡面前大家一律平等。谁敢说，这个世界最终不平等呢？并且死亡是无法预知的事，说不准什么时候就会来，我们能做的就是把握当下，活出有意义、有价值的人生。既然死在所难免，所以生命诚可贵，人生的每一天都应全力以赴；因为时间有限，所以要更加珍惜时间，珍惜人生。

虽说条条大路通罗马，但有人一出生就已在罗马。对于我们普通人而言，每个人的起点都不相同。假如人生是攀登一座山峰，有人的起点是在山底，有人的起点是在半山腰。也许我们辛苦努力想要到达的终点，是有些人看不上的起点。但决定人生厚度、决定人生价值的，不是起点，往往是人生奋斗的积累、沉淀和超越自我的高度。每天持续不断地努力，付出不亚于任何人的勤奋，才能笑到最后。正如托马斯·爱迪生所言，成功中“天分”所占的比例不过只有1%，剩下的99%都是勤奋和汗水。

人活着要有梦想和追求，每一天都应该让自己热气腾腾地活着。不曾为梦想起舞、不为理想奋斗的日子，都是对生命、对光阴的浪费。假如人生是一场牌局，拿到一手好牌只是运气，能将一手烂牌打成好牌，那才叫真正的实力。每个人都渴望拥有掌控人生命运、改变人生命运的能力，能通过自己的努力来改变自己的命运，那才叫精彩的人生。

每个人心中都有一株妙法莲花，这是禅家语。在时光的咏叹调中，在岁月的长河里，这朵人生之花只能花开一次，要开出怎样的花，结出什么样的果实，全仰靠每个人的勤奋努力、拼搏奋斗以及智慧和悟性。在人生路途中，在万丈红尘里，每个人都希望自己能脚踏实地，能汲取天地精华去除人间糟粕，昂然立于寰宇之间，用赤子之心照见自己，照见世间，照见天地，并成就独一无二、美好精彩的自己。

纪伯伦有一首散文诗，叫《论孩子》，诗里写道：“你的孩子其实不是你的孩子，他们是生命对于自身渴望而诞生的孩子。他们通过你来到这世界，却非因你而来，他们在你身边，却并不属于你。你可以给予他们的是你的爱，却不是你的想法，因为他们自己有自己的思想。你可以庇荫他们的身体，却不能庇荫他们的灵魂，因为他们的灵魂属于明天，属于你做梦也无法达到的明天。你可以拼尽全力，变得像他们一样，却不要让他们变得和你一样，因为生命不会后退，也不在过去停留……”

纪伯伦在《沙与沫》里另有这样一句话：“即使最崇高的精神，也无法躲避物质的需要。”如今网络上有一句话叫：“成年人的崩溃，是从‘缺钱’开始的。”是的，缺一次钱，就足以让人坚不可摧的世界观崩塌一次，足以让人打碎一切重新看世界，离开物质，人类无法生存。努力赚钱，才能对这个社会有说不的权利。古人云：“仓廪实而知礼节，衣食足而知荣辱。”意思是衣食富足了，才会在意荣辱。合理地追求物质财富，是一种积极向上的精神状态。但是，一个人生存价值的大小和最终意义，并不是看他拥有多少世间财富，而是看他最终能为这个世界带来什么，并能为世人、为社会做出多少有价值、有意义的贡献。非常欣赏我们中华传统文化的价值观，孟子说：“穷则独善其身，达则兼济天下。”（出自《孟子》的《尽心章句上》）意思是说，不得志的时候就洁身自好修养个人品德，得志显达时就要造福天下百姓，做那些对社会和世人有利的事。中华传统文化里的横渠四句："为天地立心，为生民立命，为往圣继绝学，为万世开太平。"（北宋大家张载的名言）这些都是中华民族传统文化里最高贵的灵魂和民族精神，也是华夏民族文人士大夫最伟岸、最光辉的人生价值观之体现。能为社会、为世人做贡献是最高贵的行为。

人类有一种天生的惰性，总想着吃最少的苦，走最短的弯路，去获取最大的收益。人类要克服天生的惰性，并不容易。有些事情，父母可以替孩子去做，却无法代替孩子去感受、去思考。缺少了心路历程的淬炼，心智不长成熟，表面即使再成功，精神的田地依然是一片荒芜。成功的快乐，收获的满足，不在奋斗的终点，而在拼搏的过程。该自己走的路，要自己勇敢去走，别人无法替代。

每一段靠自己勇敢走过来的路，都是自己给自己最好的礼物，也是命运赋予你最好的礼物。雨什么时候下？风什么时候起？老天自有安排，只有一个字"等"。亲爱的宝贝，妈妈在等你长大。愿你在成长的道路上，不畏惧任何风雨，勇敢去做一个追求梦想的人，并能为自己的梦想顽强拼搏，百折不挠，砥砺前行，努力靠自己的双手和汗水活成自己想要的模样，靠自己的勤奋和毅力活出自己想要的人生。幸福永远都是奋斗出来的。

妈妈永远爱你!

写于2015年9月1日“幼升小”

小楼一夜听风雨，明日落红应满径

这几天，广州入冬了。转眼间，天寒地冻，北风萧萧，冬雨绵绵。

北风吹，冷雨打，寒风冷雨中，平日里羞答答俏姿吐艳的南国鲜花，纷纷从枝头上凋谢，落英缤纷，落红满地，经过路行人深一脚浅一脚地踩踏，瞬间碾压成泥。西北风呼呼地刮着，绵绵冬雨中，掩映着凄然凋零的落红，令人无限惆怅。凛冽彻骨的西北风骄横跋扈，无孔不入，细看那枝头正在努力绽放的花蕾，仿佛在瑟瑟发抖，仿佛下一秒就要凋落枝头，辞谢人间烟火而去。身为赏花人的我也在瑟瑟发抖，凄风冷雨滑过我的脸颊，恍惚间，忆起了《红楼梦》里林黛玉吟诵的《葬花吟》：“明媚鲜妍能几时，一朝漂泊难寻觅，花开易见落难寻，洒上空枝见血痕……”再细想，又想起了清朝诗人龚自珍的诗句：“落红不是无情物，化作春泥更护花。”是的，它们化作春泥了。

不知怎的，看见这凄风冷雨将这无比美丽娇艳的鲜花打落一地，心头总会涌起一种落寞与伤感的情愫。这花儿，多么楚楚动人啊，只可惜就这样被无情地吹落了，可见“人无千日好，花无百日红”这句话的人生哲理。生命是脆弱的，人生如同鲜花，也是脆弱和无常的。有时候，生命的陨落就发生在一瞬间，在刹那之际。这花儿，明明昨天还鲜艳芬芳，迎风招展，今天却已零落枝头，黯然销魂，遭受过路行人匆忙脚步的碾压，如此光景，怎不叫人怜惜和惋惜呢！诗圣杜甫诗曰：“天上浮云如白衣，斯须变幻如苍狗。”人生如苍狗，花开花落亦如苍狗。

古人曰：“草木荣枯自有时，万物从容皆自得。”世上无处不是风景，春暖花开是一种风景，鸟啼花落也是一种风景。这一树一树的花开，历经一夜风雨后，纵然已香消玉殒，无可奈何花落去了，但它们也花开了一个季节、灿烂了一个季节。它们那盛放的芳华、俏丽的身姿也曾装扮了路边的风景，也曾被来来往往的路人欣赏过和注目过，行人曾纷纷停下匆忙的脚步，举起手中的手机拍照留影。细细想来，努力绽放的，虽然仅仅是刹那间的芳华，但只要灿烂过芬芳过，曾被世人欣赏过和赞叹过，这些娇艳的鲜花也算是“不枉此生”，不枉来这人世间走一遭，对比那些生长在大山深处、深山幽谷里的花朵，虽然也一样是明媚鲜艳，姣妍美丽，无比芬芳，可惜身处于渺无人迹、荒无人烟之地，只能寂静地花开，再寂静地花谢，花开无人欣赏，花落也没人在意。

岭南烟火色

唐代大诗人王维有一首非常著名的诗叫《辛夷坞》："木末芙蓉花，山中发红萼；涧户寂无人，纷纷开且落。"这首诗历来被认为是具有深厚禅意的诗句，它描述了木芙蓉（区别于水芙蓉）在寂静无人的山涧里，悄悄开放，又纷纷落去，表现的是一种自得自安的状态，体现了浓厚的禅意韵味和意境。短短四句诗，描绘了辛夷花美好形象的同时，其实也隐隐约约写出了一种无人欣赏的落寞。其实诗人笔下辛夷花的这种落寞，是世上无数没人欣赏的幽谷野花一生的写照，它们虽无人欣赏，却悠然自得，虽孤芳自赏却也享受着清静的闲适与平和。

杨万里亦诗云，"政缘在野有幽色，肯为无人减妙香。"一簇野菊，开在深山，无人赏识，却依然璀璨绽放，依然散发着淡淡的幽香。再细想春天时，万山峻岭里的映山红，花开时分，漫山遍野的灿烂，无人欣赏也要努力绽放，散发芬芳，这何尝不是一种高尚的情操、淡泊的胸怀，这也是一种对生命释然的高贵精神。

小楼一夜听风雨，明日落红应满径。没有任何一朵花，一开始便是花；也没有任何一朵花，直到最后仍是花。禅宗说：笑看花开是一种心情，静赏花落是一种境界。花开时，静想它终将落寞；花落时，静想它蓄芳待来年。

临窗听雨

窗外，雨声淅淅沥沥、哗哗啦啦地下个不停。

天空中的雨，缥缥缈缈，纷纷扬扬，如烟，如雾，如丝，如梦……雨为天空描绘出一层淡淡的墨色，天地间一片朦胧，这朦朦胧胧的境界反过来又为人间增添一番雅韵。

烟雨蒙蒙中，临窗听雨、观雨，是一种心情，更是一种享受。霏霏的雨丝在窗外优雅地飘洒，轻轻飞落，千条万条的雨丝如银针一般在烟波浩渺的天际穿针引线，不是在编织衣物，而是在清洗天地。雨过大晴后，树木更显葳蕤，阳光更加明媚，迎面而来的清新空气，仿佛带着丝丝凉意和甜甜的味道。雨后的世界，天空湛蓝，大地苍翠，青山如黛，绿草如茵，鲜花娇艳。春雨贵如油，润物细无声，深深埋藏在泥土里的种子，因受这雨水的润泽，它们痛痛快快地享受了一场甜蜜的洗礼后，再也不甘寂寞了，不久即将破土而出，茁壮成长。

这酣畅淋漓、恣意飘洒的绵延细雨，宛如一张宽大无比的网，将整个城市笼罩。那高耸云端的摩登大楼，晴日里是巍然屹立，擎天一柱，像个顶天立地的男子汉，这时候却犹如一位娇羞妩媚的青春少女，罩着薄薄的一层面纱，展现的却是忸忸怩怩、犹抱琵琶半遮面的姿势，身影在雨幕中若隐若现，影影绰绰。

霎时，想起秦观的一首词："自在飞花轻似梦，无边丝雨细如愁。"仔细品来，人生中的领悟，无论是哪一种愁，无论何时想起，在雨声的叹息中，依然带着一种如梦如幻的美好。

雨滴亲吻大地的声音，犹如敲打在钢琴的黑白键上弹奏出的音乐，旋律美妙动听，情愫温馨细腻。这音乐是大自然倾情演奏的交响曲，它是温柔的、浪漫的，丝丝入扣，绵绵雨声让人心态安详宁静。

大自然有着柔美灵动的心灵，它在婉转动人地倾诉它的心情，它的声音是一种悠远的境界，有一种思邈无垠的韵味。如歌如诉的雨声，像充满禅意的佛教梵音，朴质无华；又像远方的高山流水，是原始的律动；更像深山古寺里的袅袅钟声，宁静而致远。听着这绵绵不断的雨声，如同看见青莲花开，内心充满喜悦；如同在平凡渺小中看见伟大，让人心胸开阔；如同听到地球最高处喜马拉雅山脉上空一种空旷豁达的回声，那声音是从一个古老的时空穿越到今，有一个充满智慧的苍苍老者，在对大地呢喃细语，像是诉说着什么，迷迷糊糊中听不清楚，声音虽玄妙，却充满了勃勃生机。雨水滋润着天地万物，让天地万物生生不息。雨水深爱着世界，眷恋着世界，它从古到今响彻了几百亿年，是最最古老的语音，是最最古老的回忆。它缠绵悱恻，缱绻徘徊，一往情深，这古老的言语，古老的回忆，一定潜藏着某种仁慈的智慧、旷达和深邃的思想。古人认为雨乃上天的恩泽，是降临人间的祥瑞，所以“雨”天然带着令人敬畏的仙气。

雨还在纷纷扬扬，断断续续地下着，从白天下到了黄昏，又从黄昏下到了深夜，余音袅袅，欲语还休。黑黢黢的夜幕下，在暗黄的街灯和霓虹灯的映照下，雨水溅落在地面上飞溅起一朵朵透明如水晶般的花瓣，千朵万朵，宛如冰花坠地，晶莹剔透却只稍停瞬间，一秒钟之后就灰飞烟灭，如烟花般易碎，如烟花般美丽动人。

静坐书斋前，沏好一壶香茗，一本旧书，一盏孤灯，一曲音乐，便构成了雨夜听雨的心情。一场夜雨，几番滋味，几番思古之幽情。听雨声敲轩窗，书香伴茶香，一种美好浸入心扉。雨夜听雨，很适合一个人的孤寂，适合一个人的心情。朦胧的烟雨笼罩着夜色，更显安详，静谧，雅致。这样的夜晚，听着簌簌的雨声，不需要说任何话语，只需静静地坐在窗前，只需禅坐成安详恬静的听雨姿势，静静地聆听，静静地冥想，听那雨滴如大玉珠小玉珠般轻轻打在窗棂上、屋檐上，或深或浅，或远或近，浅唱低吟。

古人曾有一副对联：“风声雨声读书声，声声入耳；家事国事天下事，事事关心。”这是一种积极入世的心态。李义山却云：“留得残荷听雨声。”这是一种出世的心态。不管是入世心态也好出世心态也罢，能在心间保留自己的一番天地、一番情趣，就算没有“残荷”的意境，心胸亦怀有“听得雨声”的旷达与境界，已属难得。聆听春夜三更雨，偷得浮生半日闲。难得让自己无拘无束，自在洒脱，就请忘却世间烦恼，放下万般忧愁，在这绵绵雨声中，让心灵飞翔吧，轻舞飞扬也好，搏击苍穹也罢，让心灵自由自在如这纷飞细雨，带着一颗热爱天地万物的情怀，尽情地泼洒美好的心意吧，风雨过后方能看见彩虹，心如赤子才能春暖花开。

夜已深，雨还在一直下，天地宁静。此刻只想安静地听雨，静静地倾听和感受自己内心的声音，让心灵澄明透彻如雨。

招娣的曾祖母

招娣有两个姐姐，大姐叫迎娣，二姐叫来娣。

招娣的母亲怀招娣的时候，祖母把存了很多年的钱拿去观音山拜菩萨，找了很多老中医开过无数剂“生子汤”。当招娣呱呱坠地时，祖母一看又是女娃，差点没当场气晕过去。招娣长大后，一直很庆幸当年这个世界上还没有神奇的技术——“B超”，不然，她的生命将止于胚胎阶段。

招娣的幺弟由母亲和祖母带大，至于招娣本人，则由她的曾祖母带大。招娣从小就非常爱她的曾祖母。

招娣的曾祖母缠过足，那双小脚是封建旧社会标准的“三寸金莲”。年迈体弱的曾祖母出生于清朝光绪年间，是封建社会无法改变自己命运的一名可怜女子。像中国封建社会无数传统女性一样，招娣的曾祖母一辈子都是那种吃苦耐劳、兢兢业业、与世无争的性格，生活的艰辛和苦难就像岩石一样重重地压在她弱小的肩膀上。

招娣的曾祖父，祖上三代都是读书人，是乡绅大地主，原本家境殷实，门庭显赫，富甲一方。据说，民国时期，由于招娣的曾祖公吃喝嫖赌毒样样精通，竟把整个家业赌了个精光，败了个了精光。挥霍一空、输掉整个家业后的曾祖父心情异常郁闷，无比落魄，在一个没有月亮的漆黑夜晚，曾祖父喝了个烂醉如泥，一不小心跌到池塘里给淹死了。年纪轻轻的曾祖母从此守寡，她一生实在是苦，按她老人家的话说就是："苦海无边啊，苦得真是一眼都望不到头。"她靠给人缝缝补补，起早贪黑地做刺绣，把招娣的爷爷和姑婆含辛茹苦拉扯大。一个寡妇拉扯两个嗷嗷待哺的娃，在漫长的岁月中，受了多少苦，流过多少泪，有过多少坚贞和容忍，有过多少悲戚和酸楚，她那瘦小的身躯和柔弱的肩膀是如何艰难地扛过来、熬过来的，我们不难一一想象。

由于长年累月、起早贪黑地做刺绣，招娣的曾祖母到了年老的时候，眼睛看东西已非常模糊，就像半个瞎子一样。从招娣有记忆的时候开始，曾祖母的牙齿就已掉光，招娣从小就爱观察曾祖母吃东西时的模样，颤巍巍的双手好不容易才把食物夹进嘴里，因为没牙齿，老人家的嘴巴一翕一张，仿佛嘴里咀嚼的不是食物而是满嘴的空气和泡泡，再映衬老人家那爬满深深皱褶的脸，样子煞是可爱。招娣看了总是哈哈大笑，曾祖母就对招娣说："小丫头，别笑，牙齿都掉光的人了，祖奶奶不久就要睡棺

材去见阎王爷　。”

招娣从小就对曾祖母的“三寸金莲”充满好奇和疑惑。从会说话时起，招娣就老爱问曾祖母：“祖奶奶，你的脚怎么是这个奇怪模样哟？怎么就这么小呀？”招娣的曾祖母那张爬满沧桑皱纹的老脸只是无奈地笑笑，露出光秃秃的嘴巴，却笑而不答。从小就乖巧懂事的招娣依稀觉得，曾祖母脸上的皱纹，是苦难岁月的印记，那皱褶与皱褶之间的罅隙，仿佛都能夹死苍蝇和蚊子。

招娣十岁左右的时候，在一个幽静的夏夜，她和曾祖母铺着凉席睡在天井里，看着满天的星斗，曾祖母悠然地摇着蒲扇，像讲述一个平常的故事那样告诉招娣：“祖奶奶在比你还小的年纪，族里人就给我缠足了，她们用布把我的双脚层层裹起来，就像裹粽子一样，没几个月，走路疼得是直掉眼泪，疼得是万针穿心，我曾偷偷撕开了好几次，没用，遭到长辈们的打骂，然后继续裹上，长大后我的脚就成这样了，命苦啊，我们那时代的女人。”

招娣的曾祖母虽然是个佝偻、单薄、瘦小的老人，但她对知识的仰慕，对文化的敬仰，却深深地影响了招娣。可以说，曾祖母就是招娣的启蒙老师。

招娣的曾祖母爱种竹子，也爱种梅树。在招娣家老房子外围的四周，一眼望去是青青的竹林，竹林一圈一圈地将招娣家破旧的老屋围拢起来，竹影婆娑，星光摇曳，清风徐徐，这些竹子都是招娣的曾祖母亲手栽植的。竹子给老屋增色不少，青砖绿瓦，竹林苍翠，使老屋尽显清幽与宁静。招娣非常爱吃竹笋，于是就问曾祖母："种那么多的竹子是为了有竹笋吃吗？"曾祖母喃喃自语："松、竹、梅是岁寒三友，苏东坡说，宁可食无肉，不可居无竹。"那时候招娣还小，还没上学读书，不大理解这些话的含义。

招娣小时候非常调皮。有一年冬天，天气异常寒冷，招娣和周围邻居家的好几个孩子在竹林里堆起柴火玩。看着红红的火苗蹿升、跳跃，大家显得特别兴奋。不知是谁提议拿一些书和报纸扔进柴火堆里，燃烧起来的火苗会更旺，会更好看，于是大家各自跑回家中抱了一堆旧书回来，一本一本地将书扔进火堆里，火苗更红了，火也越烧越旺了，于是大家也笑得更开心了。突然，招娣的曾祖母从墙角里闪了出来，她老人家迈着颤颤巍巍的"三寸金莲"，步伐踉跄，神色凝重地小跑着，趔趔趄趄，整个人几乎就要摔倒，她焦急万分地大喊着："别烧书，千万别烧书，快别烧……"接着，令招娣终生难忘的一幕发生了，只见曾祖母像箭一般跑到火堆旁，将她的整个右手伸进熊熊的火堆里，把一本本还没完全烧着的书从火堆里捞了出来，往地上一扔，跺着她的“三寸金莲”将书上的火苗快速扑灭。曾祖母的衣袖已被火苗烧着了，可她全然不知。事后，不用说，招娣受到了全家人严厉的责骂。曾祖母的右手已被火严重灼伤，她没有责备招娣，而是抚摸着招娣的额头，含着热泪对招娣说：“小丫头，黄金不贵‘乌’金贵啊，将来你一定要好好读书，千万不可烧书；不读书，你将来会变成瞎子。”从此，曾祖母的这番话在招娣幼小的心灵里留下了不可磨灭的印记，“书”这个字眼也在招娣幼小的心灵里留下了非同凡响的印象。

后来，招娣终于去学校读书了，每次招娣背起书包上学，曾祖母都会流露出满脸慈祥以及无比羡慕的眼神。每天清晨，在微微的晨曦中伴随着公鸡打鸣的啼叫声，她老人家早已拿好小凳子坐在大门口旁，微笑着目送招娣兴高采烈地背起书包，走出家门去上学。招娣的背影已走出老远老远，可曾祖母那模糊空洞的眼睛却眨也不眨地凝望着，如同在眺望远方，笑逐颜开的神情是那么炯炯有神，洋溢着一种希望的光芒。到了傍晚，老人家依旧会坐在大门口旁等招娣放学归来。她尤其喜欢看招娣写字练字，以及听招娣背诵课文。令招娣感到无比惊讶的是，招娣背诵过的课文，她老人家在旁边听着，也能一字不差地将它背诵出来。

唠叨家常的时候，曾祖母告诉招娣，她以前是晚清秀才的女儿，她小的时候非常渴望读书识字，可惜由于是姑娘家，不能进学堂，做秀才的老父亲看她无比热爱读书，就简单地教她认识了几个字罢了。

从清朝光绪年间开始，招娣的曾祖母经历了好几次改朝换代，也阅尽了世事沧桑。招娣曾经非常好奇地问曾祖母，万恶的旧社会到底长啥模样？曾祖母堆起满脸皱纹笑着对招娣说：“不管生活在旧社会还是新社会，对于你曾祖母来说其实是一样的，星星还是那颗星星，月亮也还是那个月亮；山依然像我年轻时一样，没高一寸，也没低一寸；地依然像我年轻时一样，没厚一分，也没薄一分。可我已经渐渐老了，一切都无所谓了，但是对于丫头你来说，出生在这个新时代、新社会，才是最幸福的，因为，你不仅不用像曾奶奶这样要裹出一副‘三寸金莲’，还可以去学堂念书，将来还能像男孩子一样读高中，考大学。”新中国的女性能成为一名读书人，对于招娣的曾祖母来说，那是无比神圣的，在她生活的那个时代，根本无法想象。

招娣小学还未毕业，曾祖母就离开了人世，老人家在世上承受了无数的苦难，从来没有享受过一天清福。高中毕业后，招娣成为了老家县城第一位考上大学的女学生，被人们称赞为“女状元”，当时属于破天荒之举。如今，招娣参加工作已满三十年了，今年刚刚办理退休手续，开始领国家高额的退休养老金，颐养天年。

人出生在不同的时代，会有不同的命运。夜阑人静时，坐在光线微微泛黄的台灯前，招娣经常会回忆起她的曾祖母，想起曾祖母曾经在无数个夜晚，伴着一盏幽幽暗暗的煤油灯做着刺绣来苦苦维持生计。招娣常常这样想：“假如曾祖母出生在我这个时代，有我这样的学习条件和机遇，凭着她的聪颖与天资，凭着她对知识的渴望与无限向往，曾祖母一定会是个难得的大才女，她会轰轰烈烈干出一番辉煌的事业来。”

中国封建社会几千年以来，能有机会读书识字的女性，可以说是凤毛麟角。如今新中国的女性，不仅人人有书读，也人人都可以参加工作，自食其力，女人也可以像男人一样当领导当干部，男女机会平等。如今三百六十行，行行都有职业女性靓丽的风采。不要以为这一切都是理所当然的，换作在旧中国，换在封建主义时代，这根本就是天方夜谭，痴人说梦话。

九年义务教育制度改变了无数人的命运，尤其是改变了千千万万中国农村女娃的命运，使她们也有机会上大学，通过学习知识来改变自身的命运。可以毫不夸张地说：九年义务教育，功在当代，利在千秋！

招娣经常无限感慨地说："感恩命运女神，让我出生在这样一个美好幸福的时代。"

人生是一场修行

炎炎夏日，空气中弥漫的都是热气，没有一丝凉意，感觉夏日里的半条命，都是空调给的。

暑褥煎熬中，想起了童年时光。在故乡，初夏时节，熏风拂面，田野山涧到处绿色盎然，夏意冉冉。空气里虽蓄积着热气，但饱蘸着甜润的绿韵，散发出一股股万物生发的气息，一切都在孕育，在生长。夏天是澄澄的阳光，是绿绿润翠的稻田，是绵绵的蝉鸣声，是雨夜中不绝于耳的蛙鸣，是清凉的河水，是一支支五颜六色的冰激凌。宁静的夏夜，银色的月光泼洒在苍茫的夜空中，散落一地清辉。满天的繁星，在清幽的夜幕里，若明若暗，映衬着月的光华。池塘里，莲花悄悄含羞盛放，在一片灿烂的星辉下，浮动着淡淡的幽香。荔枝树梢上，微风轻轻地掠过，在一丝丝清凉中，摇曳着季节的思念。

晚风不仅吹来了乡愁，也吹来了一位美丽的蝴蝶。一位分开了十几年的老同学，深夜里，她扛着鲜花和酒来广州了，电话中轻声细语地问我："我有酒和故事，你愿意听吗？"有朋自远方来，不亦乐乎；分别十年两茫茫，不思量，自难忘。两人一见面，互道衷肠，尽叙沧桑。

闺蜜说她如今离婚了，孤身一人，茕茕孑立。虽说人生就像一次有去无回的单程旅途，没有彩排，没有预演，每一场都是现场直播，但她不后悔。语言这东西，在表达爱意的时候是那么苍白无力，在表达恨意的时候却又如此尖酸锋利。而大多数女人，偏偏就长成了“刀子嘴豆腐心”，嘴里面恨的和心里面爱的都是同一个人。

还记得从前我们一起看过的一部京戏《追鱼》的结尾吗？《追鱼》有这么一段对话，观世音问鲤鱼：“不知你愿大隐还是小隐？” 鲤鱼回问：“大隐怎的，小隐何来？”观世音回道：“大隐拔鱼鳞三片，打入凡间受苦，小隐随吾南海修炼，五百年后，得道登仙。”听到这一段，记得当时我的内心无比震撼。世人都以为留在菩萨身边，随菩萨一同修行是最好的修行，其实比随菩萨修行级别更高的修行是在人间修行。救苦救难的是菩萨，而受苦受难的却是大菩萨！人活一世，在生活中跌跌撞撞，在尘世间受苦受难，何尝不是一场自我修炼。

有人说，生活不是等暴风雨过去，而是要学会在暴风雨中跳舞。经历了一些事，看清了一些人，也突然明白了一些道理。人心弯弯曲曲像流水，世事重重叠叠如高山。人心复杂无常，往往世事难料，生活，不会事事尽如人意，不会人人如你所想。

有专家评论说，现在八 后、九 后的离婚率高，也许跟时代有关。八 后、九 后的婚姻爱情观，是被一部部宫廷斗争电视连续剧、韩版爱情电视剧、欧美浪漫爱情电影故事包装过、影响过的。这些影视剧告诉女生，求婚一定是浪漫的、美妙的，爱情就一定是甜甜蜜蜜的。也是这些电视连续剧告诉我们，女生就应该貌美如花，男生就应该挣钱养家，老公就应该非常有钱，要成功非凡。反正爱情只会迟到不会缺席，反正只要做最好的自己，就一定会遇上青蛙王子、白马王子，茫茫人海中，最适合自己的那一个正在前方等着自己。我们的社会物欲横流，人们随波逐流，所以现在越来越多的大龄剩女和大龄剩男，不知道这究竟是属于社会的进步还是社会的倒退。

有很多女人委屈地哭诉：“很多男人都说现在的女人无比现实，爱慕虚荣，情愿坐在奔驰宝马里哭，也不愿坐在自行车上笑。如今是英雄难过丈母娘关，丈母娘亮出的彩礼单，吓退无数好儿郎，天价彩礼毁了多少好姻缘。”其实大部分女生不是这样的，如果你真的对她好，真的爱她，她会愿意陪你白手起家，同甘共苦，经历人生风雨，永远不离不弃。很多时候，她离开的原因是：你骑一个破自行车，还天天让她哭。

正如张爱玲有句话说的那样："在这个光怪陆离的人世间，没有谁可以将日子过得行云流水。"要追求真实的自我，又谈何容易。有人说你很快乐，那其实是披上淡定的袈裟，内心其实早已翻江倒海；有人说你很忧伤，那也只是如天空中那朵默默无言的云，内心苍白无从悲喜。当女人的青春，渐渐失去了光华，所谓对爱情的憧憬，慢慢变成了童话。慢慢了解，自己最明白自己的酸甜苦辣；慢慢懂得，现实与梦幻之间的差距，理想是丰满的，但现实很骨感。人生从来都是靠自己，人活着，即使身躯如沙漠一样贫乏，灵魂也应如冰雪中的梅花。一个人孤单久了，就连喜欢上一个人都感觉到难，更何谈爱情。聪明的女人不是不会去爱，而是懂得了不要踮起脚尖去爱，因为重心不稳，撑不了长久。真正的幸福只有双方平等尊重、相互包容才能遇见。托尔斯泰说："幸福的家庭都是相似的，而不幸的婚姻各有各的不幸。"

在这尘世间，皮囊的相爱从来就无法与灵魂的相爱相提并论。前者很容易，后者很难遇。如果说男人的爱是俯视而生，而女人的爱就是仰视而生。如果爱情像座山，那么男人越往上走，可以俯视的女人就越多；而女人越往上走，可以仰视的男人就越少。许多漂亮和优秀的女人以婚姻不能给予她理想中的生活为由，拒绝了爱情的追求。其实，许多优秀女性理想中的生活，无非就是优越的物质生活，但优越的物质生活并不是婚姻幸福的绝对因素，有些女性婚后得到了无比优越的物质生活，但还是生活在恐惧之中，因为直到最后才发现，女人真正想要的，无非是安全感。如果得不到安全感，物质再富裕又有什么用？这个世界不全是有钱人的世界，更不是贫穷人的世界，而是有心人的世界，有爱的地方，才是天堂。

很喜欢宫崎骏说的一句话：你住的城市下雨了，很想问你有没有带伞，可是我忍住了，因为我怕你说没带，而我却又无能为力，就像是我爱你，却给不到你想要的陪伴。也很喜欢张爱玲说的那一句：于千万人中遇见，于千万年中相遇，默然邂逅，不早一步也不晚一步，轻轻地问一声："哦，原来你也在这里。"爱情能够发生，婚姻能够长久，实属不易。《增广贤文》里曰："一日夫妻，百世姻缘；百世修来同船渡，千世修来共枕眠。"人生在世得一红尘知己并能够相伴共枕，乃是前世修了数千年的善事才能够换来的。

能够说出的委屈便不算委屈，能够抢走的爱人便不算爱人。

世上没有真正的感同身受，针扎在谁身上谁才会疼，其中的苦和难，只有自己才能体会。

真正的痛苦是没有人可以分担的，怎么走出阴霾只能靠自己。别人的安慰如同隔靴搔痒，关键还得看自己，每个人都必须为自己的人生负责，不能指望别人来救赎自己。能将自己摆渡上岸的，也只能是自己，所谓人生实苦，唯有自渡。

曾经看过一句很扎心的话："这个世界上，没有人不带伤。无论愿不愿意，你都无路可退。"成年人的世界，每个人都在孤独地跋山涉水。无论前方有多艰难，我们都要裹挟着伤痕与失落，在挣扎徘徊中，咬牙向前。

人生短短几十年，别把时间浪费在不值得的人和事情上。只要自己不认输，以前所有的挫折都将成为前进的动力，人生几十年光阴，能笑到最后的才是赢家。

人生苦乐无常，我们总会受伤，也总会有很多迷茫，但千万不能灰心，也不要沮丧，只要沉得住气，能扛住艰难，自己就能活成一股强大的力量。生活其实对谁都是一视同仁，面对伤害，我们无处可逃，只有活着，勇敢地活着，才能拥有力量去面对，去改变。生活哪怕再苦再难，也只有坦然接受，正视命运，脚踏实地努力去改变，才能对生活真正充满期待，才能全力以赴去完成自己必须完成的事情，这是对人生意义最好的诠释。

著名作家陈忠实说：“做人，能享福也能受罪，能人前也能人后，能站起也能圪蹴得下，才能活得坦然。”所谓成长，就是痛苦到坦然的过程。

人在年轻的时候，总觉得面子是世界上第一等要事，可活到了一定的年纪，有了一些阅历，面子就变成了最不重要的东西。一个人走向强大的标志，不是守护着自己的自尊心，而是抛开自尊心，摒弃外在的虚荣，去看清生活的本质。

其实，什么是女人最大的幸福？也许从来就没有一定的答案。结婚也好，离婚也罢，恋爱也好，单身也罢，全凭你心里面的那个“我”是否轻松自然。因为勇敢，所以奋斗；因为懂得，所以包容；因为爱，所以慈悲。

只要你说出的话，有人愿意听，就是温暖；只要你心里面的事，有人愿意懂，就是真情。

愿你吃过的苦都会结成硕果，愿你受过的累都能变成回馈，愿你走过的坎坷都成为风景，愿你贪吃不胖，愿你懒惰不丑，愿你真情永不被辜负。作家三毛曾说过：“世间的人和事，来和去都有它的时间，我们只需要把自己修炼成最好的样子，然后静静地去等待就好了。”

从前的我们，幼稚，不成熟，不懂天高地厚。前半生，我们豪情万丈，为青春，为理想；后半生，我们需要沉淀酝酿，为自己，为生存。也许，人生最难的修行，就是接纳自己拼尽了全力，但只能过着平凡的一生。而一个人真正的成熟，也许就是能够心平气和地接受自己的平凡。

余生，愿把每一个黎明都当作生命的开始，把每一个黄昏都当作生命的小结，让有限的生命留下充实的印记。做人要懂得，自己为自己鼓掌，自己为自己打气。

所遇虽是沧桑，所历却是成长。尼采说：“一个人知道自己为什么而活，就可以忍受任何一种生活。”

愿你进一寸有进一寸的欢喜，退一步有退一步的海阔天空。《麦田里的守望者》告诉人们，记住该记住的，忘记该忘记的；

改变能改变的，接受不能改变的。过去的一切，让它随风而去，睚眦必报、锱铢必较已没有任何意义。谁对谁错，谁是谁非，已不重要；重要的是，好好修炼自己，能享受最好的，也能承受最坏的，在有限的人生里，努力活成自己想要的模样，活出属于自己的梦想与希望。

女人如花，岁月如歌

如今的“三八妇女节”，精明的商家和有风度的男士已经帮它改名字了，叫作“女士节”或者叫“女神节”。

“女士节”也好，“女神节”也罢，女人的青春会流逝，芳华不会永驻；容颜终究会老去，逝去的青春永不回头。无论用多名贵的护肤品，皮肤一样会起皱褶，无论如何健身保养，青丝终究会一根一根变成白发，黄金万两也换不回光阴一寸。岁月是一把杀猪刀，任谁也逃不过。

女人这一辈子，就算不是“女神”，一辈子也做不成“女神”，也要真诚地让自己美丽，真诚地让自己老去，任何女人都可以温柔似水，明媚如花。

在我的理解中，“女神”不是肤白貌美，十指不沾阳春水的那一类，而是自在闲庭，能在无情的沧桑岁月中自在淡然的女人。张小娴说，欣赏这样的女子：面若桃花、心深似海、冷暖自知、真诚善良、触觉敏锐、情感丰富、坚忍独立、缱绻决绝。坚持读书、写字、听歌、旅行、上网、摄影，有时唱歌、跳舞、打扫、烹饪、约会、狂欢。又如三毛所言，世间最平和的快乐，就是静观天地与人世，慢慢地品味出它的宁静与和谐。

无比欣赏这句话：“没有任何一朵花，一开始便是花；也没有任何一朵花，直到最后仍是花。”女人就像一朵芬芳妩媚的鲜花，虽说生命不能永恒，但也要尽量让自己的花期延长，要好好珍惜时间，争取让年龄成为你生命的勋章，而不是你伤感的理由。刘嘉玲曾说：“我曾经以为在人生的抛物线上，三十岁是最高点。常常惶恐一年一年接近三十岁却依然两手空空。我曾经以为五十岁是坐着藤椅，摇着蒲扇，看天边云卷云舒，任庭前花开花落的年纪；而今恍然，五十岁可以是巅峰，也可以是起点。给自己长一点的时间去成熟，让花期更长，让内心更笃定更强大，让今天比昨天更爱生活，更爱自己。”

每个人都会面临孤独，尤其是女人。女人容易感性，当没人能理解自己的时候，孤独就像岁月中偶尔会发作的一种病，就如人偶尔会感冒一样，会令女人伤心难过一阵子。然而人生旅途中，一半是忘却，一半是念想，在断与连的人生链条中，孤独就是在面对岁月腐蚀、人情冷暖、人世沧桑时，心灵偶尔会有的落魄与惆怅。但只要内心不空虚，心灵温暖如玉，孤独就犹如一阵风，坚强地面对过后就烟飘雾散了。暴风雨过后，生活又充满了阳光。其实，人人生而孤独，相比于快乐和喧嚣，孤独总是绵长又深切，让人无助又彷徨。然而，孤独并不可怕，可怕的是畏惧孤独。

生命是孤独的旅程，孤独是生命的答案。人生就如一场旅行，我们总是走在路途上，路上的忘却是一种忧伤，途中的念想是一种情怀，悲喜交集，悲欢离合，懵懵惚惚，如影随形。人生旅途中，惊喜的是一场遇见，一个发现，一份等待，一份付出，甚至是一种决然……只有接纳且拥抱孤独的人，才能看清真实的自我，在沉思中找到人生清晰的方向。孤独会让你活得更加清醒而坚韧，逐渐穿越迷茫，活出人生的真正滋味。虽然我们不能掌控生活中的无奈，但我们能掌控自己的心态。年龄会老去，但心态能保持年轻，一颗充满阳光、光芒四射的心灵能永葆青春，永葆活力，也能让女人一辈子都活出自我、活出人生真正的滋味。女人难能可贵的是在历经沧桑，经过岁月洗礼之后依然保持一颗童心。这颗童心犹如凛冽风雪中绽放的梅花，晶莹剔透；亦如狂风暴雨之后天空出现的那道绚丽的彩虹，七彩斑斓。

抽时间过过小文艺的日子吧，将尘世间的喧嚣与嘈杂、浮躁与功利统统抛到脑后，带着真诚的爱，带着明媚的笑容，带着少女般傻傻的天真，带着没心没肺的爽朗，暂时忘掉岁月的沧桑，忘掉生活的酸楚，让短暂的人生变得精致些。踏过冬霜秋草，走过阳春白雪，欣赏自然的风清日丽，也坦然面对在万丈红尘中渐渐老去。就算哭泣，也要面带微笑，能接纳不完美的自己，才能接纳不完美的人生；能和不完美的自己和平相处，才能与不完美的世界和平相处；能热爱不完美的自己，才能热爱不完美的世界。不要钻牛角尖，不故步自封，不自以为是。心灵平和，不关闭那扇心灵之窗，阳光才能照射进来，生活才会处处洒满阳光，柔和通透。

女人可以不漂亮，但要活得芬芳，不必才华横溢，但须知书达理。务必让自己拥有善良的心灵，高尚的品质，优雅的举止，宽容的美德。容颜会随岁月流逝而苍老，但优秀的气质却能伴随一生，长盛不衰。随着年龄的增长，女人一定要学会大度与宽容，能被别人包容是一种幸福，但能包容别人，则是一种境界。

有哲学家说，生命如同一个圆，当初赤裸裸地来终归也将赤裸裸地去，草必枯干，花必凋谢，生命会一天一天逝去，人人都是如此。花开花落的过程，应该让它自然舒展，自然绽放，也自然凋零。该来的让它来，该去的让它去；来的欢迎，走的目送，也许人生兜兜转转了一个圈，最终追寻的，还是最初那个单纯和本真的自己。

无比热爱清代诗人袁枚的一首小诗《苔》：“白日不到处，青春恰自来；苔花如米小，也学牡丹开。”在这个世界上，或许我们都是平凡人，普通得不能再普通，就像那生长于阴影处矮小卑微的苔藓。可就是这样的我们，也一样有花开的权利，有绽放的权利，有热烈地展现自己的美丽、焕发着自己的光芒的权利。

女人如花，世界诞生女人，原本就是想让女人为这个世界带来美丽。努力去追求自己的梦想吧，让生命如鲜花般盛放，不管有没有人欣赏，请你一定要努力绽放，你不是为别人而是为自己绽放。不做别人的赏物，只做最绚丽的自己。

这个世界上，没有人把你当童话，也没有人把你当神话，却会有人把你当笑话。没关系，他们只是外人，而你只须——做好你自己！这个世界上有很多美好的东西等着我们去发现、去热爱。

心中有信仰，脚下有力量。远方有灯，脚下有路，眼前有光。征途漫漫，唯有奋斗。女人如花，岁月如歌，放飞梦想吧，努力让梦想绽放，努力绽放出生命的火花，让这一生一世不枉为一朵美丽的女人花。

公园漫步

傍晚时分，天空下起了淅淅沥沥的小雨，焕然一新的清新空气送来了公园里淡淡的树叶香和糜烂杂草的幽香。我打起小花伞，迎着毛毛细雨，去公园散步。

漫步在公园湿漉漉的清幽小径上，收入眼帘的，尽是鸟语花香。树木郁郁葱葱，片片叶子苍翠欲滴。亲近大自然，感受大自然，是一种享受。此刻公园里是那么静谧，那么恬淡，一种宁静祥和的心境立刻油然而生。在这静寂的氛围中，有一种释然的情愫悄然涌上我的心扉，使我暂时忘却了喧嚣，忘却了烦躁。我来自何方，我该去往何处，此刻一点都不重要，走走停停，悠然自在，无比惬意。大自然孕育了世间的一切，它是位神圣的母亲，此刻我只管安详地徘徊于这位神圣母亲的怀抱当中。大自然公平地对待世人，每个人都可以尽情地享受它美丽的风光。在大自然中，蕴含着世上一切最质朴、最真诚、最美丽、最动人的东西。有时候，就是一片蓝天，一朵白云，一轮斜阳，一抹彩霞，一缕清风，一弯残月，一颗星星，一湖碧波，一场骤雨，一片落叶……都能让人感动得热泪盈眶和产生遐想。此刻，大自然正用母亲般慈祥的目光、用鲜花和雨露围绕着我，抚平我淡淡的忧伤，慰藉我疲倦的心灵，此刻我的内心只感受到一片宁静与安详。

一路走，小路迤逦，雾气弥漫，公园里处处赏心悦目，俯拾的皆是风景。那白茫茫的黄昏雨，丝丝缕缕，缥缥缈缈，轻盈如雪，亦如鸿毛。我把伞收起来，伸出我的手指，去触摸这漫天纷飞的雨丝，心中涌现的那份浪漫情怀也随着四处飘飞，洒向天空再飘向远方，散落天涯。树木郁郁苍苍，枝叶葳蕤，那一树一树如伞盖般撑起来的墨绿，栉风沐雨，直指云天。它们向天空伸展，向大地生根，在美丽的大自然中汲取丰盛的营养，不断茁壮成长，长成了参天大树。它们默默地展现自己的英姿，昂首挺胸，屹立挺拔，沉默无言，无比庄重。阳光雨露融进它们的血脉，泥土朴素的气息镶嵌进它们的枝骨，清风明月熏染它们的风度。它们的四周，弥漫着清幽，洋溢着素雅。

城市的上空，霓虹灯已经亮起来了，那缤纷抖动的颜色，熹微闪烁，晶莹亮眼，绚丽多彩，如同撒落在远方夜空中的满天繁星。白天繁忙的都市，人们脚步匆匆，争分夺秒，喧嚣浮躁。夜幕降临后，城市展现出它神秘的另一面，灯红酒绿，觥筹交错，轻歌曼舞，在这一切的背后，人容易迷失自我，心灵容易空虚。

美国作家梭罗在《瓦尔登湖》里说，在这个世界上，人只需要闭上眼睛，转个方向，就会迷路，而人的灵魂所必需的东西，是不需要金钱来买的。大自然能给人们指引心灵的方向，它包容一切，回归大自然享受大自然，才能更好地找回自我，让忙碌疲惫的心灵得到休憩。我们应该像大自然那样从容不迫地度过每一天。

在公园昏暗路灯光线的衬托下，远处的树影更显婆娑，荫翳斑驳，湖水波光潋滟，山影层峦叠嶂。这温馨的夜色，如同笼罩着一层层透明的幔纱，水汽氤氲着，荡悠悠地充盈在幽幽的林叶间，从绿莹莹的草丛蔓延到树林一直延伸到澄澈广袤的夜空。空气中同时浮动着树木、枯叶、青草散发的阵阵芳香。凝望着这玲珑的夜色，就像是凝望着美妙大自然中的水墨画。在这清幽、静穆的夜色中，有低沉的蛙声阵阵、有蟋蟀的啁啾、有草虫的呜呜，他们像是在放声高歌，又如同在低沉吟诗，显得是那么的柔和，但又是那么的静谧。透过那轻曼如纱的雾霭，树朦胧，夜朦胧，公园的一切都沉浸着朦朦胧胧的美。这朦朦胧胧的美，滋润着这雨夜散步人的心灵，感觉有一种无法言喻的美好在心中蔓延开来，如水波泛起阵阵涟漪……

我久久留恋这温馨的夜色，不忍离去。

被丢弃的布娃娃

早上出门上班，在小区楼梯口的过道旁，看见了一只被人丢弃的布娃娃。

仔细一看，这是一只超级大、超级可爱的维尼熊布娃娃。窗外，天空黑云密布，突然淅沥沥哗啦啦地下起了滂沱大雨，这只可爱的维尼熊布娃娃，正耷拉着脑袋，无精打采，形影单只，孤苦无助，神色黯然，一副无比伤心的模样，仿佛在无声啜泣，落魄伶仃的眼神里正悄悄流着无声的眼泪，像是在默默哀求楼上的主人不要将自己抛弃。那窗外淅淅沥沥的大雨，仿佛是为维尼熊而演奏的伤心曲子，为维尼熊遭遇被丢弃的命运在悲戚哀叹。瞧着眼前的这一幕，我的心隐隐抽搐了一下。多么可爱的布娃娃呀，主人为什么舍得将它丢弃呢?

我家也有一个类似这样可爱的维尼熊布娃娃，它陪伴了我整整十五年的光阴。去年除夕大扫除的时候，我嫌弃它又脏又旧，也嫌弃它霸占空间，又碍手碍脚，于是就想把它扔掉。我曾一手将它丢出了楼梯口，可在最后一刻，于心不忍，最终我还是将它抱了回来。

布娃娃，不仅仅是小孩子喜爱的玩具，成年人也一样喜欢。因为，布娃娃似乎有一种魔力，能唤醒成年人久违的童真，能瞬间让人童心未泯。布娃娃仿佛具有一种时光保存的功能，能让人在不经意间浮想起童年岁月，回忆起一段天真烂漫的时光。那消失了的童心，渐行渐远的童真，活泼可爱的童年印象，成年人仿佛能在布娃娃身上逐一找回来。

在城市长大的孩子，童年时光一般不会缺少玩具，有些小朋友的玩具多得能堆满整个房间或客厅。而在偏远山区比较贫穷落后的地方，有些留守儿童，就连完成九年义务教育都是个大难题。清晨，东方天空依然漆黑、伸手不见五指的时候，孩子们就要起床了，早餐没吃就要翻山越岭、跋山涉水去上学。学校离家路途遥远，通常有好几公里的山路要走。每逢雨季，坑坑洼洼、崎岖不平的黄泥路并不好走，一路是踩着泥巴、 着河水千辛万苦才走到学校，求学之路饱含着辛酸。而能够拥有一件像城市里的孩子那样既好玩又好看的玩具，更是一种奢望。

既然无法拥有好玩又好看的玩具，童年时光的快乐就由其他方式来填补，比如，爬树，抓知了，捅鸟窝，捅马蜂窝，摘野果，玩泥巴，摸泥鳅抓螃蟹，煨番薯，田野小溪到处乱跑乱窜……每天玩得不亦乐乎，玩得身上脏兮兮的，全身上下都是泥巴，跟城市里的孩子那衣着光鲜的模样比较，乡下的孩子就是“野孩子”，一副黑不溜秋、土里土气的傻愣模样。费孝通在《乡土中国》里说：“城里人尽管可以用土气来藐视乡下人，但是在乡下，‘土’是他们的命根，能在土地里种植和收获粮食，才能五谷丰登，那是美好生活的象征，乡村里的孩子根本不会觉得自己土里土气。”

虽说，农村娃生活条件一般都比较朴素，比较寒酸，跟城市里的同龄人相差甚巨，可是对玩具的喜爱，是每个儿童与生俱来的天性。

在我的童年时代，那时正流行洋玩具“芭比娃娃”。我的好朋友陈燕，她的姑妈是城里人，在陈燕七岁生日的时候，姑妈寄给陈燕一个芭比娃娃，令陈燕喜出望外，开心不已。芭比娃娃漂亮极了，粉粉的脸蛋，飘逸的长头发，出落得秀丽多姿。那焕发着秋水般神采的大眼睛，就像星星那般亮晶晶，美艳照人。那一张一翕的长长眼睫毛就像清晨草丛中的露珠，凹凸有致的苗条身材、玲珑雅致的小巧模样甭提有多惹人喜爱了。在小女生的情怀里，拥有一个芭比娃娃，能满足天真女孩对青春浪漫的幻想，对人生未来的憧憬，以及对成长的无限渴望。芭比娃娃还有几套美轮美奂的衣服轮替更换，陈燕每天都花很多巧心思帮芭比娃娃穿衣打扮。芭比娃娃令陈燕变得越发心灵手巧和文静起来。陈燕和芭比娃娃每天形影不离，吃饭睡觉都要拿着它。我们甭提有多羡慕陈燕能有一个这样漂亮的芭比娃娃了，那羡慕的眼神，就像一同玩耍时那自由荡漾的秋千架，飞得高高的，虽仰慕天空，却触摸不到天空。说真的，陈燕不让我们触摸她的芭比娃娃，一次都不让，我们伤心极了。

后来，芭比娃娃摔坏了，陈燕号啕大哭。姑妈又寄了一个新的过来，陈燕就把那个缺了一条胳膊的旧芭比娃娃送给了我。就是这么一个缺了一只胳膊，最后又摔断了一条腿的芭比娃娃，让我爱不释手。我无比珍惜这个“残疾”的芭比娃娃，我也像陈燕那样，天天给它换衣服，发型也每天一换。有时候将芭比娃娃那把飘逸的金色头发扎起来，芭比娃娃立刻变成了活力四射的青春少女；有时候又让它披肩散发，芭比娃娃立刻变成了一位窈窕淑女，就像动画片里那位高贵典雅的英伦小姐，也像安徒生童话中那位美丽善良的白雪公主。我每天都变着花样把芭比娃娃打扮得漂漂亮亮，小小年纪还学着给它缝制新衣服，跟它玩“过家家”。正是这个“残疾”的芭比娃娃，给我的童年带来了许多天真快乐，许多如彩虹般美丽的幻想。

无论物质生活水平有多高，任何时候，暴殄天物都是一种浪费行为。当我看到楼梯口那只被丢弃的维尼熊布娃娃时，我真的想立刻将它抱起来，将它送回主人的身边。这是一只多么可爱的布娃娃呀，它的主人就这样将它丢弃，真是蛮可惜！如果嫌弃它，为何不将它捐赠给山区里的孩子呢？也许某个山区的小朋友，正渴望拥有一个这样可爱的维尼熊娃娃呢。

我想，要是城市每个街道都能长期设立义工爱心服务站就好了，那些不想要的玩具和书籍，人们不要随意扔掉，将它们收纳起来，送到义工爱心服务站，再将它们捐赠给某些山区学校，送给那些有需要的孩子，让山区孩子的童年也有许多数不胜数的漂亮玩具，也许，这样做会更有意义。

菜市场，人间烟火味

毕淑敏在她的作品中这样写道，做饭其实也是一门艺术。人类的饮食文化博大精深，源远流长，烹饪是从远古时代传承下来的手艺，博物馆里描述远古人类猿人生活的图画，都绘着腰间绑着兽皮的女人，低垂着乳房，拨弄篝火，准备食物。可见烹饪对于女人，是先于时装和其他一切行业。

有人说，漂泊远方的游子疲惫时，会无比怀念母亲的味道。母亲用心良苦为自己煮的饭和熬的汤，不一定非常鲜美，却最暖心；母亲煎的饼，不一定酥软，却最温馨。古人云：民以食为天。常言道：人是铁，饭是钢，不吃一顿饿得慌。无论是从爱自己还是爱他人的角度去想，“食”都是生活中的头等大事。一位不会做饭的女人，就像风干的葡萄干，可能更甜，却失去了脚踏实地的人生态度，尤其是做了母亲的女人，如果从不肯为自己的儿女“洗手做羹汤”，那一定不是一位称职的好母亲。

日常生活中谁都离不开菜市场。让人感到幸福的事情之一，应当是家的附近就有菜市场。小区物业即使再豪华，如果方圆附近没有一间菜市场，那一定是配套设施不完善的小区。逛菜市场，自然也跟逛商场一样，是大部分女人要弹奏的生活乐章。女人啊，当你逛菜市场的时候，脚步不妨放轻盈一些，态度不妨从容一些，因为，这里也是你的人生舞台，也是你生活的走秀场。柴米油盐酱醋茶，一家老小的生活饮食，让人操心。每餐煮啥？吃啥？煞费苦心。逛一趟菜市场，其实是去体味一番人间烟火。

平平淡淡的生活里，真能做到从从容容过好每一天，并非易事。仅仅让自己和家人随意填饱饥肠辘辘的肚子，随意解决一日三餐，图个温饱，那只是人生的低配追求；花费心思为自己和家人做出美味可口、香喷喷的饭菜，才算爱的奉献。有些女人说，每当自己心情愉悦时，做出来的饭菜会格外香喷可口。由此可见，心情也是一剂调味剂，能直接影响下厨的质量。能否做好一顿饭，关键是要用心，而逛菜市场，显得尤为重要。逛菜市场相当于出门觅食，逛完菜市场回来，双手满载而归，才不至于“巧妇难为无米之炊”。逛菜市是用心做出美味佳肴的前提行动，清代袁枚在《随园食单》里就讲过，“一桌好菜，买办之功居四成”。

菜市场，虽嘈嘈杂杂，拥挤不堪，毫无华丽可言，但也不晦暗，它是人间烟火的底色，是生活最本真的模样。人类的日常生活在这里真实展现，日复一日，轮番上演，无眠无休，虽谈不上激情四射，却彰显出低调实在。它虽朴素无华，却不自甘平庸。菜市场，就像一位素颜的女人，一眼望过去，有些蓬头垢面，但走进里面，却是别有洞天，蔬菜、水果、肉类、海鲜应有尽有，包罗万象，这是一个瓜果飘香、色彩斑斓的世界。新鲜、润泽、嫩绿的时令蔬菜和活蹦乱跳的生猛海鲜，在这里洋溢着岁月的芬芳。冬天刚走，春天马上到来；夏天赖着不想走，秋天就长出两只脚来，一脚着绿，一脚着黄，如同“蒌蒿满地芦芽短，正是河豚欲上时”，如同“一年好景君须记，正是橙黄橘绿时”，不同季节的时令蔬菜和新鲜水果，在这里一茬一茬变着戏法出现。红的西红柿、绿的黄瓜、白的萝卜、黄的土豆、紫的茄子……粉红的苹果、青皮的芒果、淡黄的鸭梨、殷红的荔枝……色泽鲜艳的各色蔬菜水果琳琅满目，错落有致地分布在各个档口，整整齐齐散发着诱人的光芒，远远望去，就像生活的万花筒，让人对生活充满向往。林徽因曾这样描述胡萝卜：“蔬菜的种类是最复杂的，只就胡萝卜一项说，就有红的、黄的、白的、绿的、蓝的、紫的等颜色不一的种类。”

在城市周遭高楼的映衬下，那平凡熟悉的菜市场令人感到亲切，这里有大自然赋予人类的生存欲望，有最简单的食欲和最鲜活的生命力。而对于身处钢筋水泥丛林的城市人来说，能最快速接触到乡土味的地方，能领悟到生活最本真气息的地方，还真就是菜市场。关于春夏秋冬的气息，都藏在野到无边的新鲜食材里，把每一个季节的时令蔬菜和水果吃进嘴里，让舌尖跟随一年四季跳跃，变换着风味，这日子也就越发鲜活起来、明亮起来。人生唯有爱与美食不可辜负。美食能给疲惫的人生带来无限慰藉，只要我们的唇齿间还能尝到世间百味，尝到人间美味，它就能醍醐灌顶地提醒你："活着真好！"其实，热爱生活远比成功更重要。陶渊明的一篇《桃花源记》，让每个中国人心中都萌生着属于自己的田园梦。菜市场里，有来自田园最原汁原味的色彩和芳香，而且四时变化，永不落幕。一季过去，一季来临，菜市场始终携带着岁月最真诚、最朴素、最坚韧的力量。

也许，菜市场给予女人的是平凡的岁月，是日常生活中的鸡毛琐碎，但请不要有怨言，觉得是生活亏欠了你。逛菜市场，也是人生要遵循的生活仪式感。菜市场，就像生活中的感叹调，再伟大的肖邦，也难以演奏出那里所要表达的生活乐章。走进菜市场，一切伪装都掉到了地上，女人无须涂着鲜艳的口红，无须浓妆艳抹，无须刻意装作贤惠温柔，更无须脚踏高跟鞋，只须穿个平底鞋就好，在菜市场你可以大声喧嚷，不必轻声细语，可以讨价还价，这里展现的是真实的自己，朴素的自己。不仅仅是职场女性，所有女性在菜市场里都可以卸去人生面具，回归最简朴、最自然的模样。

逛菜市场不同于逛商场，逛菜市场其实是一种人生哲学，那里虽不能惊艳时光，温柔岁月，让人生绽放芳华，但是日子要分分秒秒，一天一天认真地过，才不至于浪费光阴。日常生活中的辛劳操持，含辛茹苦般生儿育女，让女人娇嫩的双手慢慢磨出了老茧。人生的风尘仆仆，蹇舛困顿，酸甜苦辣，在匆忙赶去菜市场买菜的背影中能一一体现。日复一日逛菜市场，磨去了青春少女的情怀，磨去了妙龄女子如洋葱般娇嫩的气息，只有经过菜市场洗礼的女人，才会领悟到生活的真谛。盘中之餐，粒粒皆辛苦，一粥一饭当思来之不易。能过饭来张口、衣来伸手的人生，虽是幸运的人生，但带有脆弱性，经不起岁月的波折。哪个女人能保证自己一生一世都能衣来伸手、饭来张口呢？人生需要未雨绸缪，还是“自己动手、丰衣足食”来得舒畅，来得坦荡，来得从容不迫，遇上人生风雨也能泰然处之。菜市场，是一曲女人难以谱写却又该认真谱写的生活乐章。

如果你认为只有女人爱逛菜市场，那就大错特错了。许多男人和美食界有名的吃货，都是菜市场的忠实粉丝，他们比女人更爱逛菜市场。

美食界大咖蔡澜说："逛菜市场是最享受的时候，有如追求女人。"在他的节目《蔡澜逛菜栏》里，他满世界飞着吃，到各地的菜市场选取地道新鲜的食材，做出地地道道的好菜。他曾对记者说："我每天早上都喜欢散步到菜市场，看到刚刚上市的时令新鲜蔬菜，就像和老朋友见面一样，精神舒畅，非常开心，于是就买回家来做。"

汪曾祺说："体力充沛，材料凑手，做几个菜，是很有意思的。做菜，必须自已去买买菜。提一菜筐，逛逛菜市，比空手遛弯儿要'好白相'。到一个好地方，我不爱逛百货商场，我宁可去逛逛菜市场，菜市更有生活气息一些。看着生鸡活鸭，鲜鱼菜，碧绿的黄瓜，彤红的辣椒，热热闹闹，挨挨挤挤，让人感到一种生之乐趣。"

梁文道就说："在很多地方的菜市，我能碰到这个社会所有阶层的人。"菜市场是最具烟火气息的地方，隐没在菜市场里的百态人生可比职场八卦要有意思得多。逛菜市场，你能领悟到，广东话所说的" 食艰难"其实是颠扑不破的真理。最近网上有个很火的说法："没见过凌晨三点的街道，不足以谈论人生。”比起凌晨三点的街头，凌晨三点的菜市场，更能让人感悟人生。当我们还沉浸在梦乡的时候，菜市场里的商贩们已经开始了他们一天的工作。凌晨三点的菜市场，没有人不辛苦，只有人不喊疼。古龙曾在《多情剑客无情剑》里写道：“绝对没有人会在菜场里自杀的。”他说，如果一个人走投无路，心一窄，想要寻短见，就放他去菜市场。菜市场有治愈人心的力量，那里混杂着人间各种气味，蔬菜档口附带着泥土味，海鲜档口附带着山珍海味，烧腊档口里的种种卤味香气扑鼻，隔几条街都能闻到，响彻着人们的各种方言、各种攀谈声、砍价声、吆喝声……这些气味，这些声音，都是鲜明而生动的，充满了生命的活力。每当人生撑不下去的时候，就去菜市场走走吧，看看那些同样困于生活却依然在努力奔波和忙碌的人，会产生强烈的激励。对有些人来说，菜市场是偌大的城市里最治愈人心的地方，孤独的时候逛逛菜市场，最能感受久违的人情味。爱逛菜市场的人，是不会轻易垮掉的，他们会从这个热闹的地方汲取热气，化成自己走下去的力量。再大的烦恼在这里都能暂且烟消云散，逛一圈菜市场，会让人觉得：“未来可期，人生值得期待。”无论如何，都要努力活下去，坚强地活着，才会有希望。

来到一座陌生的城市，想要快速了解这座城市的风貌，菜市场往往比博物馆还重要。美食家陈晓卿就说过：“我们去一个城市，一般就会去名胜古迹，所谓的地标建筑。其实了解一个城市的最好方式，是去看它的菜市场。用我的话，和这个城市才有了肌肤之亲。名胜古迹都是‘西装革履的’，装扮得很好。但是菜市场装不了，它想装都装不了。”是的，名胜古迹是城市的门面，而菜市场却是一座城市的里子，藏着当地人真实的生活，三教九流，民风习俗，皆在其中。一间菜市场能让游客感受到其魅力，是因为菜市场珍藏着一座城镇的灵魂和市井气息，展现着一方水土和一座城市鲜明的个性，也包藏着世间人情百态。

时代在发展，科技在不断创新和进步。在外卖、网购、生鲜电商超市发达的今天，越来越多的年轻人喜欢在网上买菜，这种干净高效又便捷的买菜方式，深受年轻人的青睐。菜市场这个过去市民几乎每天都逛的地方，不经意间发生着角色变换。许多年轻人每天在林立的高楼间行色匆匆，与外卖相伴，菜市场似乎离我们越来越远了……有人说，长此以往，大城市里的菜市场终究会消失。

在时代潮流面前，个人的力量就如螳臂挡车。也许时代潮流就是这样，浩浩荡荡，不可阻挡，不可逆转，身处瞬息万变的当下，仿佛也没什么是可以准确预知的。

但菜市场会消失吗？我始终认为不会。传统菜市场虽然不如以前热闹了，但菜市场独有的烟火气、人情味，是任何网络科技都无法替代的！正如一些“老厨子”所言，“新鲜是挑选出来的，不是一键下单送到门口的！”逛菜市场，可以看见、触碰到所有鲜活的东西，这是在网购时所体会不到、也代替不了的。

科技的世界，是星辰大海，而人的内心，就是万千宇宙。

对于大数据时代来说，几两肉、几斤米、几瓶酱油、几瓶醋、一斤水果、一棵菜、一条鱼、一根葱……不过是巨量数据流中一份微不足道的数据，但是，对于一个家庭来说，它是一份早餐，一份晚餐，一段时光，一种陪伴，一种责任，是血浓于水的亲情，是割舍不断的幸福港湾，是我们这辈子最深沉的羁绊……那是爱的形式，是爱的温馨与甜蜜。

为家人好好做顿饭表达着浓浓的爱意，是家庭生活中不可缺席的温暖。而购买、洗涤、烹饪，就是生活的仪式，呵护的仪式，这是独属于人的仪式，哺育的仪式，传达爱与责任的仪式。

生活永远向前，日子流转不息。无论时代如何千变万化，当你行走在热闹拥挤的菜市场，看着各色的人群，看着那些碧绿垂青油光鲜嫩的蔬菜，看着生鸡活鱼，看着那些做好的油丸酥肉，生活中的所有不快和压力会一下云消雾散。在菜市场，到处是人间的烟火、生活的气息，你能感受到一种生活的乐趣。

我有一首诗，足以慰风尘

我喜欢欣赏唐诗。

每当我朗诵唐诗时，在那讲究“平平仄仄平平仄”的抑扬顿挫、跌宕起伏的音律跳跃中，我深深地感受到了唐诗和汉语言所具有的韵律美和音乐美，唐诗那种只可意会、不可言传的意境美就如中国山水画、水墨画般幽雅、别致、秀丽，又如中国园林艺术般曲径通幽、蘅芷兰芳、古色古香。朗读的时候，仿佛一股股浓郁的大唐气息穿越了时光的隧道扑面而来，大唐雄伟而又辉煌的美丽画卷就如同在自己的眼前伸展开来一样。就是一首首简简单单的五言律诗、七言律诗所表达、所展现出来的开阔雄浑般意境，是我们写几千字几万字的白话文来解释它、诠释它，都未必分析得透彻的。比如：

王之涣的《登鹳雀楼》：

白日依山尽，黄河入海流。
欲穷千里目，更上一层楼。

岭南烟火色

此诗虽只有二十字，却以千钧巨椽，缩万里于咫尺，使咫尺有万里之势。也道出了站得高才看得远的哲理，令人襟怀豪放。这首诗是唐代五言诗的压卷之作。

又比如王之涣的《凉州词》：

黄河远上白云间，一片孤城万仞山。
羌笛何须怨杨柳，春风不度玉门关。

唐朝诗人王之涣这首诗中所展现出来的胸襟和意境，太美了，短短几十个字，气势磅礴，广阔无垠。朗读的时候，仿佛波涛汹涌、奔腾不息的黄河水就在你眼前翻滚着一样，雄伟壮丽，意境高远。如果把这首诗与中唐以后的某些边塞诗加以比较，就会发现此诗虽极写戍边者不得还乡的怨情，但写得悲壮苍凉，没有衰飒颓唐的情调，悲中有壮，悲凉而慷慨。从唐朝到现代，中国产生了无数伟大的诗人。这些伟大诗人的诗歌艺术，是中华民族的璀璨明珠，永远照耀在中华民族的大地上，熠熠生辉，光彩夺目，是中华文明的文化瑰宝和文学艺术的光辉形象。

唐朝那么多的伟大诗人，我最喜欢和最欣赏的诗人是李白、杜甫和王维。李白被后人称为“诗仙”，杜甫被后人称为“诗圣”“诗史”，王维被后人称为“诗佛”。其中，“诗仙”“诗史”“诗佛”的称号，已高度概括他们三人诗歌艺术的鲜明特点。

一、“诗圣”杜甫

杜甫的诗也被称为“诗史”，是因为读杜甫的诗，如同重温唐朝由盛变衰的那段历史。“安史之乱”“陈陶兵败”“房 罢相”“马嵬坡事变”“郭子仪掌兵”等重大历史事件，就如放电影一样一幕幕出现在杜甫的诗中，并且，这不是电影故事，这是真实的历史，活生生的历史。例如《悲陈陶》：

孟冬十郡良家子，血作陈陶泽中水。
野旷天清无战声，四万义军同日死。
群胡归来血洗箭，仍唱胡歌饮都市。
都人回面向北啼，日夜更望官军至。

这是唐军与安史叛军在陈陶作战，唐军四五万人几乎全军覆没。陈陶兵败后，房 的宰相官职被罢黜，杜甫就是因为同情房 ，在唐肃宗面前为房 说话，而遭到政治打压，被唐肃宗降职，远离皇帝身边，远离权力中心。对于奸臣杨国忠被诛杀，老百姓拍手称快，杜甫在《北征》里写道：

忆昨狼狈初，事与古先别。

奸臣竟菹醢，同恶随荡析。

“马嵬坡事变”，杨贵妃被杀后，唐玄宗从此一蹶不振、意志消沉，逃难巴蜀后就不再过问政事、世事，将王位交给了唐肃宗，当了个亡命天涯的“太上皇”，郁郁而终。对于杨贵妃和唐玄宗这对“苦命鸳鸯”，杜甫是充满同情的。他在《哀江头》里写道：

明眸皓齿今何在？血污游魂归不得。

清渭东流剑阁深，去住彼此无消息。

人生有情泪沾臆，江水江花岂终极！

对于唐肃宗结盟回纥兵、毅然决定用和亲借兵之策，将亲女宁国公主下嫁回纥可汗，得以借回纥兵力助唐军平叛收京，杜甫表现出担忧，对肃宗和亲借兵回纥之事杜甫是持否定态度的，回纥收京后久留不遣，杜甫忧其为害，作《留花门》以讽，诗中曰：

北门天骄子，饱肉气勇决。

高秋马肥健，挟矢射汉月。

自古以为患，诗人厌薄伐。
修德使其来，羁縻固不绝。
胡为倾国至，出入暗金阙。
中原有驱除，隐忍用此物。
公主歌黄鹄，君王指白日。
……

果然在平叛“安史之乱”后，回纥可汗图谋不轨，对大唐虎视眈眈、蠢蠢欲动，郭子仪又要起兵征伐回纥，唐肃宗真可谓引狼入室，这也体现了杜甫的政治远见。

杜甫被称为“诗圣”，是因为杜甫在他的诗歌当中，无不体现他出忧国忧民的思想，他虽然因为谏言房　事件触怒了唐肃宗而遭贬谪，最后也弃官不做，但在他的整个一生当中，他始终忧国忧民，他写下了名垂千古的“三吏”“三别”，奠定了他被封为“诗圣”的千古地位。他是真正体现了范仲淹在《岳阳楼记》里写的“居庙堂之高则忧其民，处江湖之远则忧其君”的这种儒家胸怀，杜甫深受屈原的影响，是一位忧国忧民的伟大诗人。杜甫晚年零落天涯，流离颠沛，客居巴蜀。可他始终心挂朝廷，担忧国家命脉。他在《茅屋被秋风所破歌》中写道：

安得广厦千万间，
大庇天下寒士俱欢颜！
风雨不动安如山！
呜呼，何时眼前突兀见此屋，
吾庐独破受冻死亦足！

自己缺衣少食，流离失所，心中却依然胸怀天下，担忧在战争动乱、兵荒马乱中跟自己一样穷困潦倒、居无定所的天下百姓，他发出的愿望是：如果天下寒士能居有定所，就算自己的房子倒下去、自己死了也足矣。真乃圣人一个。

唐朝众多诗人当中，最了解李白、最推崇李白的，是杜甫。这可以从杜甫整个一生一共写给李白的十几首诗中就能体现出来。其中《赠李白 》：

秋来相顾尚飘蓬，未就丹砂愧葛洪。
痛饮狂歌空度日，飞扬跋扈为谁雄。

这首诗写于杜甫刚认识李白期间，两人同游齐鲁后分手时，杜甫写给李白的。此诗表面看来，似乎杜甫在规劝李白：要像道家葛洪那样潜心于炼丹求仙，不要痛饮狂歌、虚度时日，何必飞扬跋扈、人前称雄。实际上，杜诗有言外之意：李白藐视权贵，拂袖而去，沦落漂泊，虽尽日痛饮狂歌，然终不为统治者赏识；虽雄心万丈，而难以称雄，虽有济世之才，然不能施展。此诗可见，杜甫是多么了解李白。他在《饮中八仙歌》中描写李白是：

李白斗酒诗百篇，长安市上酒家眠。
天子呼来不上船，自称臣是酒中仙。

杜甫了解李白的个性，对于李白的诗歌风格，杜甫非常欣赏、推崇。他在《寄李太白二十韵》里赞李白的诗是：

笔落惊风雨，诗成泣鬼神！

杜甫认为李白的诗歌艺术超越以往时代杰出的诗人，他在《春日忆李白》中赞李白是：

白也诗无敌，飘然思不群。
清新庾开府，俊逸鲍参军。

李白晚年，“安史之乱”爆发后，李白怀着一腔报国热情加入了勇王李凌的队伍，不料李凌背地里却拥兵和他的哥哥唐肃宗李亨争夺皇位，结果兵败被杀，李白因此受到了牵连，事后被唐肃宗贬往夜郎国。对此事件，因为李白一生中放荡不羁的个性得罪的权贵不少，对李白喊打喊杀的王公贵族是黑压压一大片。对此，杜甫充满担忧，他非常同情李白的遭遇，他在《不见》这首诗里写道：

不见李生久，佯狂真可哀。
世人皆欲杀，吾意独怜才。
敏捷诗千首，飘零酒一杯。
匡山读书处，头白好归来。

杜甫为李白的命运担忧，一个有着远大抱负的人却不得不“佯狂”，这实在是一个大悲剧，李白“佯狂”虽能蒙蔽世人，然而杜甫却深深地理解和体谅李白的苦衷，诗的结尾，杜甫希望李白能落叶归根，终老故里，“匡山”，指绵州彰明（在今四川北部）之大匡山，李白少时读书于此，这时杜甫客居成都，因而希望李白回归蜀中，回到自己的故乡来。杜甫用其质朴的语言，表现了对挚友的深情。

杜甫一生忧国忧民，人格高尚，诗艺精湛。在他所处的时代，他的诗没被世人赏识，但他始终不气馁，他坚信自己的诗会得到后人的认可，他在诗中言道：文章千古事，得失寸心知。杜甫一生写诗一千五百多首，流传下来的诗篇是唐诗里最多最广泛的，是唐代最杰出的诗人之一，对后世影响深远。杜甫的作品被称为“世上疮痍”“诗中圣哲”，以及“民间疾苦”“笔底波澜”，他是现实主义诗人最杰出的代表之一。

宋末时期，整个宋朝都已被忽必烈灭了，满朝文武百官哗啦啦如大厦倾倒，纷纷投降，统帅御林军都已投降，就连皇帝、皇太后也都投降了，但抗元名臣文天祥却宁死不屈。元世祖忽必烈亲自劝降，许以中书宰相之职。文天祥大义凛然，表示坚决不做亡国奴。是什么在支撑着文天祥钢铁一般的意志宁死不屈呢？是一本《杜工部诗集》。文天祥在牢里一遍遍地读杜甫的诗集，最后他留下了“人生自古谁无死，留取丹心照汗青”的千古名句之后，英勇就义，他的爱国精神、忠肝义胆，永垂不朽！

1945年日本军国主义宣布投降后，中国抗日战争取得了全面胜利，据说在敌后方，在四川，中国的文化界人士听到这个激动人心的大好消息时，有哪首诗此时此刻最能代表他们的心情呢？他们一致认为是杜甫的那首《闻官军收河南河北 》：

剑外忽传收蓟北，初闻涕泪满衣裳。

岭南烟火色

却看妻子愁何在，漫卷诗书喜欲狂。

白日放歌须纵酒，青春作伴好还乡。

即从巴峡穿巫峡，便下襄阳向洛阳。

二、“诗仙”李白

说到诗仙李白，现代诗人余光中在他的一首诗里写得是最为凝练到位，诗为：

酒入豪肠

七分酿成了月光

还有三分啸成剑气

秀口一吐

就是半个盛唐

这诗还有一层意思：李白代表了盛唐诗作的高峰，豪放洒脱，充满盛唐气象。

李白和杜甫的个性迥异，我举一个例子来体现，唐朝有个大书法家李邕，用现代的话来说，相当于当时的“文化大咖”，被追捧为文化界领军人物这一类吧，当时各种文化人士是争相去拜访他。他家的门庭当时可谓是车水马龙，门庭若市，趋之若鹜，能得到李邕的赞扬和认可，对于文人墨客来说，那是无上荣耀。杜甫也曾拜访过李邕，杜甫写给李邕的诗是《陪李北海宴历下亭》（李北海即李邕）：

东藩驻皂盖，北渚凌青荷。
海内此亭古，济南名士多。
云山已发兴，玉佩仍当歌。
修竹不受暑，交流空涌波。
蕴真惬所遇，落日将如何。
贵贱俱物役，从公难重过。

看，杜甫对这位文化界大人物是恭恭敬敬的。我们再来看看李白写给李邕的诗《上李邕》：

大鹏一日同风起，扶摇直上九万里。
假令风歇时下来，犹能簸却沧溟水。
世人见我恒殊调，闻余大言皆冷笑。
宣父犹能畏后生，丈夫未可轻年少。

李白蔑视权贵、放荡不羁、磊落洒脱的个性，由此可见。李白一上来就是“上李邕”，直呼其名，完全不把这个李邕放在眼里，他还批评李邕，孔子尚且知道“后生可畏也”，焉知来之不如今也，大丈夫不可轻视少年人。

至于后来“李白醉书”的典故，他挥毫回复渤海国使者的国书时，他要唐玄宗命宰相杨国忠为他研墨，让高力士为他脱靴，借此戏弄杨国忠和高力士，也就不足为奇了。说到“狂”，杜甫也有过“狂”。比如，杜甫年轻时写过好几首诗给尚书左丞韦济，韦济当时很赏识杜甫，杜甫希望能得到韦济的举荐，希望朝廷能重用自己，于是写了很多首诗给韦济，杜甫在《奉赠韦左丞丈二十二韵》里面是这样举荐自己的：

甫昔少年日，早充观国宾。
读书破万卷，下笔如有神。
赋料扬雄敌，诗看子建亲。
李邕求识面，王翰愿卜邻。
自谓颇挺出，立登要路津。
致君尧舜上，再使风俗淳。

我们来看“李邕求识面，王翰愿卜邻”这句，李邕前面已介绍，而这里的王翰，不得不说一首《凉州词》：

葡萄美酒夜光杯，欲饮琵琶马上催。

醉卧沙场君莫笑，古来征战几人回。

王翰就是这首传世名篇的作者，而杜甫竟然说李邕是求着想认识自己，王翰非常愿意跟自己做邻居。可见杜甫也有过年少轻狂。但杜甫的这种狂，是少年意气风发时的轻狂，是他人生岁月当中某一段时期曾经轻狂过，老了之后不再轻狂。而李白不同，李白是狂傲了一世，老了之后更狂。比如他的《宣州谢　楼饯别校书叔云 》：

弃我去者，昨日之日不可留；

乱我心者，今日之日多烦忧。

长风万里送秋雁，对此可以酣高楼。

蓬莱文章建安骨，中间小谢又清发。

俱怀逸兴壮思飞，欲上青天揽明月。

抽刀断水水更流，举杯销愁愁更愁。

人生在世不称意，明朝散发弄扁舟。

李白就算屡屡遭受权贵的排挤、打压，他还是会照样轻狂的，这是他天生的性格，他就是这样一位天才诗人，桀骜不驯、放荡不羁，是李白一生的写照。李白喜欢的诗人是孟浩然，他非常欣赏孟浩然，他写给孟浩然的诗，篇篇都是名篇佳作。比如《黄鹤楼送孟浩然之广陵》：

故人西辞黄鹤楼，烟花三月下扬州。
孤帆远影碧空尽，唯见长江天际流。

又比如《赠孟浩然 》：

吾爱孟夫子，风流天下闻。
红颜弃轩冕，白首卧松云。
醉月频中圣，迷花不事君。
高山安可仰，徒此揖清芬。

李白的伯乐是贺知章。李白之所以能够得到玄宗的接见，少不了一个人的帮助，那个人就是贺知章。贺知章是唐朝时期著名的诗人、书法家，还是朝廷重臣。李白与贺知章都爱喝酒，两个是出了名的酒鬼，他们情投意合成了忘年之交后，动不动就要小聚一下，饮酒作诗。当时有一件趣事，有一次，八十多岁高龄的贺知章和李白在酒楼饮酒作诗，这时候他们俩才发现都没有带钱，于是贺知章就把皇帝赏赐给他的金龟拿去抵押了，没过多久贺知章就推荐李白，李白由此得到唐玄宗的重用，留下了金龟换酒的千古佳话。

因贺知章的知遇之恩，李白感佩一生，写了很多怀念之作。贺知章去世之后，李白是痛哭落泪。男儿有泪不轻弹，只是未到伤心处。李白写了好多首诗悼念贺知章，写得是情真意切，如《对酒忆贺监二首》诗曰：

四明有狂客，风流贺季真。
长安一相见，呼我谪仙人。
昔好杯中物，翻为松下尘。
金龟换酒处，却忆泪沾巾。

一说李白，人们总会想起盛唐气象，想起一个恢宏浪漫的时代，而李白与他的诗，正是盛唐气象最典型的人格与艺术象征。李白不仅是中国古代最杰出的浪漫主义诗人，也是民间知名度最高的古代诗人。他的诗妇孺皆知，老少皆宜。在中国诗歌史上，李白绝对是一座无法逾越的高峰，他的一篇篇旷世之作感染了一代又一代中国人，虽跨越千年却光彩依旧。

三、“诗佛”王维

在“诗佛”王维面前，李白、杜甫都不好意思说自己是个大才子。为什么？因为，王维成名较早，不到二十岁就是状元及第。王维不仅精通诗歌，他还在书法、绘画、音乐等几个领域，都是行家、专家、大家。苏轼曾说：“味摩诘之诗，诗中有画，观摩诘之画，画中有诗。”（《东坡志林》）王维的水墨画风，可以说是开山鼻祖，几乎影响着中唐以后的中国山水画发展的全部历史。至少可以说，占据中国古代山水画主流的文人画，都受了王维的影响。王维的伯乐是张九龄，张九龄的经典名篇是那首脍炙人口的《望月怀远 》：

海上生明月，天涯共此时。
情人怨遥夜，竟夕起相思。
灭烛怜光满，披衣觉露滋。
不堪盈手赠，还寝梦佳期。

王维不止一次向张九龄献诗，其中有一首《 献始兴公》：

宁栖野树林，宁饮涧水流。
不用坐粱肉，崎岖见王侯。

鄙哉匹夫节，布褐将白头。
任智诚则短，守任固其优。
侧闻大君子，安问党与雠。
所不卖公器，动为苍生谋。
贱子跪自陈，可为帐下不。
感激有公议，曲私非所求。

张九龄是唐玄宗时代的名臣，乃著名宰相。他于开元二十二年（734年）拜中书令，次年封始兴伯。张九龄很赏识诗人王维，在他任中书令的当年，提拔王维为右拾遗。

王维与孟浩然的交情甚笃，两人是好朋友，志趣相投，他们同是盛唐山水田园派的代表，并称“王孟”。开元十七年，孟浩然到长安来求官找差事，他和王维意气相投。孟浩然和王维正在聊天儿，突然唐玄宗就驾到了，吓得孟浩然钻到床底下去了。后来唐玄宗也没有生气，还让孟浩然吟诗。结果孟兄念了首“不才明主弃，多病故人疏”的诗，惹得唐玄宗大为不悦，孟浩然的官运也就此被封杀。

孟浩然赠给王维的诗很多，其中流传下来的就有一首《留别王维》：

寂寂竟何待，朝朝空自归。
欲寻芳草去，惜与故人违。
当路谁相假，知音世所稀。
只应守寂寞，还掩故园扉。

这是孟浩然将离长安、赠别王维之诗作。孟浩然入长安无功而返，心中惆怅。“当路谁相假，知音世所稀”，是一时的牢骚，他与王维还是很投缘的，他是把王维作为知音。诗里有对朝廷压抑人才的怨愤，有不忍远别知心朋友的留恋，还有怀才不遇的嗟叹。从这首诗可见，孟浩然把王维视为知音。

开元二十九年春，王维赴岭南公务，途经襄阳时获悉孟浩然已死，王维作诗《哭孟浩然》哭悼：

故人不可见，汉水日东流。
借问襄阳老，江山空蔡州。

王维爱参禅，所以他的诗歌风格是诗渗禅意，流动空灵，例如《终南别业》：

中岁颇好道，晚家南山陲。

兴来每独往，胜事空自知。
行到水穷处，坐看云起时。
偶然值林叟，谈笑无还期。

例如《酬张少府》：

晚年唯好静，万事不关心。
自顾无长策，空知返旧林。
松风吹解带，山月照弹琴。
君问穷通理，渔歌入浦深。

王维、杜甫、李白三位大诗人，李白一生有妻有妾，风流倜傥。杜甫晚婚，三十几岁才成婚，终生只爱妻子一个，没有纳妾。而王维在中年丧妻之后，终生都没有再娶。王维深受母亲的影响，从小热爱佛法，爱参禅。

王维在安史之乱中被叛军捕获并授予官职，唐军收复长安后，王维曾被沦为罪犯。所幸的是，王维被安禄山乱军拘于洛阳菩提寺时，作了首《凝碧池诗》：

万户伤心生野烟，百官何日更朝天。

岭南烟火色

秋槐叶落空宫里，凝碧池头奏管弦。

这首诗流露了王维对李唐王朝的忠心和对叛乱的不满，据说此诗曾“闻于行在，肃宗嘉之”，唐肃宗从政治立场上对王维有所肯定，再加上其平叛安史之乱有功、已官居高位的弟弟王缙上书愿削自己的官职为兄长赎罪，王维最终被唐肃宗赦免为无罪。

王维的诗歌风格，显露出随缘任运的浓浓禅意。王维的晚年，已官居右丞，相当于现代的国家部级秘书长，是非常高的官，可王维几乎想弃官不做，一心参禅。

王维在诗歌上的成就是多方面的，无论边塞、山水诗、律诗还是绝句等都有流传众口的佳篇。

大唐那段盛世繁华的历史，早已流入烟波浩渺的滚滚历史长河之中，但那些伟大诗人的伟大诗篇，却经久不息，亘古流传，穿越了历史时空，闪耀在中华大地、人类文明的天空之上，光芒四射，辉煌灿烂，绚丽耀眼，历久弥新。

品茶悟人生

中国的茶文化，博大精深，有着古老而悠久的历史。

茶也是中国人的骄傲、民族的自尊、自信和自豪。要说中国的茶道，唐代茶圣陆羽所著的《茶经》，涵盖了中国的茶文化和壶文化。《茶经》一问世，即风行天下，到如今，中国的茶文化早已名扬四海，风靡全球了。如今，以茶待客、以茶会友、以茶代酒等已成了许多中国人和西方人士的生活方式。

曹雪芹在《红楼梦》里同样是将中国的饮茶文化展现得淋漓尽致。《红楼梦》里，妙玉对宝玉说："一杯为品，二杯即是解渴的蠢物，三杯便是饮牛饮骡了。"可见，中国人饮茶，素有喝茶与品茶之分。喝茶与品茶，不仅有量的差别，而且还有质的不同。喝茶，主要是为了解渴，往往是急饮快咽地完成；而品茶则重在意境，一个品字，意味深长，品茶俨然是一种艺术的欣赏、精神的享受。品茶，主要在"品"字上下功夫，要细细品啜，徐徐体察。通过观其形、察其色、闻其香、尝其味，饮者在茶的色、香、味、形中，思想和感情得到了陶冶。

《红楼梦》里谈茶之处甚多，而“妙玉奉茶”一节尤妙。有人赞叹妙玉的茶器选择和择水之论，也有人赞许妙玉的逸尘脱俗和深谙茶道。孤高清冷的妙玉是能泡得了一壶上等的好茶，可是那茶中的滋味，又有谁能真正领悟呢？按曹雪芹的意思，品茶，并不仅仅是把泡茶的各种各样精美细致的茶具摆设好，用上等的茶叶、用上好的山泉水或雪水，经过各道有技巧有讲究的冲泡方法把茶沏好，再焚起小香炉，安安静静地听着清幽雅致的音乐，端起茶杯细细酌饮，这难道就是所谓中国古代高雅人士品茗的方式吗？其实，这仅仅是高雅人士品茗方式中的一小部分而已。有人说，中国茶道的精髓用一个字来形容就是“和”，意味着天和，地和，人和；意味着“天人合一”，也意味着与宇宙万物的和谐统一。中国茶道的灵魂是以儒治世、以佛治心、以道治身的儒道佛思想糅和的总体现。

茶虽默默无言，沉默不语，但茶亦如人一样，是有精、气、神的。比如，拿普洱茶来说吧，许多爱喝普洱茶的人士都知道，普洱茶是讲究年份的，储藏年份越高的普洱茶市场价格就会越高。很多人喜欢在“品”普洱茶的过程中，去感悟一些人生哲理。懂普洱茶的人都说，干仓存放的普洱茶是“三年观色、五年显香、十年成形”，普洱茶饼会越陈越香，越“老”越好喝，越“老”身价就越贵。不过，普洱茶的陈化周期也和茶原料的好坏、制作的工序、储藏的环境等因素有关，中间如果某个环节出现问题，普洱茶就不会出现“越陈越香”的口感了。就算是同一棵茶树生长的茶叶，因为每年所受的阳光、雨露、空气湿度等因素不同，每一年所采摘茶叶的质量也会不尽相同。我们都以为同一棵茶树上的茶叶是相同的，但事实上，天底下没有一片相同的树叶。刚采摘出来时材质为上乘的普洱茶，经过多年的储藏后，就一定会比刚采摘时材质为下乘的普洱茶好喝吗？不一定！因为，经过时间的洗礼，经过岁月的考验，很多东西会发生“质”的改变。刚采摘下来材质为上乘的茶叶，如果在储藏的过程中没有处理好或者受潮了，茶叶发生了霉变，那么，它就不再弥足珍贵，已变成一般般的普洱茶了；刚采摘时材质虽为下乘的茶叶，但如果在多年的储藏过程中保存得非常好，没有受过潮，那么，它反而能变成品质好、色味俱佳的上等普洱茶。品这样的普洱茶时，当你了解到它的生长环境以及它能成为上等普洱茶所经历的艰难历程，你自然而然就会慢慢地去细品它。就如一个人的出生，他原本生长在社会的底层，但经过不折不挠的奋斗，最终成功跻身社会上层，成为社会精英，个中所经受的艰难困苦，可想而知，那顽强拼搏的精神，令人感动。在品这杯普洱茶时，内心就会由衷地去欣赏它、礼赞它，并越发懂得这茶中所散发的香味和内涵。

每一个时代有每一个时代的机遇。出生在80年代的人会比出生在60年代的人所享受到的物质条件要好一些，但80年代出生的人就一定会比60年代出生的人更有出息吗？富人家的孩子就一定会比穷人家的孩子更有出息吗？不一定！最终还要看每个人后天的努力。如果一个年轻人怀有雄心壮志，他艰苦奋斗、努力朝着自己的人生理想和目标一步一步前进，虽然是穷人家的孩子，社会地位卑微，但这并不妨碍他将来也能成长为社会的栋梁之材，这就是所谓“英雄不问出处”，乾坤未定，任何人都是黑马。再比如一个人，虽然他在非常富裕和优越的家庭环境中成长，但由于后天不努力，懒懒散散，漫无目标，最终他也会碌碌无为、一事无成地过完平庸的一生。品普洱茶的时候，细想普洱茶与人之间的类同，就会越品越有滋味，越品越有意思，品茶也能悟出一番人生哲理。

再比如，年份三十年以上的普洱茶跟年份仅有十几年的普洱茶相比，两者之间的色泽和香味绝对是不一样的。年份高的普洱茶所散发出来的口感会非常内敛，它入口滑顺，甘醇可口，味清却芳香，茶韵丰富，回味无穷，这可是年份低的普洱茶所无法比拟的。年份低的普洱茶，口感会比较呛喉，入口比较青涩，味道也非常张扬，留在舌尖上的变化没那么丰富。细品年份不同的普洱茶，就会感叹，人生有些东西，是需要经过一定时间的考验、历练和沉淀才可能到达一定的高度、一定的境界的。想走捷径、急功近利，一步登天、一步到位是不可能的。有些东西必须去承受时间的考验，时间能验证一切，人生路要一步一个脚印地去走，一步一步慢慢去攀登，不迷失方向才能到达某种高度、某种境界。就如同，该你养精蓄锐时，不要着急出人头地；该你刻苦努力时，也别企图一鸣惊人；该你磨砺心智时，也不能妄求突然开悟。你的努力坚持得越长久，你的成长才更容易发生质的飞跃。

虽说“姜还是老的辣”，那是不是年份越久的普洱茶就越好喝呢？也不是的。储藏年份超过五十年以上的普洱茶，冲泡出来，口感已经很淡了，已经没啥茶的味道了，品的时候，你就会联想到，凡事要掌握一定的火候、一定的度，否则过犹不及。苹果如果成熟了，就要及时采摘，不要等它熟烂了，烂透了，再去采摘。做任何事情也一样，时机、条件成熟了就要放手去做，不要磨磨蹭蹭，缩手缩脚，前怕狼后怕虎。机遇来了就要紧紧去抓住，不然就会错失良机，如同“过了这个村就没了这个店”和“有花堪折直须折、莫待无花空折枝”的道理是一样的。

不要在该奋斗和拼搏的年龄去贪图享乐和安逸，不要惧怕艰辛困苦，要敢于闯荡和挑战自我，为自己的人生梦想拼尽全力，不浪费时间的一分一秒，即使是失败了，也会为自己曾经努力奋斗过而无怨无悔，不然则会“老大徒伤悲”，仰天长叹，追悔莫及!

细细品茶的时候，你与你手中的那杯茶，也是讲究缘分的。不管是绿茶也好，红茶、普洱、铁观音也罢，你能品到手中的那一杯茶，也是一种机缘，你只要仔细想一想，天下之茶叶千千万，而你却只是品尝到手中的那一杯，是不是因缘巧合？再想一想，一棵茶树，仅仅是受了阳光雨露的滋润，尚能结出好的茶叶去回馈大自然。而我们人类要杀生、吃掉大量的生物来维持自身的生命，做人如果不懂得感恩，不懂奉献，不会做出任何有益的事去回报大自然、去回报人类社会，仅仅是追求吃喝玩乐、一味向大自然无底线般去索取，做这样的人，还真不如做深山老林里一棵普通的茶树呢。

天下的大道理其实都是相通的，许多事物能触类旁通。它山之石可以攻玉，煮酒可以论英雄，品茶亦可以悟人生。

阅读，是为了遇见更好的自己

每个人来到这个世界上，都想让自己活得快乐，活得通透，活得精彩，活得幸福。

可是人的一生，无论在哪个年纪，难免会遇见迷茫，遇见无助，遇见懈怠，也会遇见焦虑。如何让自己变得美好、快乐和幸福，这是一个值得深入思考的哲学问题。

“仓廪实而知礼节，衣食足而知荣辱”。当然，解决生存和温饱是人生第一要素，如果不能解决生存和温饱，其他一切都是浮云。当生存和温饱问题解决以后，人会有更高的追求。

人活在这个世界上，离不开物质追求，同样，也离不开精神追求。就算物质上很富有，如果精神世界一片颓废、萎靡、空虚、无聊和寂寞，也将体味不到幸福。物质世界不能代替精神世界，物质追求也不能代替精神追求。

每一个人来到这个世界上，都应该努力去了解这个世界，了解自己。听过一句话说，人这一生，最难的是看清自己。人的认知是有限的，阅读，是提升认知最好的方式。物质只是解决生存与温饱，而阅读书籍，是一种精神食粮，是一种更高的追求，会让我们逐渐成长。只有物质追求和精神追求共同成长，才能遇见更大的幸福。

“腹有诗书气自华”，通过广泛阅读，能扩大自己的知识面，能开拓自己的思维和眼界。书籍，能滋养人的心灵，能丰富人的精神面貌，能提供巨大的精神能量。一个人通过大量阅读所获得的知识，是宝贵的精神财富。英国著名哲学家、作家培根说，读书不是为了雄辩和驳斥，也不是为了轻信和盲从，而是为了思考和权衡。通过大量阅读，每天思考，能辨别世间的真真假假、是是非非。这人世间，每个人都藏着一股劲儿，不甘认输，也不想认输，日益努力，才能风生水起。生如蝼蚁，也当有鸿鹄之志。一个长期坚持读书的人，思想能不断进步，通过不懈努力才能克服天生的软肋和弥补天生的不足，大胆追逐坚持的梦想，才不会虚度光阴，虚度岁月，不枉来这人世间走一趟。

杨绛先生曾收到过一些读者的来信，信中多抱怨社会浮躁，人心难测。杨绛看罢回信曰：“你主要的问题，在于读书不多而想得太多。”人活在这个世界上，最怕彷徨无助、漫无目的、看不清生活的意义、找不到人生方向、失去目标，以及心中充满焦虑疑惑。而这些人生困惑，在书籍中都能找到答案。培根说：“读史使人明智，读诗使人聪慧，数学使人精密，哲学使人深刻，伦理学使人有修养，逻辑学使人善辩。”书籍其实是精神生活的入口，学史可以看成败、鉴得失、知兴替；学诗可以情飞扬、志高昂、人灵秀；学伦理可以知廉耻、懂荣辱、辨是非，从书籍中得来的种种益处，都是思想的熔炼和升华。书籍能为我们困惑的心灵排忧解难，能帮助我们解答人生所要面对的种种疑虑和困惑。

人的一生，无常总相伴，《红楼梦》里有这样一句话：“喜荣华正好，恨无常又到。”很喜欢思考这一段话：“当你明白世事无常，你就不会张扬，今日华丽风光，明日可能狼藉一场；当你明白无常，你就不会悲伤，今日愁云惨淡，明日可能满天阳光。”阅读书籍，其实就是借你一双慧眼，能增强你的心智，去思索这纷繁复杂的世界，去面对各种艰难挫折和人生考验。古往今来，以沉潜之心坐得住冷板凳者，总能激发“问渠那得清如许，为有源头活水来”的思想活力，能得到“夜来一笑寒灯下，始是金丹换骨时”的智慧启发，能滋养“天行健，君子以自强不息；地势坤，君子以厚德载物”的浩然正气。阅读本身就是一盏生活的指明灯，在黑暗中能给我们带来光明，能指引我们心中的路、脚下的路、未来的路。

宋人黄庭坚曰："三日不读圣贤书，则义理不交于胸中，揽镜觉面目可憎。"著名文化学者余秋雨先生在《文化苦旅》中写道，人类成熟文明的传承，主要是靠文字。文字的选择和汇集，就成了书籍。如果没有书籍，那么，我们祖先再杰出的智慧、再伟大的文明，也早已随风飘散，杳无踪影。人类的文明靠文字得以传承和记载，人类绵延至今，在几千年浩瀚的人类历史进程当中，古今中外、各个年代的先哲圣贤，他们的人生智慧、对人生的思考，以及对世界的各种探索、各种发现，都体现在他们为后世所遗留的著作当中。先贤们的人生哲理，思想的火花，经过了漫长世纪的考验，得到了时间的认可，被后世奉为先知真理。这些世界名著，应该大量读、反复读，还应该读懂读明读透，这些是人类几千年来难能可贵的文明成果和知识积累，这些知识和文明都是无价之宝。虽然我们不是同这些圣哲先贤生活在同一个地方、同一个时代，但是阅读这些经典名著，通过文字，其实就是和先贤们在交流，在沟通，在对话；通过书籍，通过阅读，能拜他们为师，也能和他们交上朋友，领悟他们的人生智慧。拜读孔子的著作，其实是在聆听孔子的谆谆教诲；拜读老子的著作，其实是在聆听老子的殷殷指教；拜读柏拉图的著作，其实是和柏拉图在交流；拜读尼采的著作，其实是和尼采在相互探讨……读先哲们遗留的著作，绝对能让你获益匪浅。而且，想什么时候和他们交谈、交流，自主权都在自己。和这些人做朋友，比花时间花心思在一些无聊的社交应酬上，有意义得多了。阅读人类文明的经典著作，其实就是站在巨人的肩膀上看问题，站在巨人的肩膀上，自然能站得更高，也能看得更远。

应该把学习视为一件快乐的事情。匮乏的心灵是让人无法忍受的，即使丰富的知识会让你看到更多、更大的痛苦，但这也远胜于无知。当你在学习的过程中感受到心灵被一点点充实起来的时候，你无疑是会感到愉悦的。

人们常说："生活不止眼前的苟且，还有诗与远方。"世界那么大，又如此宽广，世界上的风景，不可能仅靠自己的双腿一一去走遍，一一去丈量。但是，通过阅读书籍，我们可以去到世界上任何国家、任何角落、任何年代。阅读书籍，可以了解人类远古的过去，可以了解任何地区的文明和历史发展进程。假如暂时没有金钱没有时间去周游世界，没关系，阅读书籍，也可以略知一二。全球各个著名城市的风土人情和风景名胜，在书籍中永远为你敞开，等你真正有了钱和时间，再走出书斋实地去勘察旅游，你会感谢所阅读过的书籍给你的真实印象和详细指引。古人曰："读万卷书不如行万里路。"但是，如果不读书，行万里路也只不过是个邮差。读万卷书，行万里路，两者兼行，才是人生最快乐的事情。

高尔基说：“书籍是人类进步的阶梯。”人类有哪些科学难题，有哪些探索发现，地球的丰富多彩、千姿百态，以及全球面临日益严重的生态环境保护问题，人类文明的未来趋势和走向等，通过阅读书籍，都能引发你深深的思考。阅读书籍，就是望世界的一个小窗口，通过这扇小窗口，能打开眼界，能开拓思维，能回望过去，能展望未来。活到老学到老是人生的终极意义，读的书越多，了解的东西也就越多；书读多了，容颜相貌、言谈举止自然也会发生改变，正所谓“腹有诗书气自华”，就是这个道理。这世上有三样东西是别人抢不走的：一是吃进胃里的食物，二是藏在心中的梦想，三是读进大脑的书籍。

一曰忙，二曰累，成了不少人对少读书、不读书的惯常回答。诚然，每个人都有自己的生活，但读书与其说是外假于物，不如说是内求于心。赫尔曼 · 黑塞说过：“世界上任何书籍都不能带给你好运，但它们能让你悄悄成为最好的自己。”

也有人以为读过的书大都会被忘记，再读也无益处，因此对读书产生偏见。殊不知，你读过的每一本书都绝非无用，它们会穿过你的血肉，融入你的骨髓，塑造你的气质，改变你的容颜，浸染你的品质，提升你的修养，丰富你的德行。世事洞明皆学问，人情练达即文章；知人者智，自知者明。一个人读的书多了，思想格局和认知水平以及行为举止都会与众不同，为人处世也会更理性。

不要以为看过的书籍都成了过眼云烟，不复记忆，其实它们仍是潜在的。在气质里，在思维上，在胸襟的广博无涯。读书，是重塑自己的一个过程。你看过的每一行字，每一本书，都在时光流转中给予你无声的滋养。平凡人生中，读书是一件极其重要的事情，有书为伴，灵魂充实丰盈，永不空虚。想让自己变得优秀，读书，是最好的方式。

在生命的旅途中，即便我们不能成为一轮明月，也要努力成为一颗星星，在自己的世界发光、发亮。

岁月如歌，未来可期。读书，能遇见更广阔的世界，能遇见更好的自己。

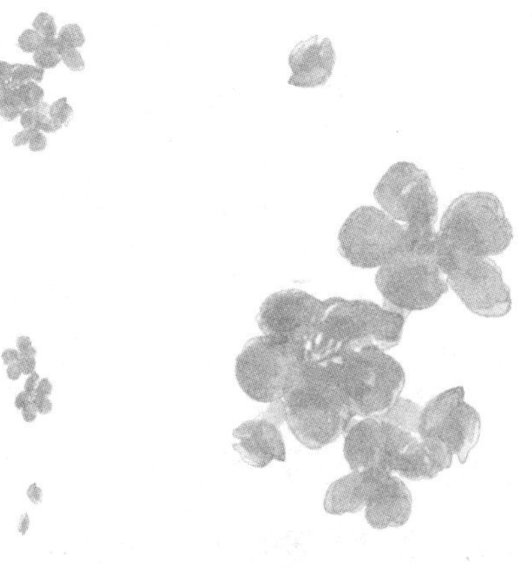

第二辑

南越王赵佗墓千古之谜

一

在中国，历朝历代的帝王，都崇尚“事死如事生”的礼制。认为人死后，灵魂犹在，在九泉之下也有饮食起居的需求，死人与生人无异。帝王们生前锦衣玉食，死后更要如此。中国古代帝王的陵寝建筑大都极致规模，堪拟皇宫，显示了帝王的至尊地位和君临天下的浩大气势。通常，帝王的陵墓大都埋藏着大量旷世奇珍、价值连城的陪葬品。生前想方设法求长生不老，求之不得，死了之后，帝王们都恨不得把生前喜爱的一切，统统搬到坟墓里去。中国古代历来都有厚葬之风。

帝王们的这些地下“宫殿”，有那么多的稀世珍宝、价值连城的陪葬品，盗墓贼们能不虎视眈眈、蠢蠢欲动吗？自然而然，盗墓贼们会想尽一切办法，使尽一切手段去盗取帝王的陵墓。别说盗墓贼了，在兵荒马乱的年代，某些军阀雄主都当起了“盗墓专业户”。比如，东汉末年，群雄并起。这一时期也是历史上盗墓的高峰期，各路军阀雄主纷纷打起了古墓葬的主意。其中最为著名的有董卓、袁绍、曹操和孙权。董卓就专挑帝王陵寝下手；袁绍的大军就如“雁过拔毛”般，所经之处的古墓葬均遭盗掘，遗骨森森；曹操干脆成立专职的盗墓部队；而孙权则在自己的地盘上大肆寻找“大墓”，成为一名盗墓狂人。孙权将历史上第一代长沙王吴芮的墓给盗了，下手也真够狠的，不仅盗了吴芮的墓，就连吴芮墓里的墓材都不放过，也统统盗走。令人不可思议的是，孙权给自己的父亲孙坚修庙，用的就是盗来的墓材。

要说盗墓狂人孙权唯一的一次失手，大概就是寻找西汉第一代南越王赵佗的陵墓了。南越王赵佗墓必有大量宝藏，天下人皆知。孙权派手下大将率几千兵马，千里迢迢南下广州，大张旗鼓地寻找赵佗墓。他们可谓挖地三尺，可以埋人的山冈几乎都被他们翻了个遍，只挖到了第三代南越王，也就是赵佗的曾孙赵婴齐的陵墓。而赵佗陵墓的踪迹，连鬼影都没有找到，孙权盗赵佗墓——竹篮打水一场空。

二

那么，南越王赵佗的陵墓到底在哪里呢？别说孙权不知道了，我们现代人也不知道。两千多年来，人们一直在苦苦寻找南越王赵佗的陵墓。南越国最重要的赵佗墓，如今成了千古之谜，成为众多史书、学者、风水大师探讨推测的精彩话题，争论不休。

如果乾隆皇帝说他是中国最长寿的帝王，要说有谁不服的话，那么第一个表示不服的应该是南越王赵佗了，因为他老人家剽悍地活到了一百零三岁。如果康熙皇帝说他是中国在位时间最长的帝王，要说有谁不服的话，那么第一个表示不服的也是赵佗，南越国赵佗在位时间是六十七年，比康熙的六十一年还长。不仅如此，赵佗还有一项第一，毛泽东称他为“南下干部第一人”。

历史上，赵佗是个了不起的叱咤风云之人物。他原本是秦朝的一名大将，他与任嚣一起，奉秦王之命，南下攻打百越，见中原的秦国闹起了内乱，赵佗这位一代枭雄当机立断，决心崛起。他征服了岭南地区后，自立南越国，成为南越国的第一代帝王。建立南越政权后，赵佗实行的是“和辑百越”的民族融合政策。

为了表示自己愿意接受岭南文化，他自己也穿上越人的服饰，头发的造型也弄成了越人的模样，还将自己称作“蛮夷大长老”。他自己就以身作则，弃冠带，椎髻箕踞，努力和岭南百越民族消弭隔阂。

他实行郡县制治理岭南这片广袤的土地，并大力推广铁器农耕技术以及冶金、纺织技术等，也发展海上贸易。他所实行的一系列政策极大地推动了岭南地区的繁荣发展。

赵佗是第一个将中原文化传播到岭南地区的国君，在治理南越的过程中，他非常重视将文化思想也传播到南越，引导越人学习中原礼仪，并让内地逃亡的罪犯、贬谪的官员南下岭南戍守。他鼓励中原士兵和当地越人通婚，还向秦始皇上书："求女无夫家者三万，以为士卒衣补。"在他的推动下，岭南地区的文明才逐渐成长起来。赵佗出动官兵助民凿井，修渠灌田，推进生产力水平的提高。直到今天，广州市发掘出的越王井，仍然被作为南越国时期重要的文化遗址来保存。赵佗一生文治武功，开明勤勉，是一位杰出的政治家、军事家。

三

目前，在广州解放北路的象岗山上，在那座著名的西汉南越王博物馆里，许多人并不知道，这一座南越王陵墓，安葬的是第二代南越王赵胡，他是赵佗的孙子，而非南越国的创立者赵佗。

南越国传五世，共93年（前203—前111）。赵胡是南越国的第二代王，在位15年，他墓中出土的珍贵文物就多达一千多件，奢华生活可见一斑。赵佗在位67年，又是开国之主，厚葬的程度远胜于他的孙子赵胡。

受中国传统风水学理论的影响，皇帝选陵址毫无例外地要派遣众多风水名师参与。风水师奉旨后从选址到规划设计以及指导施工，都十分注重陵寝建筑与大自然山川、水流和植被的和谐统一，追求形同“天造地设”的完美境界，用以体现“天人合一”的哲学观点，如北京十三陵。根据“合族而葬”的帝王陵风水格局，如果找到某位帝王孙子的陵墓，“顺藤摸瓜”，考古专家也很容易就能找到这位帝王的陵墓。1983年，考古学家在广州解放北路的象岗山上，发现了西汉南越国第二代王赵胡的陵墓，惊动了全国，也吸引了全世界考古界的目光。南越国第二代王赵胡陵墓的发掘，又点燃了人们发现南越国第一代王赵佗陵墓的希望之灯，但直到今天，赵佗的陵墓到底在哪里，依然谜影重重。

四

赵佗的陵墓为什么那么难找？除了年代久远之外，主要的原因是什么呢？主要的原因是源于赵佗本人的精心安排。当时汉朝越来越强大，赵佗预计自己死后，南越国或将灭亡，担心自己死后被盗墓而抛尸荒野，所以他在生前对自己的墓葬做了周密的安排。这个精明的老狐狸，对自己的后事布下了重重烟幕。据史料记载，赵佗的遗体出葬时，多处置疑冢，发葬的灵车从番禺都城（即今广州越秀区一带）四个城门同时而出，且四具棺柩一模一样，下葬时棺棚无定处。除丞相吕嘉和孙子赵胡等少数几人，其他人全然不知南越王赵佗棺柩的下葬之处，赵佗的真正陵墓，遂成为千古之谜。

目前，关于赵佗陵墓的位置，主要有以下五个说法。

（一）葬于越秀山

越秀山是广州最早的风景名胜地，据地方史志载，南越王赵佗当年就在此山大宴群臣，并和汉文帝派来的使者陆贾同游此山，山上还有越王台旧址，因此越秀山自古也称越王山。

曾任广州市文物考古队队长、广州市文物考古研究所副所长的黄淼章认为，从考古发现看，二代南越王墓在象岗，位于越秀山之右，刚好是穆位。因此，推测赵佗墓在越秀山，并且很可能就在越秀山的主峰越井岗一带（即中山纪念碑所处位置附近）。

（二）葬于白云山

赵佗陵墓在“白云山之说”，其所依据的史料较少。广州考古队曾调查过白云山，但至今还未发现过西汉前期的遗址和墓葬。从南越国已发现的坟墓一般都是合族而葬来看，赵佗陵墓不应离象岗太远。因此，赵佗墓是否会远离都城而在白云山上，值得怀疑。

（三）葬于西德胜岗、花果山、飞鹅岭一带

西德胜岗、花果山、飞鹅岭，也即今广州电视台、广州市科技中心、广州大学一带。这几个岗都是风化花岗岩山石。近几年来，这里大规模动土，几个山冈都被推削了几米至十几米。其间发现了数座东西汉古墓，但非赵佗之墓。这几座山冈比较高大，可以隐藏比较大型的古墓，但考古人员也未在此找到南越王陵的线索。

（四）葬于鸡笼岗

此岗在今燕塘附近，这一带虽然冈峦起伏，但都很低矮，目前鸡笼岗基本被削平，很少发现汉代墓葬，更没有西汉前期大墓的迹象。赵胡之墓埋于地下深二十米，因此专家断定，赵佗之墓一定会深藏地下十余米至二十米以下，才能不露痕迹。广州地区天气潮湿，地下水位较高，一般小冈挖地不到十米，便碰到地下水，所以小冈是不会被赵佗用作陵墓所在地的。

（五）“县东北八里”

据广州著名的考古专家麦英豪先生当年考证，所谓的“县东北八里”，即现在的淘金坑包括横枝岗、黄花岗、永福路一带。这里虽曾发掘出不少的汉代墓葬，但都是级别较低的臣民墓葬，且这一片的山冈低矮，可能性几乎为零。

到今天，认同赵佗的陵墓葬于越秀山的观点占绝大部分。许多专家确信，赵佗的陵墓应该在越秀山上。然而这一切都只是推定，而无确切的实证。赵佗之墓的千古之谜，仍有待揭开。

五

在广州，有一个独特于全国其他地方的民间现象，就是这里的街坊市民对中国传统的地理风水学，比较关注。民间关于越秀山风水之争，往往都会涉及赵佗墓葬于何处的话题。有一次，我爬完越秀山，在越秀山下的竹溪家宴酒家喝下午茶，隔壁桌有两个老伯伯，他们也刚从越秀山下来，只见两人在大声争论，一个说赵佗墓应该就葬于中山纪念碑的下面，另一个说不对，应该是葬于镇海楼的下面。两个老头子就像活神仙似的，运用传统风水学理论和道家哲学理论“神机妙算”般推理起来，公说公有理、婆说婆有理，谁也说服不了谁，两人争论得面红耳赤，连上菜了也顾不上吃一口。我在旁边听着，听得津津有味，茶饭不思。

不知道是不是因为五羊雕像下有“瑞穗迎羊”的神仙传说，还是因为有赵佗陵墓的千年宝藏做“镇山之宝”，我每次登临越秀山，感觉在山顶四周，仿佛切切实实笼罩着一种无法言喻的祥瑞之气，特别是在旭日东升的清晨，古老的羊城真有一种紫气东来、祥云缭绕之大气象。

一说起广州古时的龙脉，许多街坊市民都津津乐道。广州自古就有“三江九龙聚明堂”的说法，四面江水山脉汇聚广州，是极佳的风水宝地。历代国师认为，广州的龙脉隶属于昆仑山向下的南龙，这些山脉向南延伸到广州的帽峰山、白云山，此为龙项；至越秀山，则为龙头。越秀山下，即是龙口所在。越秀区自古就是广州乃至广东的行政中心。而越秀区之南，则为珠江，形成“青龙吸水”的阵势。如今珠江北岸长堤之下，埋藏有海珠岛，此乃龙吐之龙珠。历史上，秦始皇听说岭南有“偏霸之气”，为了避免岭南造反出现皇帝，他派人到广州白云山与越秀山之间的马鞍岗凿断了“龙气”，秦始皇凿马鞍岗的印迹，在《广州记》中有翔实记载。

当年，南越国赵佗麾下掌控着五十多万的兵马，他为什么没有挥师北上、逐鹿中原的意图呢？有民间人士就分析说，赵佗意识到此地的“龙脉”早已被秦始皇凿断，他偏安一隅，失之东隅收之桑榆，安安稳稳地扎根于岭南，在岭南称皇称帝，过一把皇帝瘾乃是明智之举。而轻举妄动、千里迢迢挥师北上则属于自不量力、轻率鲁莽、劳民伤财之举。反正南越国的老百姓认的只有他赵氏的行玺，而非大汉的官印。

至明代，最为著名的，是明朝的开国皇帝朱元璋登基后，听说岭南有龙脉复苏气象，于是派永嘉侯朱亮祖坐镇广东，在越秀山上建镇海楼，以镇龙脉保大明江山的传说。而清代，更有“炮轰瘦狗岭”的故事至今流传。广州，这座历史名城，从古至今，民间一直流传着许多古老的地理风水学故事。

广州的西汉南越王博物馆，是国内少有的办得好的博物馆。很多朋友来穗，都想去一睹西汉南越王的风采。我陪朋友去了好几次。虽然西汉南越王博物馆里面的每一件文物，都无比珍贵，但最令我震撼的，是赵胡的帝印“文帝行玺”。“文帝行玺”是我国考古出土的第一枚帝印，是目前发现最大的一枚西汉金印，亦是迄今唯一的汉代龙钮帝玺，它证明了墓主人的身份。这枚帝印最吸引我的，是阴刻小篆“文帝行玺”四字。这四个西汉时期的篆体字，令我深深感受到中华文化的源远流长。这枚闪着金光的“文帝行玺”，不正代表了中华文化的光芒四射吗？几千年来，它一直都保持着绚丽璀璨、源远流长的状态，从未间断过，实属不易，真是天佑中华!

我们都知道，古中国、古埃及、古印度和古巴比伦是世界四大文明古国，它们的文字也是世界上最古老的四大文字，分别是汉字、象形文字、玛雅文字和楔形文字，但只有汉字是唯一延续至今的古老文字，其他三种到了现代，鲜有人能破译。中国古代帝陵墓的考古，只要能找到墓主人的玉玺，考古学家基本能确定墓主人的真实身份。但对于古埃及、古印度和古巴比伦来说，就不一样了。古墓里的文字，如果无人能破解，挖掘出来的古文物就成了一堆无人能懂的古老东西。比方说，埃及出土了一具木乃伊，如果没有人能破译得了其中的文字，也就无法断定木乃伊的真实身份，出土与没出土，也就没啥区别，没啥意义，对人类文明的延续起不到作用。无人能破解、无人能懂的古老文明，就会慢慢衰落，直至消亡。中国与其他古老文明不一样的是，即使当代的中国人去看五千年前的甲骨文，依然能看懂，不存在什么障碍。中华文明能够生生不息，真的应该感谢秦始皇，虽然这位千古一帝曾经焚书坑儒，但他对中华文明的贡献，实在是功不可没。秦始皇不仅统一了中华大地，也统一了中国的汉字。那绵延至今的汉字，托起了中华文明几千年来的灿烂辉煌。

如今，人们都在期待，南越王赵佗的陵墓能尽快被考古学家发现，让它重现天日。两千多年来，人们一直在苦苦寻找它。也许对于南越王赵佗来说，他老人家比较喜欢神秘地躺在那堆千年宝藏里继续“装睡”，不想被任何人发现，不想被任何人打扰。但他的“现身”，让那堆千年宝藏能重见天日，对研究岭南地区早期开发史具有无可比拟的价值，他老人家何乐而不为呢?

从南汉皇帝到广州城隍爷的刘龑

一

广州城隍庙位于越秀区中山四路忠佑大街内。

建于明朝洪武三年（1370）的广州城隍庙，曾被评为清代“羊城八景”之一，是明清时期岭南地区最大、最雄伟的城隍庙，是当时广州城内的标志性建筑，规模比得上北京的城隍庙。

据历史记载，广州府的城隍由于是受省级长官拜谒，地位比本省其他府城城隍高。到了清朝雍正年间，广州府城隍升格为管辖全省的都城隍，广州府城隍庙亦升格为都城隍庙，现存的城隍庙乃清代重建，仅余大殿与拜亭，1993年被列为广州市级文物保护单位，并不对市民开放，2010年10月31日重修后，正式免费对市民开放。

如今，广府庙会是广州市越秀区恢复历史传统、重点打造的广府民俗文化活动品牌，从每年的元宵节起至正月二十一日止。

每届的广府庙会，城隍庙都要举行城隍出巡祈福活动。活动当天，广州市民热情高涨，不少人一早就到城隍庙前广场排队。上午10时，庄重的仪式一开始，城隍爷被八抬大轿隆重抬出，在众人的拥护下，井然有序地沿着忠佑广场绕场一周后，安座在祭拜台上接受信众献祭，香火缭绕。出巡的队伍浩浩荡荡，威震四方，一路前行一路有不同方阵的民俗花式表演，沿线吸引了不少于十万民众的围观和参与。现场锣鼓喧天，彩旗招展，热闹非凡。

虽说如今蜷缩于城市街巷一隅的城隍庙，早已经淡出了现代人的生活，但曾几何时，它却是城市的灵魂。古时候，不仅每逢正月元宵、城隍寿诞、清明节、七月十五日、十月十五日这些大日子，官府衙门要循例举行官方祭祀，同时举行的民间庙会活动更是香客云集，热闹非凡。历史资料显示：

古时候的城隍庙是慈善会，常常有钱米医药、被服棺木施舍；城隍庙是山寨法院，要为人主持公道，排解纠纷；城隍庙是大剧院，演绎忠臣孝子、节妇烈女的悲欢离合，娱乐民众，教化群氓；城隍庙还是穷人的最后避难所，无家可归的落难者，可以侥幸讨得一餐，求得一宿；城隍庙也像教堂，普通人家的婚丧嫁娶，官场里的荣辱沉浮，生意上的盈亏赔赚，都可以在这里找到庇佑和安慰；不仅新官上任要到城隍爷面前宣誓就职，甚至就连刑场监斩官，行刑结束后，也一定要绕道城隍庙烧灶香，让城隍爷拿下可能跟在身后的冤魂……

城隍庙曾经是先人们在生活中和精神上都无法绕开的丰碑。一座城隍庙就是一座城市的记忆。中国古典书籍文献中，有许多关于民间城隍庙会活动的精彩描述。

二

我们知道，全国各地城隍都是由令人敬仰的民族英雄好汉、正人君子充任的。如北京城隍杨椒山，福州城隍周苛，杭州城隍文天祥，泉州城隍韩琦，上海城隍秦裕伯，桂林城隍苏缄……都是赫赫有名的一代贤臣良将。

那么，广州的城隍庙到底侍奉谁呢？仅仅是侍奉明朝著名清官海瑞吗？不是的，里面有三尊城隍爷塑像，被广府民间尊称为“刘皇”的南汉国开国君主刘龑塑像高达3.2米，乃广州城隍庙的主神。位于刘皇左右的两尊城隍爷，分别是百姓中家喻户晓、大名鼎鼎的海瑞和杨椒山。

三

罗马不是一天建成的，同样，广州也不是一天建成的。

生活在广州，我总想知道广州的前世今生。“敢为天下先”的广州，难道是到了今天，到了改革开放之后，才如此美丽和焕发勃勃生机的吗？不是的。

广州这座千年古都，她的色泽和底蕴，她的风姿和厚重，她的气势磅礴和雄姿英发，她一脉相承的岭南气息，从古至今，都是中国南方一道光彩夺目、璀璨靓丽的风景线，这里是千年不衰的国际通商港口城市，雄踞于中国的“南大门”。

历史书籍上，有三座中国帝王宫殿被焚毁，让我印象深刻及痛心疾首。其一，是有“万园之园”的圆明园被焚烧，它见证了西方帝国主义之野蛮和残暴的本性。其二，是有着“天下第一宫”盛誉的阿房宫被烧毁，历史书籍里有流传千年的“项羽火烧阿房宫”的故事。虽说阿房宫是秦始皇残酷搜刮民脂民膏、耗费巨大人力物力修建的产物，既然劳苦大众千辛万苦修好了的血汗成果，项羽干吗还要一把火烧了它？让劳苦大众多年付出的心血和体力毁于一旦，这岂不是更大的浪费？可见，项羽是一介莽夫。其三，一千多年前，五代十国末期，北宋军队兵临广州城下，南汉王国土崩瓦解，其末代皇帝刘　命内侍将宫殿一把火烧了，这场大火将美轮美奂的南汉宫殿变成了一片瓦砾。让人欣慰的是，一千年后的今天，位于广州市北京路附近的南汉国宫殿遗址让当年的帝王奢华重见天日。

南汉国宫殿遗址位于广州市北京路南越王宫署遗址内，让考古专家无比惊叹的是，南汉国宫殿的奢华程度堪比故宫。

兴王府是五代十国时期，南汉设置的府，南汉都城所在。乾亨元年（917），刘岩（后改名字为刘龑）称帝于广州，国号“大越”，将广州升格为兴王府，次年改国号汉，史称“南汉”，国都兴王府，治番禺县（今广东省广州市）。北宋开宝四年（971），宋灭南汉，改兴王府为广州。

广州的城隍爷刘龑，生前建立了南汉政权，他乃历史上赫赫有名的南汉国开国皇帝。

南汉国生存于乱世，堪称短命，国祚只绵延了五十四年，历四主，除刘龑外，其余三主都荒淫暴虐，政治腐败。刘龑在位二十五年，是在位时间最长，也是较有作为、对战乱时代岭南的安定和建设贡献较大的国主。

中国历史上给自己的名字创造文字的皇帝有两个。一个是女皇武则天，她给自己取名“武 ”，“ ”的含义是日月当空，“ ”乃武则天为自己发明创造出来的一个字。另一个就是五代十国时期南汉国的开国皇帝刘岩，他把自己的名字改为“刘龑”，他创造的这个“龑”字，意为飞龙在天，有我无敌，唯吾独尊的意思，出处来自《易经》。

五代十国时期，是中国礼崩乐坏、非常黑暗的一个时代。“臣弑其君，子弑其父”，这个时代完全偏离了中华儒家文化的君臣父子纲常礼制，让人的欲望急剧放大，将人性中卑劣、贪婪、变态、纵欲等粗暴地摆在光天化日、朗朗乾坤之下。此时，君权已衰弱到极点，悍将四起，狼烟滚滚，奸臣当道，民不聊生。就连做君主，也透露着有今天、没明天的慌慌张张，个个以荒淫享乐为主，今朝有酒今朝醉，明天还保不保得住自己的脑袋瓜？不知晓。

相比起中原混战的藩王军阀，刘龑已经称得上是有为之君了。他礼贤下士，拉拢在岭南的中原士人，给以较高的政治地位，使得南汉国被治理得还算井井有条。相比起中原的战乱，此时的岭南较为和平，经济恢复也较快，算是五代十国时期的一方乐土了。

刘龑治理岭南，最突出的功绩主要有三个方面。其一，开设科举。刘龑办学校，置选部，开贡举，选拔文人，对岭南的文化发展有一定的作用。他用幕府人分领诸州，刺史不用武官，避免了武人专权的可能性。南汉的地方吏治，总的来说，比以武人为刺史的中原王朝或其他割据政权要好。文士为官，纵或贪浊，其危害性总不如武人做官，愚鲁不驯，性贪行暴，动辄兴兵作乱，荼毒一方。其二，外睦四邻。刘龑为了避免与邻国发生军事冲突，采取了外睦四邻的措施。同周边的闽、楚、云南等国首领通婚、通商，同蜀、吴订交，从而免于较大的战祸动荡，对当时岭南地区的发展起了稳定作用。其三，注重商贸。广州是与外国通商的口岸，南汉刘氏世代又是商贾出身，亦懂得通过商业渠道进行盘剥。兴王府所建宫殿的珠宝都是舶来品，由此可见当时的商业比之北方诸国较为发达，在其统治期间岭南地区的经济有一定程度的发展。

虽然刘龑把岭南治理得风生水起，但不知为何，历代的历史学家常常将其书写成暴君。某些历史书籍还说刘龑是个奇葩和神经病皇帝，说他有一个特殊的爱好，就是看杀人，说刘龑常将他的皇宫变成屠宰场，经常抓人绑到刑架前大卸八块。刘龑高坐于大殿之上，流着口水欣赏着这人间最残酷血腥的杀人场景，脸上写满了骄傲与自豪。然而关于被杀者到底是些什么人？历史书籍却没有详细记载。有专家提出不同的意见称，刘龑生前所杀者，多数当是恶贯满盈的贪官污吏、岭南的江洋大盗等，是祸国殃民者，刘龑是大义凛然为民除害。

其实，如果放到五代十国整个大背景来看，比刘龑更奇葩和神经病的君主大有人在，毕竟唐朝灭亡之后，五代十国中出格的君主和臣子层出不穷。除了“春花秋月何时了”的南唐李后主外，有喜欢和儿媳扒灰最后被儿子一怒之下杀死的朱温，有打仗厉害却因为宠爱戏子而亡国的李存勖，还有为了当皇帝不惜向契丹人认贼作父出卖幽云十六州的石敬瑭。

宋灭南汉，南汉皇城毁于战火，而城隍庙独存。南汉遗民为纪念刘龑，遂借城隍庙之名，塑刘龑像供奉祭祀。专家称，至明洪武三年（1370），将五代十国时期南汉开国皇帝刘龑作为地方城隍来祭祀，既体现地方意识，又符合国家的正统话语。城隍爷的职责是护国庇民、惩恶扬善。刘龑生前最大的功绩是平定岭南，岭南百姓立他为广州城隍庙的主神，正是念其一生惩恶扬善、护国庇民的历史功绩。

四

自从广州的城隍庙修葺一新并免费对市民开放后，我每次去闻名遐迩的北京路逛街，都会顺道拐个弯，兴致盎然地去一趟广州城隍庙。庙里面通常香火缭绕，里面的建筑具有浓郁的岭南风格特色，并裹挟着厚重的中国道教文化气息。我虔诚地上香，冥想，拜祭三位城隍爷，为家人和亲朋好友一一祈福。

重修后的广州城隍庙今非昔比，整体建筑气势恢宏，金碧辉煌，梁柱涂金。黄灿灿的楹联和黑漆漆的廊柱相得益彰，颜色对比强烈，格外醒目。气势如虹的城隍宝殿和雕梁画栋的屋檐椽桷，处处龙钟古意，流光溢彩，直惊得我眼目迷离，不知往何处聚焦。那青砖和琉璃瓦当，那牌匾和廊庑雕饰，那八仙红木大宫灯，那古色古香的供案以及庄严肃穆的神像……古典端庄中彰显着一股远古时光的雄浑大气，远古的岁月仿佛就浓缩在城隍庙里，让人神思迷离。

镶嵌在城隍庙主殿墙壁上的两幅漆壁画《开天辟地 · 神仙

卷》，面积达两百多平方米，由四位广州知名画家和三十多名广州美术学院学生历时半年绘制。壁画里的神仙人物，飘逸潇洒，线条流畅，形象生动，神态迥异。每一个人物的表情和动作都各不相同，或豪迈高呼，或低声沉吟，或振臂怒斥，或眼观八方……这些人物都是中华民族自远古传说所产生的英雄典范、人格楷模和圣贤忠烈，壁画极具中国特色。如果你仔细端详，恍惚中，会让你仿佛不知置身何处，如同走进了仙境，如同走进了梦幻传说中的天宫世界。

许多人认为，城隍庙里的楹联比起佛寺道观的楹联，更直白，更直指人心，是警世箴言，更具有教化的力量。全国各地城隍庙的通用联是：阳世三间，积善作恶皆由你；古往今来，阴曹地府放过谁。横额是：你可来了。广州城隍庙大门的楹联是：是是非非地，明明白白天。

重修后的广州城隍庙，楹联新增不少，但也完整保护了清朝时期留下来的楹联。在这里，广府文化一脉相承，新时代和旧时代遥相呼应，无缝连接。至于楹联的内容，为避免文章烦琐冗长，我不一一介绍，给读者们留个悬念。如果你来广州旅游观光，不妨到广州的城隍庙去逛一逛，去溜一圈，一定会让你有意外发现，不枉此行，收获匪浅。

在拜亭，东张西望的我抬头一看，赫然发现黑白相间的廊檐下，悬挂着一个硕大无比的黑色算盘，这是什么寓意呢？据考证，全国各地城隍庙都悬挂着大小不一的算盘，寓意“人算不如天算”，警示世人“人有千算，天只一算”，全国各地的城隍庙多数都以算盘为象征物。

走出广州城隍庙的大门，我脑海里久久不能平静，既感叹广州悠久的历史文化，又感慨历史那只沧桑巨手的翻云覆雨，“沧桑转瞬谁能识，富贵浮云安可常”。历史的车轮浩浩荡荡滚滚向前，永不停息，沧海横流瞬息万变，就如逆水行舟不进则退。淡茶一杯谈古论今，古今多少事，都付笑谈中。

作为南汉国的开国君主，刘龑已掩盖在历史的滚滚风尘之中，成为沧海一粟，黄粱一梦；但作为广州市的城隍爷，他却受到了历代岭南人民的尊敬和祭拜，从古至今，青烟袅袅，香火不断。

从文盲到禅宗祖师

在繁忙的大都市，在竞争激烈与快节奏感的现代生活中，许多人对晨钟暮鼓的寺庙禅院，心怀一种向往、心怀一份禅意。闲暇之余，到寺庙去走一走，去逛一逛，也是缓解生活压力的消遣方式。

徜徉于千年古寺之中，看那青灯古佛所散发的庄严佛光，听那绕梁不绝的袅袅梵音，寺庙里的肃穆与清净，能使人的心境平和安详。佛曰，静能生慧。佛法的无边与超脱，既是一种信仰，也是一种力量。

在中国，每一座历史名城，几乎都有千年古刹。有千年古刹的城市，必是中国历史名城。

今天，我来到了广州的光孝寺。

历史悠久的光孝寺内，有许多国宝级文物。那洗钵泉，是达摩祖师亲手开凿，距今已有一千四百多年的沧桑岁月。那大悲幢，建于唐朝末年（826），是光孝寺仅存的唐代密宗法器。那西铁塔，是中国最古老的铁塔之一（铸造于963年）；而东铁塔，是五代十国南汉皇帝御制，比西铁塔年轻四岁，是目前保存得最完好的铁塔。那巍峨的大雄宝殿，始建于东晋时期，重建于宋朝，算得上是广州最古老的建筑群了。别看大殿背后的栏杆已经风化斑驳，那些雕刻着栩栩如生的石狮栏杆，却是原装的南宋栏杆、货真价实的宋朝文物，实属全国罕见。这些散发着历史悠久信息的文物，深深地吸引着我的目光。但我今天来光孝禅寺的主要目的，是想探访六祖惠能的足迹。

毛泽东说过，广东有两个伟人，一个是孙中山，一个是六祖惠能。1956年，毛泽东曾对广东省委领导人说："你们广东省有个惠能，你们知道吗？惠能在哲学上贡献很大，他把唯心主义的理论推到了高峰，要比贝克莱早一千年，你们应该好好看看《六祖坛经》。一个不识字的农民能够提出高深的理论，创造出具有中国特色的佛教。"

岭南大地，有着千百年的禅宗文化积淀。六祖惠能的一生堪称神奇：一个目不识丁的文盲，竟能与孔子、老子并称为"东方三圣"，并留下佛教史上唯一出自中国的"经"——《六祖坛经》。孔子有《论语》，惠能有《六祖坛经》；孔子影响中国两千五百多年，惠能影响中国一千三百多年；孔子的“仁”传播到全世界，惠能的“顿”先传到韩国，后传到日本，最后也传到欧美。孔子是世界文化名人，惠能是世界佛教名人。惠能的铜像也立在英国伦敦大英图书馆广场，与孔子、老子并称为“东方三圣”。

此刻，正值初秋，秋风飒飒。在光孝寺的六祖殿前，秋风轻轻吹拂着大殿前那株葱茏的菩提树，树叶在沙沙作响，树影婆娑。几片发黄的树叶，轻轻飘落，阒寂中啪的一声，落叶归根。不远处，几位修行者正拿着长长的扫帚，轻轻打扫寺庙里的落叶。扫帚扫地摩擦的声音，也在沙沙作响。刹那间，我有一种恍惚的感觉，也许寺庙里的千年时光，就在这四周虔诚的、绵绵不断的香火之中；就在那朝朝暮暮的鸣磬与空灵缥缈的梵音之中；就在这菩提树叶一阵子发黄、一阵子又变绿的四季轮回中。在菩提树下，我久久冥思，我想起了神秀与六祖惠能那两首著名的偈。

神秀偈：

身是菩提树，心如明镜台。
时时勤拂拭，勿使惹尘埃。

六祖偈：

菩提本无树，明镜亦非台。

本来无一物，何处惹尘埃。

惠能所作的这首偈，与大乘佛教尊崇一切皆空、万法皆空的宗旨最契合，胜神秀一筹，五祖弘忍遂将法衣传给惠能，为六世禅宗。

让时间穿越到一千多年前的湖北蓟州黄梅县东禅寺去看一看吧。我们知道，神秀长年累月待在五祖弘忍身边，刻苦修行，他作的偈，五祖弘忍认为还未入门，还未曾见得真心与本性。惠能在东禅寺待了八个月，五祖弘忍只与他会过三次面。但是，仅这三次会面，凭着慧根，惠能这位岭南文盲竟能龙门一跃、跻身成为禅宗衣钵接班人。这三次会面，五祖与六祖都聊了什么内容呢？我从《六祖坛经》里摘录了出来，翻译如下：

第一次会面，五祖问："你从哪儿来？"惠能道："从岭南来。"五祖问："你到这里想干什么？"惠能道："不求别事，只求作佛。"五祖道："你这个 獠，又是岭南人，你怎么能够成佛呢？"惠能道："人虽然有南北之分，佛性却没有南北之别。我这个 獠，形象上虽然与和尚不同，但佛性又有什么差别？”五祖听了，知道惠能根机很好，不是常人，本想继续跟他多交谈几句，但因为徒众都在左右，担心惠能日后会遭到众人的嫉妒和排斥，于是便把他打发到碓坊舂米。

第二次会面，惠能在神秀的偈旁也做了一首偈（就是前面提到的那首偈），并叫人帮忙写上去。五祖恐怕有人对惠能不利，于是就用鞋子擦掉了那首偈语，说："也是没有见性!"大家以为真是这样。第二天，五祖悄悄地来到碓坊，看见惠能腰上绑着石头正在舂米，说："求道的人为了正法而忘却身躯，正是应当这样!"于是问惠能："米熟了没有？"惠能回答："早就熟了！只是欠人筛过。"五祖于是用锡杖在碓上敲了三下，而后离开。惠能当下已领会五祖的意思。

第三次会面，当天入夜三更时分，惠能进入五祖的丈室。五祖用袈裟遮围，不使别人看到，然后亲自为惠能讲说《金刚经》，讲到"应无所住而生其心"时，惠能就在这一句言下大悟"一切万法不离自性"的真理。五祖知道惠能已经开悟了，惠能悟到什么呢？悟到了释迦牟尼佛四十九年所讲的一切经，惠能已经全部通达了，不但佛经通达了，世出世间所有的学术已全部通达，没有一样不知道的，所以五祖当场就把衣钵传给了惠能。

五祖让惠能连夜下山，并摇橹送惠能过江。五祖嘱托惠能："你已经是第六代祖师了。衣钵是争夺的祸端，止于你身，不可再传！如果继续再传衣钵，必将危及生命。你必须赶快离开这里，有人要伤害你。"果然，为了衣钵，一路上有无数人来追杀惠能。

佛祖袈裟何其重要啊，自然惹来同门嫉妒。据《历代法宝记》记载，达摩祖师就是因为此袈裟被流支三藏师徒下毒六次，最终被毒杀。二祖慧可也因此被迫装疯卖傻。袈裟到了四祖道信、五祖弘忍手中，各被偷了三次。传到六祖惠能手里，立马被同门师兄弟追杀。

回到岭南后，惠能为了躲避同门师兄追杀，就让自己混迹在猎人的队伍里，一则为保袈裟，二来为更深更好地理解佛法，隐姓埋名苦苦修炼。不知不觉十五年过去，大家都已经淡忘此事了，惠能觉得是出来弘法的时候了，不能永远隐遁下去。

有一天，惠能来到广州的光孝寺听印宗法师弘法，之后，历史上赫赫有名的哲学争论、光孝寺那场著名的"风幡论"上演了：

当时，在岭南一带赫赫有名的印宗法师，正在广州法性寺讲《涅　经》。当时有一阵风吹来，旗幡随风飘动，一个僧人说这是“风动”，另外有一个僧人则说是“幡动”，两个人为此争论不休。惠能走上前向他们说：“不是风动，也不是幡动，是仁者（仁者当时为‘菩萨’尊称）的心在动。”大众听到了，都十分惊异。

于是印宗法师请惠能坐到上席，询问佛法奥义。他听惠能说法，言辞简洁，说理透彻，并非从文言字句中来，于是问道：“行者一定不是平常人！很早就听说黄梅五祖的衣法已经传到南方，莫非就是行者吗？”印宗法师向惠能作礼，并请惠能出示五祖传授的衣钵给大家看。之后，印宗法师为惠能剃除须发，并事奉惠能为师。

真是“水涨船高，人抬人高”。赫赫有名的印宗法师拜惠能为师之后，为惠能日后的弘法打开了新局面。劫缘结束了，善缘来了。惠能得法以来，受尽艰苦磨难，生命时刻处在危险之中，直到遇到了最好的护法金刚——印宗法师，才扭转乾坤。南宗从此发扬光大，并开始名扬天下。

佛门有一首偈语：“佛在灵山莫远求，灵山就在汝心头；人人有个灵山塔，好向灵山塔下修。”《六祖坛经》里的思想，就是“见性成佛”，六祖主张“顿悟”，认为“不悟即佛是众生；一念悟时众生是佛。”

但诸佛妙理，非关文字，而在于行动。举个例子，当年，苏东坡本人认为自己对于佛法已有很深造诣了，一天，苏轼诗兴大发，作了一首禅诗：

稽首天中天，毫光照大千。
八风吹不动，端坐紫金莲。

这诗的大致意思就是，参拜上天佛陀，佛陀慈悲的光芒普照大千世界。世间的或赞或讥，或顺或苦，佛陀都不为之所动，只是庄严而安稳地坐在莲花台上。苏轼自己反复吟诵，觉得自己的境界已然很高了，能跟佛陀一样，达到了心转物而不为物转的境界。然后就差人把诗呈给好友佛印看看。佛印看后，提笔在诗上批了两个字：“放屁！”就叫人送了回去。苏东坡满心期待地打开回言，却发现“放屁”二字，顿时火冒三丈，决定亲自去跟佛印评理。于是乘船过江，直接到了佛印的房间，只看见门扉上贴着一张字条：

八风吹不动，
一屁过江来。

苏轼看见此句，才恍然大悟。正所谓“外离相为禅，内不乱为定”，当真正遇到事情，才知道自己早已乱了方寸，苏东坡这才明白自己就跟神秀一样，佛性与修行还只是个门外汉，浅着呢。

至于选择谁做六祖更有利于禅宗发展，对这个问题，历史已经给出答案，五祖弘忍确实眼光独到。神秀的禅是个人独享的禅，而惠能的禅是可运作的禅。惠能出走后，南北两宗各自独立发展，最后惠能南宗胜出，神秀北宗式微。乃至今天，人们所言禅宗，即指惠能禅宗。“人人可以成佛”是六祖惠能的主要思想。佛祖释迦牟尼本来就是个人，所谓佛就是觉悟的人，但经过一千多年的慢慢发展，人们把佛祖释迦牟尼称为神了，而六祖惠能则把神拉回到人间来；只要你心好，心诚，心清净，那么你就是佛，人人都能成佛。惠能虽不识字，却真正抓到了佛学最核心的机密。

惠能主张不要离开现实生活找佛教，禅无处不在，吃饭学习都是禅，正所谓“佛法在世间，不离世间觉，离世觅菩提，恰如求兔角”。心里平和，行为光明正大，不用去寺庙，不用刻意修禅；而如果心不好，整天打坐也得不到什么东西。六祖的“生活禅”，因为大众化、平民化，很有生命力，得到了很多平民老百姓的拥护。

怎样评价六祖的禅法呢？这里说一段公案，大家可以讨论：一个禅师到了一个寺庙，对着佛像吐口水。方丈就问他为什么要对着佛像吐口水，禅师就说，那你找一块没有佛的地方给我吐口水。这段公案很形象地说明，六祖惠能的生活禅，主张不打坐、不读经，打破偶像崇拜；禅无处不在，平民化、大众化，非常接地气，有很强的生命力。

毛泽东非常重视《六祖坛经》的文化价值。1959年10月22日，他在与班禅·额尔德尼谈话时很诚恳地说：“我不大懂佛经，但佛经也是有区别的，有上层人的佛经，也有劳动人民的佛经。如唐代六祖（惠能）的佛经《六祖坛经》，就是劳动人民的。”真是惊人之语，毛泽东创造性地第一个将《六祖坛经》说成是劳动人民的佛经。1958年8月21日，毛泽东在中共中央政治局北戴河扩大会议上讲话时对与会者介绍说：“唐朝佛教《六祖坛经》记载，惠能和尚，不识字，很有学问，在广东传经，主张一切皆空。这是彻底的唯心论，但他突出了主观能动性。”

在中国历史上，惠能大概是最早把外来文化成功本土化的一个人。毛泽东欣赏惠能的作为，他在1957年10月的中共八届三中全会上，说惠能是“振作精神，下苦功学习”的成功典例。毛泽东还曾向秘书林克谈过惠能的身世、学说，称赞他不迷信权威，有挑战精神，有独立创见。毛泽东又说：惠能主张人人皆有佛性，创顿悟成佛说，一方面使烦琐的佛教简易化；一方面使印度传入的佛教中国化、平民化、现世化。因此，他被视为禅宗的真正创始人，亦是真正的中国佛教的始祖。在他的影响下，印度佛教在中国至高无上的地位动摇了，甚至可以“呵佛骂祖”，后世将他的创树称为“佛教革命”。

在祖堂前，在六祖的神像下，在那株翠绿的菩提树旁，我同时也想到了苏格拉底说过的这么一句话：“让人快乐的，是智慧而不是知识。”而人世间真正的大智慧，并不是仅仅依靠书本就能学得来的。倘若有一天，我能真正顿悟《六祖坛经》里的思想精髓，那么，我也便可慢慢获得真正的人生大智慧了。

朱亮祖与越秀山五层楼

一

爱上一座城，会有许多的理由。

假如跑到大街上去询问过往路人：“为什么你会选择留在广州这座城市生活和创业？”我相信，不同的人，会给出不同的答案。

许多人来广州旅游观光过后，会由衷地对当地人发出感慨：“真是羡慕你们广州市民，在繁华热闹的城市中心能拥有健身与休闲娱乐的两座山，越秀山与白云山。”

越秀山与白云山，山上风光旖旎，一派南国气象，处处花海如潮，鸟语花香。站在山顶的最高峰，凭栏远眺，羊城恢宏壮丽的景象与繁华大都市的魅力尽收眼底，一览无遗。

越秀山盘踞于越秀公园内，亦称粤秀山、越王山，以西汉南越王赵佗而得名。南越王赵佗经常在此山大宴群臣，亦在此山盛情款待过汉高祖刘邦派来的使者陆贾，并在山上建“朝汉台”。因建过观音阁，民间又常称越秀山为观音山。山上著名古迹与人文典故比比皆是。有古之楚庭和佛山牌坊、古城墙、镇海楼、四方炮台、中山纪念碑、孙中山读书治事处碑、伍廷芳墓、明绍武君臣冢、海员亭、五羊雕像等景点。历代“羊城八景”无一例外地把越秀山作为重要的景区列入：元代为粤台秋月，明代为粤秀松涛，清代为粤秀连峰、镇海层楼，现代有越秀远眺、越秀层楼、越秀新晖。

作为广州最大的综合性公园，越秀公园最早由孙中山先生提议创建。1911年辛亥革命后，孙中山常在越秀山读书治事，1921年12月孙中山就任临时大总统时曾下令把越秀山辟为公园。新中国成立后，毛泽东、刘少奇、朱德、周恩来和叶剑英等党和国家领导人都曾经多次来越秀公园视察观光。其中，毛主席曾七次在越秀山游泳场游泳，朱德还专门为越秀公园赋诗一首《游越秀公园》：越秀公园花木林，百花齐放各争春；唯有兰花香正好，一时名贵五羊城。此外，越秀公园曾接待过尼克松、西哈努克、金日成等20多个外国元首及友好团体前来游览。

游览越秀公园那一处处著名胜景，就像是阅览一本精彩纷呈的广州人文历史典籍，默默地感受那浓厚的岭南气象，怀古追思，沧海桑田，让人欲罢不能。遥想万里长城，古人感慨：“万里长城今犹在，不见当年秦始皇。”而登临越秀山，我思古怀今地感慨：“青山绿水依旧在，不见当年南越王。”

周末，我经常沿着最新开通的城市空中走廊漫步到越秀公园，然后登临越秀山，饱览越秀山那秀丽的风光，阅读它那悠久的人文历史，让我幸福指数倍增。清晨，晨雾霭霭中，迎着东方灿烂绚丽的朝霞，沿着上山的林荫，缓步而行。一路怡然欣赏大自然的青翠，阵阵凉风轻拂，那是沐露梳风的惬意，耳畔随处鸟语飞扬，令人身心豁然开朗，顿感心旷神怡。

沿着忽高忽低的山路缓缓上行，行到明代古城墙遗址处，只见蜿蜒曲折的古城墙好些地方已斑驳脱落，仿佛有一股流年镌刻、风描雨绘的岁月侵蚀感迎面而来。巨大的榕树根在古城墙上盘根错节，虬枝峥嵘，它们能在铜墙铁壁上求得生存的精神与毅力，令人无限敬佩，它们散发出一种大自然生生不息的生命力。植物无语，造化有意，我感叹老树的不畏艰险，无比顽强，坚韧不屈。

刚想追忆一下历史，镇海楼的侧面雄姿马上扑入眼帘，只见它耸立山巅，红墙绿瓦，显得格外气势恢宏。每次远远观望镇海楼，人们都觉得它“侧看是塔、横看是楼”，亦能感受到它有一种摘斗摩霄，气压山河，玄妙莫测的气势。

少年时期，我曾经对中国的四大名楼非常着迷，还热衷于收集四大名楼的明信片。中国的四大名楼，特指江西南昌滕王阁、湖北武汉黄鹤楼、山西运城鹳雀楼、湖南岳阳之岳阳楼。江西滕王阁因王勃的《滕王阁序》而闻名，湖北黄鹤楼因崔颢的《黄鹤楼》诗而闻名，湖南岳阳楼因范仲淹的《岳阳楼记》而闻名，黄河畔的鹳雀楼因王之涣《登鹳雀楼》一诗而闻名。这些诗文，是从小要背诵要考试的古诗文，铭刻于文化血脉中的黄河长江、名川阁楼，铸成我灵魂的故乡。长大成年之后，不亲临这些地方去感受和体味一番华夏文明，就好像等于没有祭拜祖先、认祖归宗一样。人们攀登黄山归来后，通常感叹：“五岳归来不看山，黄山归来不看岳 。”如今，四大名楼我已登临过，在登临镇海楼的时候，我则感叹：“广东的镇海楼毫不逊色于中国的四大名楼，它的英姿雄风，只差一位伟大诗人为它写下不朽的篇章，为它做宣传推广而已。”

二

古往今来，历朝历代，上至真命天子，下到州官县府，都喜欢修建楼阁。中国古代的楼阁，或用来纪念大事，或用来宣扬政绩，或用来镇妖伏魔，或用来求神拜佛。

到北京一定要去爬长城，因为“不到长城非好汉 ”。在广州也有一句老话，叫作“未登五层楼，不算到广州”。镇海楼因楼高五层，俗称为五层楼，它是广州现存最完好、最具气势，也最富有民族特色的古建筑，是我国古建筑中少见的多层楼式建筑，楼上风光无限、美景不绝，自古就被冠以“岭南第一胜览”“五岭以南第一楼”之美誉。

在越秀山的蟠龙岗上，镇海楼巍然屹立，几百年来雄踞于此，历经改朝换代，风云变幻。但无论时代如何变，它一直都是广州的老城标。

镇海楼建于什么时期呢？又是谁下令建造它的呢？四周都是山，又没有临海，为什么叫镇海楼呢？它为什么只建造五层，而没有建造七层、九层或是更高呢？带着这样的疑惑，在一个初秋的午后，天空下着霏霏细雨，我陪着瑞明舅父，再一次登临镇海楼。瑞明舅父学识渊博，学富五车，博古通今，对这些问题，他一一做出了详细的解答。烟雨蒙蒙中的镇海楼，就像一位喃喃自语的苍苍老者，它在如歌如诉般向我述说着它的前世今生。

镇海楼的横空出世，离不开明朝的开国功勋、永嘉侯朱亮祖。话说公元1379年正月，永嘉侯朱亮祖奉朱元璋之命镇守广州，他一下子成了南国有权有势的头号人物。这是永嘉侯朱亮祖第二次光顾广州，上一次是在十年前，他作为朱元璋的一员虎将，带领千军万马，从地方军阀手中夺下广州城，从而把整个岭南收入大明王朝的版图之中，他是有功之臣。十年后，故地重游，生性本不安分的朱亮祖登上越秀山，将广州城尽收眼底时，这位骄狂的功臣此时此刻想到的是秦汉时期的赵佗，赵佗曾在脚下这块土地称皇称帝，自封为南越王。他又想起南越王赵佗曾把番山、禺山凿平，独留下越秀山孤峰屹立。此行镇守广州，朱亮祖乐观地以为，是朱元璋给了自己一块封地，他日后就是“南霸天”了，脑袋热晕过头，自然而然就飞扬跋扈起来。

“南霸天”朱亮祖在越秀山的山顶上俯瞰宋朝时期筑起的广州城全貌，那时的广州城分别为子城、东城和西城，全城地势偏低，不利于防守。朱亮祖当机立断，要把这三城合为一体，并把城池扩大，把越秀山也圈在城墙之内。朱亮祖将广州城东西各扩建了八百余丈，并包括了现在越秀山的背后。

相传，当朱亮祖想在越秀山上营造府第时，他却做了个怪梦，他梦见山上飞起一条赤龙，山对面的海却飞起一条青龙，两条龙恶战一番后，青龙潜下海中。朱亮祖第二天马上召集幕僚替他解梦，朱亮祖虽然打仗英勇，却很迷信风水。风水先生说，广州越秀山上的龙气很重，不把这股龙气压住，不利于明朝的江山社稷。朱亮祖只好立即修书给明太祖朱元璋，汇报情况。皇帝接报，不敢怠慢，即召首席谋士刘伯温解梦。刘伯温说此乃我朝战胜海贼大吉之兆，可命永嘉侯在山上建一四方塔以镇海妖。

于是，朱亮祖便奉皇命开始动工，越秀山顶的五层楼横空出世了。那么，这座五层楼最初的名字叫什么呢？如今，能够查到的史料告诉人们，这座五层楼建成不到百年，在明朝成化年间，被一场大火焚毁了，当时的广东官员在灾后主持重建，并由一个叫张岳的人为之题写了“镇海楼”三个字，镇海楼的名字从此沿用至今。那么，从洪武到成化这期间，当时人称呼其为“望海楼”，俗称“五层楼”。镇海与望海，一字之差，楼的功能就截然不同了。如果说镇海，楼就是具有防御功能的军事建筑了，具有雄镇海疆的气势；如果说望海，楼则成了寄情山水、赏景宴饮的场所了。然而，望海也好、镇海也罢，海又在何方呢？坐北朝南的望海楼，楼高仅有二十八米，作为楼基的山顶，它的海拔高度只有七十多米，两者加起来也不过百米左右。登上五层楼，真能望见大海吗？楼的南面是流经城区的珠江，其余三面全是绵延的越秀山脉，滔滔南中国海，真的能进入登楼者的视野吗？熟知广东民俗的学者解释，世居广州的广府人习惯把广阔的珠江称之为海，过江就叫过海。珠江最初的江面宽千米，此后两岸积沙成洲，慢慢地就失去了原来海一般的模样了。如此说来，望海实际上就是眺望珠江，而镇海也就意味着镇守珠江通往南海那一带的水面了。

无论镇海还是望海，楼的高度显然引人注目，当初建造时为何定为五层呢？这是朱亮祖个人的决策，还是朝廷有这方面的礼制呢？在古代建筑里面，城门楼一般是一层、两层，最多三层。在全国来说，五层的城门楼是非常少见的。显而易见，武将出身的朱亮祖不可能懂得建筑，但他知道朝廷的礼制。自古以来，九是天子皇帝专用的数字，七是皇亲国戚用的，诸侯大臣只能用五，否则，就是僭越、犯禁，要被杀头的。明代的建筑，包括营造宫殿、城池、楼阁、府第、陵墓等，都有一套严谨的礼制法则，所有匠人必须遵守。比如，镇海楼的屋脊就很有讲究。屋脊上面是一条龙船脊，就像广东水上的龙船。明代时官方有规定，地方建筑不能用龙，不能跟北京故宫相同，不能用龙头来含着横脊，只能用鳌鱼来代替龙。又比如，瓦的选用也有规定，镇海楼的瓦是绿色的，不是黄色的，黄色瓦是帝皇家才能用的，地方建筑只能用绿色的琉璃瓦。当时的建筑师和工匠，要在不违背礼制的前提下，创造性地把岭南建筑特色融进镇海楼的建造之中。五层楼的墙体是红色，红墙绿瓦，基础是红沙泥，这也是当时广东地区许多建筑的特色。按古代的五行学说，红色属火，火生土，土克水，镇海楼通体红色体现了中国五行的理念，屋顶是火，上面架一条龙船脊，那代表水，水克火。

考古专家若干年前惊喜地发现一个秘密，广州城也有中轴线。中轴线北端的起点就是越秀山的镇海楼，南端的终点在如今的海珠广场。广州城当时的中轴线在如今的北京路一带。考古人员先后在北京路的地面下发掘出不同时代的石基路面，这些成果显示：广州城的建设，早在秦汉时期就有了中轴线的理念，只是到了朱亮祖建望海楼的时候，才最终确定了中轴线的北端，这是广州建城史上的重要一页。

清朝两广总督彭玉麟，在谋划海疆的防御时，自然忘不了镇海楼。1883年，中法战争爆发，彭玉麟奉命到广东督师抗法，以五层楼为海陆两军指挥部。不久后，朝廷议和之声甚嚣尘上，彭玉麟上书朝廷、力争抵抗，但在大局势之下，无力撼动成议，清政府最终选择了妥协，彭玉麟心中不忿，他登上五层楼，举目广州城，怀古伤今，感慨油生，禁不住为朱亮祖洒下热泪，立就楹联一副：

上联：万千劫危楼尚存，问谁摘斗摩霄，目空今古；

下联：五百年故侯安在，使我倚栏看剑，泪洒英雄。

关于这副名联究竟是何人所撰，众说纷纭。但是，不容否认的是，这副对联勾起了人们对朱亮祖的好奇。好奇之一，朱亮祖是否亲眼见到镇海楼的竣工？因为朱亮祖从镇守广东到去世，前后总共只有二十个月，而气势恢宏的越秀山五层楼又是在第二年即1380年建的，那一年朱亮祖才活了不足九个月。倘若生前没见到竣工，朱亮祖只能是英雄洒泪了。好奇之二，1380年九月，朱亮祖父子俩被朱元璋派人捉到京城，被活活打死在金銮殿上，朱亮祖究竟犯下何等重罪，落得如此可悲的下场呢？虽说朱亮祖在广州的时间很短，也做出扩城建楼这样有益的事，但他万万没有想到，广州竟是他临终前的最后一站，镇海楼无意中成了他生命的终点。

三

广府民间有议论说，朱亮祖虽然贵为永嘉侯，但由于镇海楼事件，总让皇帝有点放心不下，朱元璋总疑心越秀山上有“龙穴”，怕有朝一日，永嘉侯朱亮祖会像南越王赵佗那样造反。

朱亮祖原本是元朝的义兵元帅，率领义兵协助元廷镇压农民起义。至正十七年（1357），朱元璋命徐达率军围攻宁国，征讨朱亮祖。朱亮祖拼死突围，勇不可挡，还击伤猛将常遇春，诸将都不敢上前阻挡。朱元璋亲自到前线督战，这才擒获朱亮祖，之后朱亮祖才归顺了朱元璋。朱亮祖跟随朱元璋攻克南昌、九江等地，并参加了鄱阳湖大战。之后又配合胡深，攻打福建军阀陈友定，大破之，福建平定。至正二十七年（1367），朱亮祖率数万军队讨伐方国珍，攻破天台、台州等地，方国珍不能敌，只得率部投降朱元璋。

明朝建立之后，洪武元年，朱亮祖又被封为征南将军。随廖永忠由海路攻打广东，之后他率军平定广东、广西两省之地。洪武三年（1370），朱亮祖因军功被封为永嘉侯，被授为开国辅运推诚宣力武臣、荣禄大夫、柱国，食禄一千五百石。获赐铁券，子孙世袭。

洪武十二年（1379），朱亮祖出镇广东。处在天高皇帝远的广东，这位开国的侯爷也开始作威作福起来，再加上有铁券护住了脑袋，就更加无所顾忌。他出身武夫，在广东多有不法之举，与执法甚严的番禺知县道同矛盾很深。

当时的番禺县（今广州番禺区）县令道同，是一个清廉的官员，由于执法严厉，与当地的土豪劣绅发生了矛盾。这些土豪吃了亏又拿道同没办法，便拉拢朱亮祖，希望他为自己出头。头脑简单的朱亮祖收了好处，居然就答应了。

此后，朱亮祖多次与道同发生矛盾，干涉道同的正常执法，还派黑社会暗中设伏，打了道同一顿，但道同并未屈服，与朱亮祖进行着不懈的斗争。双方矛盾一步步升级，终于达到顶点，道同抓住了广州恶霸罗氏兄弟，朱亮祖竟敢动用军队保卫县衙，把犯人直接抢了出来。把人抢出来后，朱亮祖自觉有些不妥，便向皇帝上奏，弹劾道同一大堆罪状。道同终于忍无可忍也随后向皇帝递送奏章说明情况，但他忘了朱亮祖有他不具备的优势——快马。

道同派人送奏章的马是驿站的，而朱亮祖使用的是军马，朱亮祖也料到道同会告状，于是他派人挑最好的马，飞快地赶到京城，狠狠地告了道同一状。朱元璋是个容易头脑发热的人，一看到朱亮祖的告状信，就立马派人去斩杀道同。

就在朱元璋发出命令后不久，道同的奏章就到了，朱元璋一对照就发现了问题，连忙派人去追，然而已经来不及了，朱亮祖就这样杀掉了道同。

道同死后，朱元璋知道了事情的所有真相，大怒之下将朱亮祖父子二人召进京师。在南京金銮殿冰冷的地板上，朱元璋每问地上的朱亮祖一句就命狠抽其一鞭。侍卫们一看皇帝亲自上阵，士气大振，在得到朱元璋默许后，纷纷开始动手，一直将朱亮祖父子活活抽死。看着地上只剩下一堆烂肉的朱亮祖，朱元璋方解了心头之气。

朱亮祖死后被削去爵位，朱元璋下令将参与此事的恶霸全部杀死。他念及朱亮祖有功，给他留了全尸。洪武二十三年（1390），因“胡惟庸案”的牵连，朱亮祖剩下的唯一一个儿子也被处死。

朱亮祖生前还存有幻想，他认为自己劳苦功高，只不过杀了一个知县，朱元璋最多是责罚一下他而已，并不会杀他。拿着铁券的永嘉侯朱亮祖估计到死都不会想到，自己会是那样的死法，被一鞭一鞭活生生鞭打至死。一个破铁块也许保住了他脑袋不离身，却保不住他的身家性命。

四

镇海楼自建成以来，一直是广州的商贸地标建筑。明代中期起，广州作为对外通商的口岸，逐渐融入国际贸易体系，镇海楼开始成为广州的一个世界性人文标记。从那时起，漂洋过海的外国商船，一过狮子洋，经虎门北上，沿途可见莲花塔、琶洲塔、赤岗塔。驶进广州城外，望到高耸在越秀山上的镇海楼，便知已到达广州了，于是，留下“参天大舶”千百年来望塔而行的传说。这样的传说在西洋画作中呈现得更加淋漓尽致，流传至今的一些西方画作，也常见到镇海楼。无论是随荷兰使节团到中国的荷兰画家纽荷芙以素描的形式记录的《广州城远眺》，又或是被誉为珠江版的“清明上河图”、绘制于1845年前后的《广州港全景图》，还有19世纪30年代，从广州出口的外销画中展现广州风貌的画作，大多会把镇海楼入画，这都成为广州海上丝路文化延绵的见证。

明末清初著名学者屈大均将广州城比作一只大船，将六榕花塔、光塔比作大船的桅杆，将镇海楼比作舵楼。他赞镇海楼为“可以壮三城之观瞻，而奠五岭之堂奥”“玮丽雄特，虽黄鹤、岳阳莫能过之”。黄鹤楼、岳阳楼乃天下名楼，此可知镇海楼的雄伟能与江南名楼相媲美。屈大均在他的《广东新语》里对为什么要建镇海楼有一些神乎其辞的说法。他说，镇海楼“在粤秀山之左，洪武初，永嘉侯朱亮祖所建，以压紫云黄气之异者也”“广州背山面海，形势雄大，有偏霸之象”。也难怪屈大均会这样论述，从南越国、南汉至南明，广州曾是三朝十帝之都，而南越王赵佗，据说死后葬在了越秀山附近，越秀山一带也因此出现了“真龙气息”，也就是所谓的“皇气”（以前的皇帝，最怕的就是江湖流言某地有“皇气”，因为这样无形中就给当地人“造反”设置了舆论的支持），只是屈大均没有写出来，其意却是十分明白：这镇海楼“巍然五重，下视朝台，高临雁翅，实可以壮三城之观瞻而奠五岭之堂奥者也”。相传自从在越秀山建造五层楼以后，镇守粤中的封疆大吏中再没有心怀异志的乱臣贼子，看来，这楼也是用来镇压此类邪气的。

“争者必争山，争山必争楼”。昔日的镇海楼，踞山川之险，历来是兵家必争之地。在过去六个多世纪中，镇海楼由于它的特殊地理位置而成为军事制高点和观察形势的最佳地方。从旧照片看，能看到镇海楼旁设有面对城外的大炮。

镇海楼，这座历经数百年沧桑风雨的古楼，要说它是万劫危楼一点都不过分。它楼高五层，跟“五”这个数字真是较上劲了，历史上曾五毁五建。明成化年间，五层楼遭火灾，后来重建。晚明人叶权写的《 游岭南记 》记及五层楼各层的铁木构件及两人合抱的梁柱，今人已不复见。清初，清兵攻打广州时，五层楼又遭战火损毁。顺治年间，尚可喜修复了五层楼后，霸占为养信鸽取乐的地方，不准百姓进入。康熙十五年（1676），五层楼又毁于“三藩之乱”。康熙二十四年（1685），广东巡抚李士祯再次重建镇海楼，“镇海层楼”成了清代“羊城八景”之一。英军进逼广州城时，镇海楼顶部曾被炸毁。辛亥革命后，军阀龙济光盘踞广东，驻军越秀山，并将镇海楼划为禁区。1928年，广州市重修镇海楼。今日我们所见的镇海楼基本上仍是1928年重修的式样，当时只是将每一层的木构结构变成了钢筋混凝土，所以从外观上看镇海楼改变不大。到抗日战争时期，日军侵占广州期间，曾屯兵越秀山，并在镇海楼上囤积军火弹药。

难能可贵的是经受万千劫难的危楼今天依然存在。风风雨雨走过来之后，巍然挺立的镇海楼可谓是浴火重生、凤凰涅 。新中国成立后，它成为广州博物馆，已被评为国家一级博物馆，里面展示的珍贵文物，记载着广州城两千多年来的悠悠岁月，历史沧桑。

如今，前来登镇海楼的游客，也许没多少兴趣去评说明朝永嘉侯朱亮祖的功与过，但是，镇海楼六百多年来的兴与劫，倒是一段国人不该淡忘的记忆。

五

广州，中国的南大门，这座“敢为天下先”的城市，如今又拥有了新的城市地标建筑——广州塔。广州塔的外形如同一位顾盼生辉的窈窕淑女，亭亭玉立，巧笑倩兮，美目盼兮，广州市民亲切地称它为“小蛮腰”。“小蛮腰”静静地伫立在珠江河的河畔，它默默地观望着珠江河从它身旁奔流而过，它日日夜夜倾听着珠江河涛声依旧，它好像在笑脸相迎地恭候着穿梭如织的江上船只。夜色斑斓中，“小蛮腰”直冲云霄，彩灯如霓裳羽衣加身，光舞影动之际，婀娜多姿，妩媚动人，吸引着世人的目光。

可“小蛮腰”无论如何光鲜亮丽、璀璨夺目、光彩照人，在我心目中，镇海楼所呈现的历史厚重感和渲染的文化底蕴，“小蛮腰”是无法比拟的。“小蛮腰”太嫩了，饱经忧患、历尽沧桑的镇海楼可比“小蛮腰”有故事多了。

友人们来广州，通常，我带他们去登临越秀山的镇海楼后，也会带他们去游览观光“小蛮腰”。当我登上“小蛮腰”最高层，鸟瞰整个恢宏壮丽的广州，眺望那蜿蜒盘旋如一条玉龙的珠江河，我心里面都会想，也许六百年前登临镇海楼眺望广州古城，所 望到的珠江河那水波荡漾、浩瀚接天的壮美景象，就如同现在登临“小蛮腰”一样，虽然景致有别，但也许心境是一样的。

一座镇海楼，千古说悠悠。镇海楼就像是一本厚重的历史书籍，作为广州的人文地标，历代以来文人雅士都爱登临越秀山镇海楼，并留下了累累篇什，每逢重阳，广府人登楼远眺，一览广州古城风貌。清末《广州竹枝词》云：“秋风吹向玉山游，萸酒花糕压担头，流鹞分明声不断，登高人上五层楼。”九月初九重阳节，广府人扶老携幼，游越秀山，到镇海楼登高望远，其乐融融也。

如今登临越秀山镇海楼，凭栏远眺，斯楼依旧，景物却已全非。斗转星移，广州已沧桑巨变，当年的珠水流波只能倚栏想象，凭空想象，如今所能目及的已是广州越秀山体育场，那比肩而立、鳞次栉比的崇楼广宇，连绵如一幅巨画，横亘南天，遮挡住千里视线。

在镇海楼周围的古城墙上漫步，古老的时光仿佛就在昨天，用手指触摸那饱含岁月积淀和风尘烟雨的青砖石，用心感知那耐人寻味和永不磨灭的沧桑印记，广州这座千年古城的风貌韵味，让我逸兴遄飞，久久寻味。透过古城墙和镇海楼，广州这座千年商都，折射出其耀眼的历史光芒。

“鬼才”伦文叙与“状元及第粥”

两千多年的日夜轮回，四季更迭，厚积成广州这座城市独特而又迷人的风姿。星罗棋布于大街小巷的岭南建筑，民间世代相传的岭南人物传奇故事，就像一首首古老的诗歌、一首首无声的粤曲、一部部乡情浓郁的纪录片，记载着广州这座古老而又迷人的现代城市所走过的时代，诉说着这座城市曾经拥有的历史和文化。

云山珠水，悠悠千载；岭南文化，一贯传承。稳健是她的气质，雍容是她的容颜；繁华是她的面貌，厚重是她的底蕴……

在广州市越秀区海珠中路，有一条普普通通的小巷，小巷四周是寻常的旧式居民楼，洋溢着人间烟火味的肉菜小摊档、水果摊档、裁缝铺、小发廊等掺杂其中，日复一日地交会成一曲曲生活之歌。寻常日子里的柴米油盐酱醋茶，裹挟着岁月静好和一地鸡毛，在有声有色地述说着生活最本真的模样。

巷子里有人在打牌，有人在下棋，有人三三两两聚集在一起唠叨家常，还有鹤发童颜的阿公躺在躺椅上听着粤曲闭目养神，白发苍苍的阿婆就搬了张小凳子坐在门前，一边掰豆角，一边吞咽着午后悠闲的时光。

这一条小巷不长，却有一个响当当的名字，叫福地巷。这条再普通不过的小巷如何被称为福地呢？因为这里曾经出了个状元郎。

状元郎名叫伦文叙，是自隋、唐开启科举制度以来广东省第四位状元郎，明孝宗弘治十二年（1499）的科举状元，同时也是明朝广东省第一位状元。

令人叹为观止的是，状元郎的长子、次子、三子先后考取进士，伦家“一门四元”的佳话传遍整个广州城，街坊都认为这里人杰地灵，于是将这条小巷取名为福地巷。福地巷也是伦文叙科举高中后居住的状元府所在地，明朝皇帝当年还给他们家大门口赐匾：“中原第一家”。

古代贫寒子弟若想出人头地，唯一的出路就是参加科举。科举制度作为古代朝廷选拔人才的重要体系，对于古代读书人来说，是一次改变命运的机会，很多人穷尽一生的努力只望考取一个功名，金榜题名也称之为“跃龙门”。

虽说“书中自有黄金屋，书中自有颜如玉”，但古代的科举考试并不像如今电视剧里演的那般轻松容易。天下读书人那么多，别说高中状元了，很多人就是“头悬梁、锥刺股”那般寒窗苦读，最后连个秀才都还没考上，就已经死在了科举之路上。很多读书人甚至到了白发苍苍的年纪，仍然在考秀才。《儒林外史》中“范进中举”的科举故事，其中的艰难与辛酸可窥见一斑。

“天子重英豪，文章教尔曹。万般皆下品，唯有读书高。”“朝为田舍郎，暮登天子堂。将相本无种，男儿当自强。”这两首诗是历代读书人的励志诗，在“万般皆下品，唯有读书高”的中国封建社会，状元是科举考试中的最高荣誉。“春风得意马蹄疾，一日看尽长安花”，这是唐代诗人孟郊考取进士之后写下的诗句，讲述了自己登科后的巨大喜悦。

若想高中状元，在古代到底有多难？宋朝文学家苏洵说过：“莫道登科易，老夫如登天”，意思就是说科举考试难于登天。能高中状元，那真是祖坟冒青烟了。在宋代，40万考生中才能出一个状元。中国由隋至清1300多年的科举考试史上，产生的文状元一共只有652位。

广东历史上一共出了九位文状元和五位武状元。在历代状元中，唯独伦文叙的传闻逸事在民间脍炙人口，长盛不衰，至今仍在粤、港、澳、东南亚等地广为流传，以他为题材的影视作品和各种艺术作品层出不穷。

伦文叙的故事能广为流传，成为广府文化的传奇人物，是因为老百姓非常喜爱这位贫寒出身的状元郎。

伦文叙从小就聪慧好学，古灵精怪，才高八斗，他“家贫如洗靠卖菜，一朝中举成状元”的故事，从古至今，激励了无数寒门子弟，是非常典型的励志故事。

伦文叙的父亲伦显务过农，做过佣工，后以撑渡船为生，一家大小仅维持温饱已举步维艰，他无力送子入私塾读书。伦文叙七岁时，常到村内一间私塾门外偷听，塾师见他聪慧好学，便免费收他为学生。

伦文叙八九岁已能诗文，长于对联，每次考试必列前茅，有“神童”“鬼才”之称。其后，塾师年老病逝，伦文叙因而缀学，但仍一面种菜、卖菜操持糊口，一面专心钻研经典。

一天，伦文叙挑菜到西禅寺去卖，寺里两个做饭的和尚素知伦文叙会吟诗作对，便有意要考他："菜我们是想要的，但有个条件，我们寺里的面贤殿尚缺一副对联，这副对联要恰合一百的数目。你对好了给高价，对不好这生意就不做了。"伦文叙请和尚取来纸笔，沉思片刻即写就一联："杏坛七十二贤，贤贤希圣；云台二十八将，将将封侯"。联中的72+28刚好等于100，数目相符，内容妥帖。两个和尚连声赞好，便出高价买了伦文叙的菜。

有一次，伦文叙在西禅寺卖完菜，忽然听到锣鼓喧天，原来是两广总督吴琛要来寺进香，伦文叙便趁大家不注意，悄悄地钻进大雄宝殿的神台下藏了起来。正当吴琛向佛像参拜、上香、祝祷之时，忽见神台下有个黑影在蠕动，不由大惊，忙叫卫兵捉拿刺客。卫兵迅速把"刺客"捉到，原来是一个八九岁的小孩。西禅寺法师忙向吴琛施礼："此乃本寺附近的神童伦文叙，贫僧常与他吟诗作对。这孩子才思敏捷，应对如流。今日冒犯虎威，实是出于无知，还望大人恕罪。"吴琛听说是神童，便对小文叙说："本官今日出一上联试你，如果对得好则恕你无罪。若对不通，可要重重处罚，小孩你敢对吗？"伦文叙点了点头。吴琛也是贫贱出身，靠勤学苦读中的进士，以后才逐步升任要职的。于是吴琛信口就是科举之事，组成上联："一介寒儒，攀龙、攀凤、攀丹桂。"吴琛语音刚落，伦文叙的下联就出来了："三尊宝佛，坐鳌、坐象、坐莲花。"小文叙念罢，众人皆惊，吴琛更是赞不绝口。又听说文叙少年失学，深感惋惜，立即赏白银五十两，资助伦文叙继续完成学业。

伦文叙流传下来的诗文不少，与士大夫写的风花雪月诗相比，伦文叙的诗更加接地气，充满生活气息，造诣颇深。

"举目纷纷笑我穷，我穷不与别人同。良田万顷如流水，茅屋三间尚古风。架上有书随我读，樽中无酒任其空。一朝拔出龙泉剑，斩断穷根变富翁。"相传，这是伦文叙少年时代的作品，至今仍为人传颂。这首诗流露出"人穷志不穷"的豪言气势，读罢此诗，一位志存高远、壮志凌云的青少年形象便跃然纸上。

"天榜今朝揭九重，状元人是广之东。光摇四海飞金电，文耀长空驾彩虹。翰林检讨知星者，国史先生识马翁。从此岭南文运转，满江风雨化鱼龙。"在《中国历代状元诗·明朝卷》中，收录了伦文叙这首《及第》诗。从中可以看出，这位寒门子弟的才气与豪情。

《伦文叙智斗柳先开》的故事，在广府民间更是家喻户晓。伦文叙当年和湖广名士柳先开并列榜首，主考官请皇帝面试，题名状元。当时恰逢中秋之夜，皇帝就让他俩以《明月》为题作诗。柳先开先写完："读尽天下九州赋，吟通海内五湖诗。月中丹桂连根拔，不许旁人折半枝。"表示这次殿试自己一定要独占鳌头夺取状元。伦文叙随后写道："潜心奋志上天台，瞥见嫦娥把桂栽。偶见广寒宫未闭，故将明月抱回来。"他的诗比柳诗气魄更大，而且想象丰富，意境优美，皇帝连连称好，并钦点他做了状元。

也许，对于普通老百姓来说，一朝成名天下知的美名虽悦耳，但终究不是自己能实现的，也并非人人都懂欣赏状元郎的诗词。但民以食为天，料你一定品尝过广东的一道美食，就是那碗美味可口的"状元及第粥"。在广州，"状元及第粥"老少妇孺皆爱，而"状元及第粥"的命名，就与伦文叙这位"鬼才状元"有关。

据说伦文叙孩童时，白天以种菜卖菜劳动为生，晚上则苦读诗书。一家粥店的老板怜其年幼，爱惜其才，于是就天天买伦文叙一担菜，并要他送到粥铺。在伦文叙把菜送到粥铺时，老板就会把用剩的猪肉丸、猪粉肠、猪肝生滚白粥，然后再放些姜葱等免费请他吃，权作午餐。几年过去了，伦文叙天天在粥铺吃粥，因此对老板十分感激。伦文叙得到两广总督吴琛的资助后，得以安心读书，十年寒窗苦读后，伦文叙不负众望，力压才子柳先开，高中状元。衣锦还乡时，伦文叙再次来到粥铺，感谢老板对自己年幼时的帮助，并请老板再煮他以前常吃的那种粥。由于此粥无名，老板遂请伦文叙命名，伦文叙认为自己能高中状元，此粥功不可没，于是将此粥取名为“状元及第粥”，并亲笔为粥铺写下牌匾，从此，粥铺声名大振，顾客盈门，而“状元及第粥”也在羊城、珠三角地区及港澳地区流传开了。

我第一次走进福地巷，是在一个寒冷的清晨，冬日阳光温暖通亮，巷子里都是忙忙碌碌的身影。肉菜摊档里人潮拥挤，人声鼎沸，猪肉新鲜，西兰花和荷兰豆也很新鲜，上了年纪的阿婆在思忖着今天要不要买猪骨煲汤。赶着去上班的年轻人手里拿着提包和早点，脚步匆匆，步伐紧凑。背着书包上学的中小学生那朝气蓬勃的青春，如同早上八点钟的旭日朝阳。即便有状元府的福灵润泽一方水土，但没有人有资格不努力生活。每个人的人生虽不一样，但都期待发光发亮，年轻人更应当从伦文叙这位状元郎身上汲取人生力量，就算身处社会最底层，也要“人穷志不穷”，努力奋斗才可以把生活牢牢地捏在手上。

在伦文叙纪念广场的附近，我走进一家快餐店，点了一碗“状元及第粥”和一份鸡蛋拉肠当早餐。在广州，很多街坊无论遇上任何考试，都喜欢在考试前喝一碗“及第粥”，或者打包一份拿回家中给子女吃，以讨个吉利和好彩头。话说当年王阳明、唐伯虎和伦文叙都是同一届考生，王阳明只拿了二甲第六名，而唐伯虎更是因为在会试中涉嫌作弊，被取消了殿试资格，最终却是伦文叙高中了状元。所以说任何考试，实力最为关键，但运气也很重要。有着美好寓意的“状元及第粥”，从古至今，得到了无数广府人的青睐。

喝着“状元及第粥”的时候，我也在想，这一碗“及第粥”不仅仅寓意着好彩头，它也传递着状元郎对帮助过他的粥店老板，不忘报恩的可贵精神。滴水之恩，当涌泉相报，也是中华民族的传统美德。

如今，科举制度虽然已不存在，但无论在哪个朝代，金榜题名仍旧是每个读书人的梦想，要想金榜题名，离不开寒窗苦读。“十年寒窗无人问，一举成名天下知”的状元郎故事，告诉了莘莘学子，没有人能随随便便就成功，想要“一举成名”，就得勤学苦练、就得厚积薄发，这是毋庸置疑的，“不经一番寒彻骨，怎得梅花扑鼻香”。努力为了理想奔波的人，人生中总有一段路是一个人走，但愿我们能够记住，耐得住寂寞方能守得住繁华，熬得住孤独才能等到花开。从来就没有什么捷径能让你不必付出努力就轻而易举获得成功。真正有价值的人生，总是需要你付出行动，去做无数件别人也许不屑尝试的小事。那些一直在一步步往前走的人，终究会拥有自己想要的人生。

离开福地巷的时候，我回过头来再一次凝望那条狭窄深邃的小巷，阳光丝丝缕缕照在地上，我仿佛看到了岁月斑驳的影子。五百年前状元郎身处社会底层，他辛苦靠种菜卖菜维持寒窗苦读的身影，仿佛就在我眼前抖动着，那是一种催人奋发向上的励志精神。它勉励人们即使身处最底层，也要努力向上，也要不屈不挠朝着自己的目标顽强拼搏，也要奋勇当自强。我依稀感受到了汩汩不断、源远流长的历史痕迹。中华民族的状元精神，它依稀再现了历史上无数寒门学子和仁人志士所走过的艰辛历程，比如，“铁杵磨针”的锲而不舍，“囊萤夜读”的刻苦钻研，“程门立雪”的尊师重道，“闻鸡起舞”的自省自律……

历史拍着它强大的翅膀，飞过了许多世纪。“旧时王谢堂前燕，飞入寻常百姓家”，到了现代，独占鳌头的状元府第早已挥手退出了时代的舞台，它告别昨日东方的朝霞，化为了云烟，化为了尘埃，但“鬼才状元”伦文叙寒窗苦读的故事和金榜题名的佳话，仍在广州城里广为传颂，代代相传，给莘莘学子带来勇气，增强自信和树立榜样。

如今，无论是在酒楼喝早茶，还是在大街小巷的食肆吃夜宵，我最情有独钟的一款广州美食，就是那一碗地地道道的“状元及第粥”。只要一喝“状元及第粥”，总会让我想起伦文叙“家贫如洗靠卖菜，一朝中举成状元”的精彩人生故事。

林则徐虎门销烟

从小学起，学习中国历史，学习中国的近代史，都会知道鸦片战争。鸦片战争虽然已经过去了一个多世纪，但是每一位中国人却始终无法忘怀那段沉痛的历史。究其原因有二，其一是中国人把鸦片战争及其随后接踵而来的西方侵略和压迫，看作是不堪回首的中国百年屈辱史；其二是鸦片战争之后，旧中国彻底沦为半殖民地半封建社会。

说起鸦片战争，必然会说起林则徐；说起林则徐，必然会说起虎门销烟。东莞虎门这个弹丸之地，曾经因林则徐虎门销烟事件，凝聚了全世界的目光，震惊海内外。虎门销烟是鸦片战争的导火索，虎门也是鸦片战争曾经的主战场。

我每次来东莞探亲，闲暇之余，都会到虎门炮台去走一走，去看一看，去眺望那不远处的珠江口。珠江口属于中国的南大门，它背靠祖国大陆，连结着伶仃洋，这里汪洋浩瀚，天水相接，海风乍起；但这里也曾狼烟四起，炮火纷飞，惊涛拍岸。民族英雄林则徐的雕像，就巍峨挺拔地静静伫立在这珠江口的岸边。那铮铮铁骨的身躯，顶天立地；那坚定不屈的目光，正气凛然，就像是两团喷射的火焰，它高瞻远瞩，目光如炬。但同时，它也是一副沉重的目光，仿佛在苦苦思考："如何才能抵挡住洋人的坚船利炮？"这仅仅是一座民族英雄的雕像吗？啊，这分明是一座伟大的丰碑，代表的是中华民族的脊梁。

当年的大英帝国万万没有想到，清朝政府昏庸无能、贪官污吏横行霸道之时，竟然还有林则徐这样的硬骨头。望着林则徐的雕像，望着林则徐那庄重威严的目光，我仿佛看到和听到了："啊，在这里，就是在这里，鸦片战争的导火索虎门销烟，就是在那两个长宽各46.5米的小池里熊熊燃烧！"虎门销烟，不但是深远影响中国近代史的大事，更是人类近代禁毒史上的空前范例。

比起近代以来，某些"精英"对"虎门销烟"乃至林则徐本人各种尖酸的歪曲质疑，1987年6月，联合国却以一种方式，证明了"虎门销烟"超越国界的价值——虎门销烟结束后的第二天，即公历6月26日，被定为"世界禁毒日"。

以现在的历史眼光来看，林则徐以一介书生，凛然代表了民族正气和民族大义，他的功业彪炳青史。但在当时，却不是这样的。鸦片战争正在拉锯、胶着状态之时，北京的宫廷、尤其是职位最高的大臣——满族军机大臣穆彰阿，是狂热的维持现状派，他对林则徐的对英强硬政策感到胆战心惊。各种诬陷、打击和指责连续降临到林则徐的头上。琦善等人又为了开脱罪责，竟造谣说，英方是愿意议和的，他们恨之入骨的只有林则徐一人。言外之意，就是朝廷必须惩办林则徐，英方才能罢兵议和。道光皇帝求和心切，最终，林则徐被解除了职务，理由是："因同英国交涉不当，招致了严重的事态。"林则徐因招致蛮夷用兵遭到废黜，流放到遥远的中国西部边陲，流放地是新疆的伊犁。

郁达夫在纪念鲁迅大会上就曾说："一个没有英雄的民族是不幸的，一个有英雄却不知敬重爱惜的民族是不可救药的！"是的，昏聩腐败、昏庸无能的清朝政府是无可救药的。有西方人士认为，鸦片战争后签订丧权辱国的《南京条约》，是中国在向全世界登出的广告——这里有一个愿意割地赔款但是不愿意战争的富有的东方帝国，半封建半殖民地的中国近代史、坎坷和多灾多难的国运由此开始。中国就像一块硕大的肥肉，西方列强都想来这里瓜分一块肉、抢占一杯羹，他们的吃相难看至极，过去强大的中华民族竟沦落成了"东亚病夫"，任人宰割，无数爱国人士潸然落泪。

虎门炮台上的大炮，如今已锈迹斑斑，精光暗淡。可当初为了抵挡洋人的坚船利炮，它承受了多么猛烈的战火洗礼？又牺牲了多少卫国战士的生命与鲜血？经过一个多世纪的沧桑风雨，鸦片战争的烽火已烟消雾散，灰飞烟灭，那激烈的涯门鏖战、那轰鸣的战火狼烟，已流逝在滚滚的历史长河之中。此时此刻的中国，已不再是积贫积弱、落后挨打的中国；此时此刻的中国，岁月静好，山河无恙，天下太平。但前事不忘后事之师，以史为鉴，回过头去想一想，鸦片战争的实质是什么？这种思考很有意义。鸦片战争就是帝国主义的侵略战争，而虎门销烟的根本，就是贸易战。贸易在前，侵略在后，帝国主义的本质就是剥削和掠夺，影响到帝国主义经济贸易剥削的暴利，它就会贸然发动侵略战争。

林则徐虎门销烟，心里面一定是辛酸和悲凉的，因为困难重重，阻碍层层，参考当时清王朝的腐败状况，就会知道林则徐要完成虎门销烟的壮举，是多么的不易。为什么要销烟，历史学家简单分析有以下几点：一、西方用鸦片作贸易，使中国的白银大量外流，国库亏空严重，清代国家财政对鸦片税收产生严重依赖性，朝政更加腐败不堪，当时清政府的许多水师巡逻船，干脆就变成了鸦片贩子的“运输船”，帮着一起倒腾鸦片，很多水师军官的收入，百分之九十以上，都靠鸦片生意。水师尚且如此，然后各级官员，有多少人靠鸦片生意敲金分肥？可想而知。二、鸦片将使中国军队丧失作战能力。三、鸦片严重危害到中国国民的身体健康。西方妄图将“东亚病夫”这顶帽子长久地扣在中国人民的头上，最好永远都摘除不掉，其最终目的就是把偌大的中国沦为西方殖民地。林则徐高瞻远瞩，他上书给道光皇帝，西方的鸦片贸易在中国长此以往下去，“中原几无可以御敌之兵，且无可以充饷之银”。我们来看看西方打响鸦片战争的因素又是多么可耻：就是要求不受限制地向中国输入鸦片贸易。

林则徐流放新疆之后，他将收集到的一些西方宝贵资料寄给了挚友魏源，嘱托魏源写《海国图志》。“师夷长技以制夷”，是魏源在其著作《海国图志》中提出的著名主张，魏源也被后世称为“中国睁眼看世界的第一人”。而使日本人睁开眼睛看世界的，一个是西方的坚船利炮，另一个就是中国的魏源。《海国图志》在中国没有引起太大的影响，却在日本引起了强烈的震动，魏源在日本的知名度，远远超过了中国。也许，林则徐和魏源万万没有想到，《海国图志》推动了日本的明治维新。明治维新之后，强盛起来的日本发动了甲午战争，历史证明中国的洋务运动惨败给日本的明治维新。赢了甲午战争拿到中国两亿两白银赔偿的日本就更强盛了，它的胃口和野心也更大了，最后日本全面发动侵华战争，中华民族又到了生死存亡之际。回顾中华民族的历史进程，总在一切似乎濒临灭亡之际，有一些具有远见的人站出来正本清源，挽救它于危亡之中，它总有“置死地而后生”“凤凰涅 ”般的能力。1960年6月21日，毛泽东和周恩来在上海接见以野间宏为团长的日本代表团，毛泽东向全世界道出了一个实情：马克思主义是从日本传入中国的，而非苏联，马克思主义救了中国。日本人应用魏源的《海国图志》走上了强国之路，中国人民应用马克思主义走上了民族解放的道路。

林则徐在虎门销烟之前，首先参观了越华书院，并题了一副对联：“海纳百川，有容乃大；壁立千仞，无欲则刚。”而在虎门销烟博物馆，在林则徐栩栩如生的铜像下，刻有林则徐写的诗《赴戍登程口占示家人》：

力微任重久神疲，再竭衰庸定不支。
苟利国家生死以，岂因祸福避趋之？
谪居正是君恩厚，养拙刚于戍卒宜。
戏与山妻谈故事，试吟断送老头皮。

我们来看“苟利国家生死以，岂因祸福避趋之”这句，历史会证明，“苟利国家生死以，岂因祸福避趋之”将和文天祥的“人生自古谁无死，留取丹心照汗青”一样，会名垂千古！历史的滚滚长河会冲刷掉许多足迹，但英雄们的功勋后世会永志不忘，永载史册。爱国精神总会历久弥新，永垂不朽。爱国精神是民族的脊梁，一个民族能够生存下去，靠的就是这个脊梁，靠的就是民族正气。世界上的四大古文明当中，古印度、古埃及和古巴比伦文明都已被灭了，就只剩下古老的中华文明。中华民族能够生生不息的原因到底是什么？美国前国务卿基辛格博士在《论中国》里说，中国总是被他们最勇敢的人保护得很好。我想，这也许就是它能够生生不息的原因。魏源如果泉下有知，一定会仰天长笑。

每次到虎门销烟博物馆，我总会在林则徐的铜像前驻足停留，久久凝视这位可歌可泣的民族英雄。他虎门销烟的壮举、他不畏帝国列强的爱国精神实在是令人敬佩。在这位铮铮铁骨的民族英雄的身影背后，在鸦片战争之后，中国有无数的仁人志士，他们抛头颅洒热血，寻找着救亡图存、救国图强的民族复兴之路。

民族英雄的精神，会一辈又一辈薪火相传，中华民族伟大复兴的宏伟目标将永远在路上……

民族英雄邓世昌故居观瞻记

周日清晨，我坐在小北路新华书店二楼的咖啡吧里，看着窗外的车水马龙和人来人往，再看看卷帙浩繁的书店大厅，一静一动两种对比，让人产生无限遐想并思考人生。舒缓柔和的音乐浸润着玻璃窗照射进来的明媚阳光，真有一种时光翩然翻飞的感觉。书桌上有一本书——《甲午战争》，我随手翻阅起来。

记得读初中的时候，学校有一次组织全体师生在操场看电影，放映的影片就是《甲午风云》。我尤其记得电影的结尾：鏖战中，战争胜负悬于一线、扣人心弦，甲午海战悲壮惨烈又气壮山河。

在那炮火冲天、弹丸如雨的海面上，邓世昌指挥的“致远”号在战斗中最为英勇、火炮射击最精准。它连连击中日舰。后在日舰围攻下，“致远”号的炮弹打光了，它身负重创燃起了熊熊大火，船身开始倾斜，孤立无援。邓世昌誓死与敌舰“吉野”号同归于尽，邓世昌鼓励全舰官兵道：“吾辈从军卫国，早置生死于度外，今日之事，有死而已！倭舰专恃吉野，苟沉此舰，足以夺其气而成事。”全体战士都大义凛然、视死如归。于是邓世昌驾驶着“致远”号，开足了马力，犹如一条火龙一般拼命向“吉野”号猛撞过去。“吉野”号上的日本兵见此情景，惊恐万状，连日本舰长也吓得目瞪口呆，手足无措。就在那雷霆万钧、千钧一发的时刻，眼看就要撞上“吉野”号了，结果“致远”号不幸被一颗鱼雷击中，火光冲天，沉入了汪洋大海，全舰二百五十多名将士大部分壮烈牺牲。

邓世昌落水后，仍大呼杀敌不已。一名随从把救生圈抛给他，他却以“阖船俱没，义不独生”而自沉黄海，以身殉国……从那以后，邓世昌壮烈殉国的英雄形象，那个闪耀着民族精神与英雄气节的名字，深深地镌刻在我的脑海中。

当得知邓世昌的故居位于广州市宝岗大道龙珠直街龙涎里二号的时候，我迫不及待地想要去参观，于是立刻放下书本，走出新华书店，在小北路扬手拦了一辆出租车，直奔目的地。

在广州市海珠区龙凤街的一条寻常巷陌里，穿过榕树低垂的街道，在榕荫掩映中，我惊喜地发现了一座碧墙灰瓦、庄重典雅、富有岭南特色的古祠堂，里面树木葱茏，庭院里的雕梁画栋与牌匾楹联交相辉映，院落走廊移步换景，整体风格端庄肃穆、古朴洗练，更兼有清代翰林贵府气息。这里便是著名的邓氏宗祠，也是邓世昌的故居。

原来，甲午海战时期的龙涎里和今天的景象完全不同，那时这里是青青良田，粗壮的榕树下一片浓浓树荫。邓氏家族的老人们万万没有想到，这间普通安静的邓氏祠堂，日后竟会成为纪念馆，成为爱国主义教育基地，他们为这里养育出一代甲午名将邓世昌而感到无限荣光与自豪。

民族英雄邓世昌，1849年生于番禺县龙导尾乡（即现海珠区龙凤街）一个茶叶商人的家庭，他的童年是在广州珠江岸边度过的，十一岁之后才随父亲去了上海。

甲午海战邓世昌壮烈牺牲后，举国震动，中华儿女一片哀恸。光绪帝垂泪撰联“此日漫挥天下泪，有公足壮海军威”，并赐予邓世昌“壮节公”谥号，入祀京师昭忠祠。清廷还赐给邓母一块用1.5公斤黄金制成的“教子有方”大匾，拨给邓家白银十万两以示抚恤。光绪二十一年（1895），邓氏家人用朝廷的抚恤银两把邓世昌的出生地扩建为宗祠，占地面积4700平方米。正门楹额是：邓氏宗祠；左右楹联为：云台功首，甲午名留。邓氏宗祠按当时清廷一品官员规格，建六级台阶。我缓步登上台阶，拾级而上，内心在想：“这六级台阶，彰显着邓世昌为国捐躯的赫赫战功，也铭刻着这位英雄‘义不独生、舰在人在、舰亡人亡’的爱国气概。”

在正门中央，悬挂着一副邓世昌的油画肖像，只见邓世昌气宇轩昂、意气风发，坚毅的神情透射出一股不屈不挠的无畏光芒，民族气节和浩然正气充盈在眉宇之间，令人肃然起敬。

走进里面，你会发现庭院呈船台状，三路两进三院的格局中，洋溢着古朴典雅的气息，院落通敞透亮，处处青砖黛瓦，窗明几净，古香古色，整座祠堂具有典型的岭南建筑风格。

宗祠内的大殿、两庑已经辟为陈列室，里面展出大量的文物、历史文献、照片、图画、模型、雕塑、蜡像等。这些资料，生动而又翔实地介绍了邓世昌的成长足迹和青少年时期的生活逸事。在珠江岸边，童年时期的邓世昌亲睹了外国侵略者是如何欺压中国人的。少年时期，邓世昌则经常听长辈们讲述林则徐虎门销烟、洲头咀抗英斗争的故事。邓世昌深知国家正处于危亡之际，他报国之心殷切，常与身边的人真挚地说：“人谁不死，但愿死得其所耳！”

邓氏宗祠内一共陈列着四个大展览厅。在那一幅幅生动的图画面前，那风起云涌、霸权主义横行的甲午海战仿佛立刻呈现在眼际。清政府的昏庸无能，昏聩腐朽，让人义愤填膺，让人血脉贲张。邓世昌治军有方、身先士卒、立主抗战、誓与敌舰同归于尽的英雄气概，让人顿生无限敬意。邓世昌的一生虽然短暂，只活了四十五岁，却是波澜壮阔的一生。

午后灿烂的阳光，洋洋洒洒地照耀在邓氏宗祠内的英光堂前。在英光堂的上方，供奉着一尊邓世昌的铜像，那尊青铜像仿佛闪耀着一种神圣的光辉。此时此刻，我想起了杜甫的诗句："出师未捷身先死，长使英雄泪满襟！"也许，让邓世昌这位民族英雄死不瞑目的是：他最终未能与敌舰"吉野"号同归于尽，他未能扭转惨败的局面，他未能告慰为甲午海战而壮烈牺牲的战士们那在天之灵。

邓氏宗祠的后院，有一个静谧的小花园，那里古树婆娑，桂馥兰芳，鹊呢燕喃，毓秀钟灵。古井甘泉与鱼戏碧莲相映成趣，小池流水与绿径通幽相得益彰，蜜蜂和蝴蝶环绕着亭榭楼台在翩翩飞舞。邓世昌亲手种植的那棵苹婆树早已绿树成荫，它傲然挺立着，英姿飒爽地昂向蓝天，仿佛在向我诉说百年来的历史沧桑。它那郁郁葱葱、生机盎然的姿态令人心生慰藉，层层叠翠的绿叶洒下一片阴凉，供游人们休憩。

我坐在青石凳上，望着那棵苹婆树，不由自主地思索着甲午战争对中国近代历史产生的影响。历史学家分析，甲午战前，中国军事实力虽然弱于日本，但并没有达到强弱悬殊的程度。甲午战争却把中国的经济、政治推向了绝境，迫使国人不得不去查究造成国难的原因。事实证明，与其说甲午战争是中国实力不如人所致，毋宁说是中国政治制度落后于人所致。以往中国是被西方大国所打败，这次却是被东方小国的日本所打败，而且败得那样惨烈。

黄海大战后，北洋舰队退守威海湾，从此清政府丧失黄海制海权。1895年4月17日，中国被迫签订了《马关条约》。根据条约，清政府割让辽东半岛、台湾岛及其附属各岛屿、澎湖列岛给日本，赔偿日本两亿两白银，并允许日本在中国的通商口岸投资办厂。《马关条约》是继《南京条约》以来最严重的不平等条约，给近代中国社会带来严重危害。甲午战争的灾难不可辩驳地证明了，19世纪末的清朝政府及其政治法度、内外政策，乃是造成国家民族危机的主要祸根。当时的中国人已经懂得了，如果还不从根本上改变政治制度，中国就要亡国灭种了，明识及此，总算是没有辜负甲午战争为国捐躯的先烈们的遗志。

民之痛，国之殇。甲午战争成为中日两国历史命运的分水岭，战争的结局置换了日本和中国在亚洲的地位，日本靠强索中国的巨额赔偿完成了资本原始积累，进而脱亚入欧，跻身列强，走向了对外扩张的帝国主义之路，为其后更大规模的侵华战争埋下了伏笔。自从1840年6月28日爆发第一次鸦片战争开始，近代以来中国人经受的苦难和失败太多了，堪称“国耻日”的日子一个接着一个。人们都喜欢纪念胜利和成功，这无疑给人以信心和勇气。但回顾历史，也许，我们更需要铭记的是失败和耻辱。从某种意义上说，后者比前者更有价值。忘记历史，就意味着背叛；反思历史，就是反思自己。孟子曰“耻之于人大矣”，对于个人来说尚且如此，对于一个国家的民族自尊心来说更是如此，民族耻辱感是一个国家捍卫自尊的基础，是追求自强的动力。弄虚作假可以欺骗自己，欺骗许多人，却无法欺骗自己的敌人，欺骗自己的敌国。

前事不忘，后事之师；以史为鉴，开创未来。我想，对壮烈殉国的民族英雄最有意义的纪念，就是保卫好国土，建设好祖国，最终用伟大的胜利向世界宣告：西方侵略者和帝国主义者几百年来，只要在东方一个海岸上架起几尊大炮就可以霸占一个国家的时代是一去不复返了。

历史已反复证明:和平是乞求不来的。“生于忧患，死于安乐”这一中华民族千年古训，与古罗马谚语“要想得到和平，那就准备战争吧”如出一辙，这两句千古箴言虽来自不同的民族、不同的国家，但所要表达的思想和哲理却是相同的。和平年代，民族耻辱的警钟也应长鸣。

傍晚时分，我离开了那棵苍翠的苹婆树，离开了邓氏宗祠。回首处，“云台功首，甲午名留”这副对联依旧是那么崇高，那么伟岸，引人注目，我走出邓氏宗祠的大门已老远老远，脑海中依然清晰可见……

“中国铁路之父”詹天佑故居寻访记

一

中国民间有句俗语：想要富，先修路。一个国家商业的兴旺繁荣，有赖于畅通的道路、桥梁、运河和港湾等交通设施的建设。

回望人类近代历史，自从英国的瓦特发明了蒸汽机后，推动了人类第一次工业革命，极大地提升了西方社会的生产力，使人类迈入了轰轰烈烈的火车、轮船时代。铁路，自然而然就成了时代进步的标志，一个国家或地区要是没有铁路，由此可见，生产力一定是落后的，社会经济也一定是滞后的。

教育部规定，语文教科书要实时更新，要根据时代的进步与人们生活的变化来调整内容与筛选课文。但翻开小学六年级下册的语文教科书，你会发现，至今仍保留着一篇老课文——《詹天佑》。

我上小学时，也曾学过《詹天佑》这篇课文，令我印象最深的是，老师讲完这篇课文之后，只要去坐火车，我脑海中自然而然就会想起詹天佑和那条著名的京张铁路，也会忆起曾经印刷在邮票里的赫赫有名的青龙桥车站。我脑海中无数次在想象，在那千沟万壑、崇山峻岭之间，那一列列行驶着的火车就像一条条飞跃的钢铁巨龙，它正鸣着汽笛在咔嚓咔嚓地缓慢爬坡，爬上那条由中国人独创设计的“人”字形铁轨线。火车头升腾起的缕缕青烟，缓缓飘向天空，如同一面迎风招展的胜利旗帜。长长的钢铁巨龙与旁边的八达岭长城遥相呼应，而八达岭长城就像一位苍髯老者，它在默默地微笑，同时也在深情地凝望那一条条“钢铁巨龙”正朝着北京的方向逶迤前进……

1909年，詹天佑以修建京张铁路闻名全球。当年京张铁路的竣工，震惊世界，声震寰宇，举世瞩目。

詹天佑（1861年4月26日—1919年4月24日），汉族。祖籍徽州婺源，生于广东省广州府南海县（现广州市荔湾区恩宁路十二甫西街）一个茶叶商人的家庭，十二岁留学美国，1878年考入美国耶鲁大学土木工程系，主修铁路工程。他是中国近代铁路工程专家，被誉为中国首位铁路总工程师，有“中国铁路之父”“中国近代工程之父”之称。

在半殖民地半封建社会的旧中国，京张铁路是中国人自己筹款、勘测、设计、施工和运营的第一条铁路，它的横空出世，增强和鼓舞了中国工程师的信心，大长中国人的志气，成为近代中国科学技术发展的标志之一，历史意义非同凡响。

当年，清政府统治下的旧中国被西方列强称为“东亚病夫”，都把旧中国当成一块肥肉，对它虎视眈眈，垂涎三尺，个个都想瓜分它，获得殖民权益。帝国主义者极端藐视中国人，曾无比狂妄自大地说：“能修建京张铁路的中国人还未出世呢！”在外国技术的封锁下，詹天佑居然能独立修建符合中国地理国情的铁路，京张铁路还能提前两年通车，让帝国主义者大跌眼镜、大吃一惊。

京张铁路的非凡之处，不仅在于技术领先、安全可靠，而且成本低廉，总体施工耗费只有外国承包商开价的五分之一，詹天佑为国家节省了白银二十八万多两。

詹天佑修建京张铁路攻克了无数大大小小的难题。其中最大的难题就是修筑从南口到八达岭岔道城的关沟段铁路。这段路地势陡，坡度大，火车不能直接爬上这么高的坡度，于是詹天佑顺着地理和山势，巧妙地设计出“人”字形铁路。当列车行驶到这一路段时，北上的列车到了南口就用两个火车头，一个在前边拉，一个在后边推。过青龙桥，列车向东北前进，过了“人”字形线路的岔道口就倒过来，原先推的火车头拉，原先拉的火车头推，使列车折向西北前进。“人”字形铁路的修筑，是京张铁路的一个惊人创举。

当时，京张铁路的竣工也唤醒了中国人的爱国之心，它让每个国人都意识到中国还没有灭亡，大家都应该动起手来，应该为国家的独立做点什么。詹天佑提出的“各出所学、各尽所知，使国家富强不受外侮，足以自立于地球之上”的口号，振聋发聩，鼓舞了民族志气，体现了炎黄子孙百折不挠、永不屈服的高尚民族气节。

2019年12月30日，中央电视台《新闻联播》报道了京张高铁通车的消息，全国上下一片沸腾，举国欢呼。

京张高铁是目前世界上最先进的时速三百五十公里的智能高速铁路，它的建设对于完善中国高速铁路技术标准体系，促进中国高铁更好地走向世界具有重要的意义。回望百年，我们来看两条路：第一条路，1909年詹天佑修筑的京张铁路让中国人扬眉吐气；第二条路，2019年通车的京张高铁成为世界上最先进的智能高速铁路。一百一十年风云轮转，从“京张铁路”到“京张高铁”，这两条路交会成了一条路，这是中华民族生生不息、自强奋进、脚踏实地走出来的路，是一条通往复兴的路！

二

在广州西关，有一条岭南特色浓郁、文化底蕴深厚、历史及其悠久的老街——恩宁路。

深秋的一个下午，我独自一人在西关恩宁路上漫步，我并不是在悠闲地打发时光，我在寻访“中国铁路之父”詹天佑的故居。

游走于永庆坊，浓郁的西关风情扑面而来，古朴典雅。我一路走，一路左顾右盼，一路仔细搜寻。那旧店铺、青石路、满洲窗、镬耳屋、老骑楼，甚至是锈迹斑斑的门牌，都是老广州沉淀下来的岁月印记。虽然再也见不到旧时的西关少爷和西关小姐，但活色生香的西关风情依然若隐若现，依然在某处“犹抱琵琶半遮面”，似乎就隐藏在那一幢幢氤氲着民国风韵的西关老屋里。也许日落黄昏后，蓦然回首，就在灯火阑珊处。

恩宁路的一切，是无声的史诗，文化的缩影；是沉淀的底蕴，活着的过去。漫步于恩宁路，能阅读时光镌刻的印章；徜徉于恩宁路，能发现岁月浓缩的画卷。

我迈着碎步，沿着极具南粤风情和岭南特色的骑楼，走到了十二甫西街芽菜巷。那承载着历史风尘的牌坊与小巷，让我惊叹，让我思绪翩跹。漫步在青石板路上，就像是走进了一个“慢时光”的梦境里。前进大约五十米，便见到一栋古香古色、清末岭南民居式样的西关大屋。这条清幽静谧的小巷可谓是卧虎藏龙，这座西关大屋便是詹天佑故居纪念馆，隔壁则是詹天佑的故居。我抬头一看，只见“詹天佑故居纪念馆”和“詹天佑故居”这两块横匾，字体龙飞凤舞，雄浑大气，苍劲有力，整体风格具有浓郁的中国味和朴素的民族风。

没错，詹天佑是地地道道的广州西关人，生于斯长于斯，直至十二岁赴美留学前，他的童年是在广州西关度过的。詹天佑称得上是一位家道中落的西关小少爷，就在我脚下的这一方水土，有他童年岁月的足迹，他就是从这里迈出脚步，走向世界的。

在故居门前，那古朴的青砖、极具岭南风格的木槛栊、色彩鲜艳的满洲窗，深深吸引住我的目光。怀着对铁路元勋的敬仰之情，我迫不及待地走进这座原汁原味的西关大屋，刚踏进门槛，一股朴素而又静穆的气息迎面而来，令人肃然起敬。我粗略地浏览了一下，只见墙壁上和透明玻璃展览柜里，琳琅满目地展示着詹天佑的平生事迹以及一些珍贵的文物资料，有詹天佑生前各个时期的照片、耶鲁大学土木工程系的毕业证书、生前绘制的铁路工程设计草稿纸、英国土木工程师学会颁发的会友证书以及修建铁路的一些零件和勘测仪器等，内容十分细致，资料十分翔实。

詹天佑生前留下来的每一件文物，都弥足珍贵。其中，有一件特殊的展品——一截铸上“1905”和“I.P.K.R.”（官办京张铁路英文缩写）字样、锈迹斑斑的铁轨，深深地震撼了我，它情景逼真地向世人展示了在那钢筋铁骨的背后，詹天佑是如何艰苦奋斗的。他能攻克筑路技术难题，不仅需要超凡的勇气和毅力，更需要卓越的智慧和才干。

不一会儿，纪念馆的讲解员向我们走来，她热情洋溢地将詹天佑一生的重要成就向我们娓娓道来。

当时，甲午战争后的旧中国屈辱不堪，但在帝国主义列强面前，詹天佑毫不畏惧，威武不屈，他每每受命于国家危难之际，为国为民担当风险。

詹天佑的杰出贡献集中反映在他实事求是地从中国的国情出发来修建铁路。面对高山深涧、悬崖峭壁的险境，他和铁路工人同吃同住，事事身先士卒，是最没有官架子的清朝政府官员，为了挖通隧道，他带头提着水桶去排水；他想方设法，依靠群众，战胜了重重困难；他秉持一丝不苟的科学态度、清廉实干的工作作风，严控成本开支，杜绝贪污贿赂，保证工程质量，取得了举世瞩目的成就。他的一生是为中国铁路建设奋斗的一生，这不仅仅因为他是中国近代杰出的工程师，更重要的是，他有一颗热爱祖国的中国心。他不仅为今人留下了见证中国人尊严、荣誉、胆识和智慧的铁路，也留下了一条以“修业、进德、守规、处事”为立身要则、堪为典范的人生之路。

纪念馆内的那台大荧幕电视机，不停地播放着由孙道临主演的一部电影——《詹天佑》，我和几位小学生坐在一起，认认真真地观看着，当看到电影里京张铁路竣工的那一幕，我们个个心情澎湃，情绪高涨，热泪盈眶。

纪念馆墙壁上那一幅幅临摹的中国书法作品，都是詹天佑生前的手迹。再看看他致函给美国同学以及外国友人的英文信件，那花体英文字母，书写流畅飘逸，令我大开眼界。我心里面在赞叹：“詹天佑的学识和涵养，是名副其实的学贯中西、中西合璧！”

以现在的眼光来看，处在童年阶段的詹天佑能被清朝政府选上、作为当时首批官费留学的“留美幼童”，那绝对是件“抢破头”的好差事，也是极其幸运的好差事。但在一百多年前，舍得将自己的孩子卖给国家，与国家签订“卖儿契约”，能做出这样的决定，需要过人的眼光与勇气。

在当时的历史背景下，让自家骨肉远渡重洋、祸福难料地在美国求学，真可谓是九死一生、生死难卜。也正是因为这个原因，当时的“留美幼童”中没有一位是清朝的八旗子弟。纪念馆内，由詹天佑的父亲詹兴洪向清朝政府签字画押的那份“卖儿契约”引起了我的注意和思考。

詹天佑的父亲是一位伟大的父亲，他高瞻远瞩，具有长远的眼光，他肯在写有“倘有疾病生死，各安天命”的出洋志愿书上签字画押，才有日后詹天佑在中国铁路建设事业上取得的举世瞩目之成就。这份“卖儿契约”，岂不是验证了他给儿子取名为“天佑”的寓意？何止是天佑儿子的前程，也是天佑中国的铁路事业，天佑中华！

留学美国期间，詹天佑第一次坐上火车。美国的火车让他大开眼界，小小年纪的他清醒地意识到铁路是美国的经济命脉。美国彪炳史册、横贯东西部的太平洋铁路的贯通，是以“每一根枕木下都躺着一副华工尸骨”为代价而实现的，成千上万的华工魂断他乡，他们用尸骨铺就了美国的奇迹，铁路振兴和繁荣了美国的经济。“能修筑起万里长城的中华民族，也一定要修建自己的铁路”，所以，当詹天佑考上耶鲁大学时，他选择了土木工程系，专习铁路工程，是为了将来有一天要报效祖国。

虽说，铁路是时代先进技术的产物和象征，可当时昏聩无能的清朝政府和愚昧的国人，却视铁路为“凿我山川，害我田庐，碍我风水，占我商民生计”的不祥之物。

詹天佑留美归国后，并没能一下子实现“师夷长技以制夷”的理想抱负。对于海外归来的人才，愚昧的清政府非但不给予重用，发挥他们的专长和才智，还把海归们看作是危险的异类。詹天佑满腔热忱，正想着将所学用于修筑铁路，而清政府洋务派官员却是一群洋奴才，竟然废弃詹天佑的所学专长，愣是将这个毕业于美国耶鲁大学土木工程系的工程师，差遣到福建水师担任旗舰驾驶官去了。

报国无门，何其痛哉!

詹天佑归国后在忍耐、痛苦和期待中，熬过了七年的蹉跎岁月，终于在1888年有了转机。经留美同学邝孙谋推荐，中国铁路公司总经理伍廷芳聘请詹天佑到铁路公司任职。从此之后的三十一年人生岁月中，詹天佑才有机会把他的毕生所学、精力和才能，毫无保留地奉献给中国的铁路建设事业，并且在极其复杂和困难的条件下取得了一系列的卓越成就。

在辛亥革命的前前后后，在那个风云变幻的年代，在任何时刻，詹天佑始终保持着一颗爱国之心，至死不渝。

是什么元素支撑着他的拳拳爱国心呢？1884年10月，詹天佑在等候工作的三个多月的空闲时间里，做了一件对家族和对自己都很有意义的事情——修家谱。在编写家谱时，他重温了家族中忠良仁义的先贤事迹，其中既有清廉恤民、颇有治绩的官员，也有为国捐躯、智勇双全的武将，其曾祖父、祖父都是乐善好施、德高望重的地方贤达。詹天佑特意将《婺源县志》中有关先祖事迹的记述抄写于家谱中的页眉上，以示敬慕之情。

人的一生应当思考“我从哪里来、要到哪里去”这个哲学问题。修编家谱的过程中，詹天佑梳理了自己出洋留学归来后的迷惘以及痛苦的经历，他从自己历代先祖们身上找到了人生答案，亦找到了人生所求：忠于国家，艰苦奋斗，乐善好施。当年，他的母校耶鲁大学有一句拉丁文座右铭：Fac et Spera，中文译文是“在实践中求希望”，詹天佑的一生也是在秉承和践行着这句座右铭。

1919年，詹天佑临死前四天，还带病出席国际联合监管远东铁路会议。俄国和日本都想瓜分中国的铁路主权，谈判桌上，詹天佑唇枪舌剑，舌战群雄，力战外国列强，心力交瘁，拼尽了最后一口气在力争和维护中国铁路的主权。

詹天佑一心为公，临终亦语不及私，唯陈三事：发展中华工程师学会，兴国阜民；慎选代表管理中东铁路（东清铁路），以扬国光；脚踏实地建成汉粤川铁路。作为我国民族铁路事业先驱，他诠释了什么叫科技兴邦。詹天佑的一生，鞠躬尽瘁，时时处处都表现出优秀科学家所具有的精忠报国、敢于担当、求真务实、廉洁刚正的高尚情操，周恩来总理称赞他是“中国人的光荣”。

三

纪念馆原本是傍晚五点三十分闭馆的，但由于我们兴致高涨，不知不觉到了六点三十分，讲解员才想起闭馆时间已到。我走出纪念馆的时候，已接近晚上七点。

走在十二甫西街这条清幽的小巷子里，我抬头仰望夜空，夜幕下的广州，美丽而迷人。恩宁路上，华灯初上，灯色如昼，光彩夺目，夜色苍茫。马路上一串串明亮的车灯，如同闪烁的长河，奔流不息，一轮圆月高高地悬挂在天上。当年，在大西洋彼岸学习的“留美幼童”詹天佑，当他抬头仰望夜空时，看到的也正是这轮流光溢彩的明月。在月光下，从小就饱读中国诗书的他，一定会不由自主地就吟诵起李白的那首《静夜思》：

床前明月光，疑是地上霜；
举头望明月，低头思故乡。

也许，也正是这一轮圆圆的明月，让当年那位远渡重洋师夷长技以自强的“留美幼童”詹天佑，心头永远铭刻着乡愁。他无时无刻不在牵挂着亲人，无时无刻不在思念着大西洋彼岸的故乡。

黄埔军校与中华军魂

一

黄埔军校有多牛？

中国人民解放军五位开国元帅、三位开国大将、十位开国上将、十一位开国中将、十六位开国少将，皆出身于黄埔系。有人说，“一部黄埔史，就是一部中国革命史”。

在广州工作已有十几年了，但我还从未参观过赫赫有名的黄埔军校。去年国庆假期，我专门安排一天时间，去参观慕名已久、誉满华夏的黄埔军校旧址纪念馆。

黄埔军校旧址，位于广州市黄埔区长洲岛内，距广州南站约三十公里，乘地铁五号线在鱼珠站下车，再前行约一公里到鱼珠码头，转乘一小时一趟的轮渡就可到达。

“终于来到大名鼎鼎的黄埔军校了！”掩盖不住内心的喜

悦，仰起头来向天空呐喊。欣喜雀跃中，猛然看见校门中央上方一块赫赫醒目的横匾，“陆军军官学校”这几个大字映入了我的眼帘。“啊，到了，就是这里了。”

当年被黄埔军校录取的学生，恰同学少年，他们初来乍到、第一眼看见这块横匾时，激动的心情也许就和我现在一模一样。一百年前，一次革命点燃了他们的救国之梦，一所著名的军事院校，竟然在腥风血雨中奇迹般诞生。

诚如中共党员恽代英所说：“当年中国人几乎没有人不知道‘黄埔’，青年几乎没有人不希冀能预做一个‘黄埔 ’的学生。”

黄埔军校有“将军摇篮”之称，是中国历史上第一所革命军事学校。

“陆军军官学校”这块横匾，在中国近代历史上的分量，应该怎么形容呢？我放慢了脚步，陷入了沉思。“啊，它是一个铁血时代的绝品，它曾经前无古人，它的苦难辉煌、浴血荣光，或许将后无来者。”

说起黄埔军校，几乎每个中国人都耳熟能详，从20世纪20年代后中国历史的发展，几乎都和这所军校里走出来的人物有关。可以说，黄埔军校影响了近代中国，影响了一个时代。

黄埔军校建于1924年，1949年迁往台湾前，共计培养了二十三万余人。它联结着中国近代战史上绝大部分军功显赫的名字，除国民党军中的三千多员将领外，也为中国共产党培养了五十三位将军。我们知道中国人民解放军的十大元帅或者大将、上将、中将、少将里面，有许许多多人都是黄埔系。比如周恩来、叶剑英、林彪、陈毅、聂荣臻、徐向前、罗瑞卿、陈赓、萧克等。在国民党方面，蒋介石的嫡系部队中战功赫赫的“八大金刚”，均是黄埔军校教官出身。国民党的“八大金刚”能征善战，屡被重用，他们也为抗日战争做出过重大贡献，这“八大金刚”分别是：何应钦、陈诚、顾祝同、刘峙、张治中、钱大钧、蒋鼎文、陈继承。

从黄埔军校走出的一期期黄埔生，是一个影响中国风云激荡几十年的群体。他们从四面八方聚集一处，因革命理想并肩作战，因驱除外辱同仇敌忾，在20世纪上半叶，他们主演了一幕幕可歌可泣的英雄战歌，风云变幻，气壮山河，塑造了今天中国历史的沧桑面貌。

放眼全球，纵观人类的军事发展史，再也没有一所军事院校，其影响力能与黄埔军校一较高下了，无论是美国的西点军校、英国皇家军校还是苏联伏龙芝军校，都无法与它相提并论。回望中国历史，不论是东征北伐还是十年内战，不论是抗日战争还是解放战争，但凡从黄埔军校里走出去的人无一不在中国历史上留下了浓墨重彩的一笔。

二

位于广州黄埔区长洲岛上的这所黄埔军校，由孙中山先生亲自创办。对于这所新型革命军官学校，孙中山苦心创办并寄予厚望，投注了无数心血。

黄埔军校第一期至第四期的学生，是从这里走出去的，据统计有四千九百八十一人，他们来自全国二十六个省份，并有朝鲜、越南、新加坡等国的革命青年前来学习。不少师生成了国民政府所属各部门中的核心和骨干。

1924年6月16日，黄埔军校举行了世人瞩目的开学典礼。这一天也是陈炯明叛变、孙中山落难广州两周年的日子。孙中山选定这一天作为黄埔军校开学的日子，除了有报“一箭之仇”的意蕴外，其更重要的意义则是孙中山向中国和世界宣示，从此像陈炯明那样的野心家掌控的军队为私人权力滥用军力的情况再不复返，中国国民革命有了自己的革命学校，也将诞生为“三民主义”而战的革命军队。

学校创建之初，孙中山在大门前亲题一副对联：

上联：升官发财请往他处，
下联：贪生畏死勿入斯门。
横批：革命者来

这二十个字，成为“黄埔人”毕生的坚守，是黄埔军校的灵魂。如今这副对联，已成为重要历史文物移往他处。在二门的门口，则挂着另一副对联：

上联：杀尽敌人方罢手，
下联：完成革命始回头。

如今，军校大门彩楼两旁还同时挂有孙中山遗嘱中的两句话：

革命尚未成功，
同志仍须努力。

当年，黄埔军校的教官阵营也是空前强大，我们来看名单：

校长：蒋介石
国民党党代表：廖仲恺
教练部主任：李济深、邓演达
教授部主任：王柏龄、叶剑英
政治部主任：戴季陶、周恩来
总教官：何应钦

孙中山为黄埔军官学校题写的训词是：

三民主义　吾党所宗
以建民国　以进大同
咨尔多士　为民前锋
夙夜匪懈　主义是从
矢勤矢勇　必信必忠
一心一德　贯彻始终

校长蒋介石题写的校训是“亲爱精诚”，廖仲恺题写“先烈之血、主义之花”，周恩来题写“革命”。

黄埔军校是国共两党共同培育英才的摇篮，无数有志之士纷涌而来，而要做黄埔的学生，一来就要立一个志愿：“步先烈后尘，和他们一样舍身成仁，牺牲一切权利道路，专心做救国救民的事业。”

三

为什么要创办黄埔军校？我们都知道，孙中山先生是革命的理论家，也是革命的实践家。作为理论家，孙中山有非常精深的理论，比如说三民主义；作为实践家，孙中山有很多革命实践。据统计，自1895年以来，孙中山共组织了大大小小的起义有十次之多。从他成立兴中会，到后来发展到中国同盟会，再到辛亥革命爆发，等等。这些，无一不秉承着孙中山的实践精神。早年，孙中山有另外一个称呼叫得比较响——“孙大炮”。广东话方言里称呼某人为某大炮，是嘲笑其空想行为和不现实的理想。孙中山的梦想是建立一个健全的、民主的政府，一个对人民施行仁政的政府，在那个年代被人耻笑为痴人说梦话。另外，革命是要花钱的。他四处借钱，不断许诺，可随着革命实践的一次次失败，诺言无一兑现，而先行者总是被嘲笑和被误解的。在中华民国成立之后，孙中山的革命实践依然不断遭遇挫折，对于导致失败的重要原因，孙中山总结为：因为没有一支可以依靠的革命力量。按毛泽东的说法就是：枪杆子里出政权。

关于建军的思想，孙中山前后有很大的变化，早在辛亥革命前，他只利用会党（也称为洪门）的力量革命，辛亥革命武昌起义之前，他主要是利用清朝的新军和地方民军。孙中山有改造新军和民军为革命建国服务的思想，可是1917年护法运动开始，他三次在广州建立军政府和国民政府，都是利用西南军阀的军队，希望这些军阀势力能为统一中国和保卫主权效劳，但都不成功。孙中山深刻感受到拥有真正可以依赖的力量的重要性，所以当国民党改组，国民党一大召开，国共合作之后，孙中山就萌发了一定要有一支自己真正可以依赖的革命力量的想法。这不完全是孙中山个人的想法，而是跟整个中国历史演进有莫大关系。无论是中国革命，还是中国现代化，抑或是整个中国的转型，确实要有可以依靠的力量，而建立一支现代化的军队、由党指挥枪也是其中之一。孙中山创办黄埔军校的原因，其实来自他的革命实践。

在我的脑海中，我原以为赫赫有名、誉满中华的黄埔军校，一定是个刀光剑影、十八般武艺样样齐全的军事训练基地。当我走进黄埔军校，却无比惊讶地发现，这里是一座岭南祠堂式的四合院建筑，环境幽雅别致，连廊迂回，端庄秀丽，风格独特，一点都不像军事训练基地，让人啧啧称奇的是，我仿佛进入了一个书香之地，因为这里所散发的气息俨然像个古朴典雅的岭南书院，令我惊掉下巴。

军校大门内正面有一幢走马楼（走马楼是南方民居建筑中一种特有的建筑形式，它的四周都有走廊可通行的楼屋，甚至骑马也可以在里面畅行无阻。），被称为校本部。它是两层砖木结构，三路四进，即三条主要通道，四排房舍。在南北走向的中轴线东西两侧，房舍排列一致，相互对称。楼上楼下设有政治、教授、教练、管理、军需、军医六部。军校旧址再现了黄埔军校原貌以及学员宿舍、教员办公室、饭堂、阅览室等。

那段风云激荡、战火纷飞的岁月虽已远去，但救亡图存的革命先驱者们的青葱岁月和成长足迹，在这里留下了鲜明的印记。青春挥洒，写就了黄埔将士的不朽篇章；铁血战场，铸就了黄埔军人的铮铮铁骨。岁月赋予他们沧桑，也赋予他们苦难和辉煌。虽说滚滚珠江东逝水，浪花淘尽英雄，但爱国英雄们为祖国抛头颅、洒热血的英勇事迹，祖国不会忘记，人民不会忘记，历史不会忘记。

在走马楼二楼西侧，我见到了孙中山总理和蒋介石校长的办公室。室内清一色满洲窗格，木门木地板，地板上的织花地毯和风琴形办公桌颇具美感和时代感。四排房子之间以走廊连通，四周有围墙，校本部建筑总面积10600平方米。整座建筑宁静幽雅，自成一体，具有浓郁的岭南特色和民国特色。

为什么赫赫有名、誉满华夏的黄埔军校俨然像个岭南书院呢？带着这个疑问，我走遍了里面可以参观的每一个角落，详细阅读大量的资料，最后，才解开心中的疑惑。这跟孙中山创办黄埔军校的理念和办校方针有密切的关系。孙中山对黄埔军校革命精神的构建，可以说具有里程碑式的意义。

何谓精神？孙中山说："总括宇宙现象，不外物质与精神二者。两相比较，精神能力实居其九，物质能力仅得其一。'中国'今日而言救国救民，必须革命。革命须有精神，军人的'智、仁、勇'三者，则为军人精神之要素。能发扬这三种精神，始可以救民，始可以救国。"

早在1899年12月，梁启超就写过一篇"中国魂安在乎"的文章，"魂"即精神，"民族魂""国魂"指的即是"民族精神""国家精神"。梁启超说：日本有"所谓日本魂者，有所谓武士道者”，“日本之所以立国维新，果以是也。日本的尚武之风，由人民之爱国心与自爱心，两者和合而成也”。梁启超是文化人，但他很重视树立军人的爱国和自爱精神，并指出：“中国魂者何？兵魂是也。”这是他将清政府的军人由于缺乏为保卫国家和民族权利而斗争的精神，造成国家有兵等于无兵被列强侵略、欺凌、掠夺和奴役而发出的感慨。

在清末民初，为什么中国的文人志士那么重视对军人和精神的研究？那是因为他们认为当时中国缺乏一支有理想有精神的军队。有军没有精神等于无军，有军无思想无文化也等于无军。学者呼吁为国立军，并与弘扬中国的传统文化结合起来建设中国的军队，这些舆论对孙中山思想的转变也有启迪。

1924年1月27日，在国民党第一次全国代表大会期间，孙中山已开始系统演讲三民主义。在民族主义演讲中，他强调：“我们今天要恢复民族的地位，便要先恢复民族的精神。”

在黄埔陆军军官学校开学典礼上，孙中山做了重要的演说，首先他指出为什么要开办这所学校。然后，孙中山便强调什么叫革命军。他说，做革命军除了革命的意志，不怕牺牲，努力奋斗外，还要有高深的学问做根本，“有了高深学问，才有大胆量；

有了大胆量，才可以做革命军。”

孙中山对黄埔军校寄予厚望，他期待黄埔军校培养出来的学生，能文能武，懂政治，有高深学问，听从党指挥，爱国，英勇奋斗，不怕牺牲，全心为公，能将他的“民族、民权、民生”三民主义和五权宪法作为理想目标，肩负救国救民，挽救民族危亡的使命，达到国民革命成功的目的，实现统一中国的历史使命。这就从根本上把革命军与旧军阀做了区分：革命的军队要听从党的指挥，全心全意为救国救民效命。孙中山为黄埔军校建构的爱国、革命、不怕牺牲，一心为公，救国救民的“黄埔精神”，不仅在指导国民革命、维护国家主权和社会发展方面具有重大的历史意义，也为结束近代中国的军阀割据势力，统一军权、政权奠定了思想基础。

近代中国其实不止一家军校，袁世凯就办了多所军校，但袁世凯办了那么多军校的成绩，无非就是培养了一支私家军队——北洋军队。中国还有另外一家非常著名的军校——保定军校，确实也很有成绩。但保定军校的成绩，大部分表现在技术层面，它培养出许多不错的专业军官，或者说参谋人员，但这些人一旦分散到部队，其实很难形成一种真正的核心力量。

抗日战争时期中国出了许多汉奸，甚至有几十万伪军。但是仔细探究，可以这么说，伪军中几乎很少黄埔军校毕业的高级将领。黄埔军校毕业的，比如少将以上的将领，很少有投降日本的，这就说明当年黄埔军校的革命教育、民族主义教育、爱国主义教育，是比较成功的，这也是黄埔军校的重要成绩，它在中国历史进程中，确实起到了不能忽视的作用。

毛泽东很早便洞察出黄埔军校毕业生的成才之谜。他于1938年5月在延安抗日军政大学演讲时说："林彪是黄埔毕业生，只是学了四个月，比你们多两个月，学到了什么呢？四大教程一条也没记住，但是有一件东西是得到的，就是那里的革命精神。"

1965年8月15日，日军战败二十周年，日军退役中将吉田在东京发文称："中日之战，日军之败是由于统帅部，对中国二十余万受过黄埔教育之军官，英勇爱国力量，未有足够的估价。"

四

有历史学家评论说，毛泽东的发家之地是井冈山，蒋介石的发家之地是黄埔军校。

筹备黄埔军校以前，蒋介石和整个国民党一样几乎无一兵一卒，屡屡受制于拥有“枪杆子”的军阀而一筹莫展。当孙中山创办黄埔军校，以求建立自己的军队——“革命军”时，蒋介石便将这支军队牢牢控制在自己手里，进而夺取国民党的军权，随后以军干政，夺取国民党的党权与政权，完成了一代枭雄的成长史。

黄埔军校培养的军官，绝大部分成为蒋介石赖以统治国民党的中坚力量，他们是蒋介石的嫡系部队。这其中尤以黄埔一期学子为重，黄埔一期学子被称为“天子门生”，蒋介石尤为看重。蒋介石因黄埔军校而发家，所以对黄埔系格外看重，这从他把持黄埔军校校长职位长达23年之久就可以看出。

黄埔军校是个创造神话的地方。有人说，黄埔军校创造了三个奇迹：

第一，让孙中山多年难以实现的梦想迅速成为现实，南北统一，天下一统，1895年便设计出来的青天白日旗，最终自由地飘扬在中国每一个角落。1926年7月，蒋介石出任国民党北伐军总司令，带领他的黄埔学生们，从珠江流域打到长江流域，拿下了南京城，并把北洋军阀赶出了北京。1927年4月4日，蒋介石第一次登上了《时代》周刊封面。关于这期封面人物的介绍，小标题只用了一个词——征服者。

第二，让一个国民党内的三流人物蒋介石，达到了平庸时代论资排辈与按部就班无法企及的至高境界，迅速跨过同时代的英雄豪杰与他众多的顶头上司，一跃而成当时中国的主宰，“只有天在上，更无山与齐”。

第三，让一批籍籍无名的社会底层人物，如失意教员胡宗南、陈明仁、李仙洲、郑洞国；下级军官李弥、桂永清；小报记者贺衷寒；县衙小吏俞济时；失业青年关麟征、杜聿明等，很快登上师长、军长、集团军、方面军长官的高位，跻身进入了风光体面的上流社会。

在这里，我想补充一条，即黄埔军校创作的第四个奇迹：

第四，让老师成为学生的手下败将。自古以来，无论是李斯苏秦、还是孙武孙膑，无论是诸葛亮还是张良，他们再牛气烘烘，也没有赢过自己的老师、和自己的老师在战场上兵戎相见、一决高下。黄埔军校里的师生，因信仰不同，有些人在共产党队伍，有些人在国民党队伍，解放战争时，真的可以说成是黄埔军校的那帮师生在互相干架了。最后，一个奇迹诞生了，黄埔四期的林彪，打赢了他的教官，打赢了他的校长，把他们的校长和教官们赶到台湾去了。

五

有人统计过，从黄埔军校一共走出三千零五十三位将帅，二十多万毕业生，其中十九万人奔赴抗日战场，他们慷慨赴死，牺牲率高达95%。

一批批黄埔人用自己的生命和鲜血，为四万万中国人铺平了前行的道路。抗日战争十三年来，浴血奋战、血流成河的中日会战，黄埔系将领都是重要的顶梁柱，同时也是牺牲最多的将士。他们前赴后继，舍生忘死，战争不停，他们誓不独存。他们曾用自己的死，换来整个中华民族的生。

1935年初，日军进攻哈尔滨，时任东北抗日联军第二团政委的赵一曼，是黄埔军校毕业的一期女学生之一，她很早就加入共产党从事秘密地下工作。在与日军的交战中，她为了掩护部队，不幸腿部负伤被俘，日军为了从她口中获取情报，使用马鞭狠戳她腿部伤口，瞬间血流如注。可她坚决不屈，怒斥日军各种罪行，日军大为恼火，在她身上使用了最惨无人道的酷刑：老虎凳、灌辣椒水、电刑，她被日军折磨得奄奄一息，却始终没说出任何情报。得不到情报的日军，于1936年8月2日将她处死示众，面对屠刀，她高呼“打倒日本帝国主义”“中国共产党万岁”，随后壮烈牺牲，年仅三十一岁。

1937年8月，抗战时期最大规模、也最惨烈的淞沪会战打响，中国投入八十多万兵力，而90%以上的参战军几乎都是黄埔系：

集团总司令：
顾祝同、陈诚，罗卓英、张治中、张发奎
薛岳、张治中、胡宗南、朱绍良。

师以上将领：
王敬久、孙元良、宋希濂、彭善、
霍揆彰、黄维、李树森、李延年、
李玉堂、俞济时、王耀武、桂永清、
李铁军、李文、陶峙岳、黄杰等。

淞沪大战中，黄埔系牺牲的团长级以上的将领有：

第88师旅长黄梅兴，

第67师旅长蔡炳炎，

第90师旅长官惠民，

第58师旅长吴继光，

第18军汪化霖、李维藩、路景蓉、李远新、韩应斌、蒋先维，秦霖、庞汉祯……

第1军杨杰、李友梅……

第9师窦长青、丘之纪……

据不完全统计，这场会战中，黄埔系六期至十期的毕业学生们，几乎全部伤亡殆尽......

1938年长沙会战，黄埔军校昆明分校第十一期同学，被分配到第五十八军的有一百一十七人，一场战斗过去，就有六十余名学生阵亡。接下来的南京会战中，黄埔系国军第八十七师旅长易安华，第八十八师旅长朱赤、高致嵩，团长韩宪元，第一百五十六师参谋长姚中英，团长李昌龄、谢承瑞等将领，全部壮烈牺牲！牺牲的黄埔生基层军官，更是数不胜数，有的能找到尸骨，追授埋葬，有的遗骸根本辨认不出来，至今尸骨无存……

1942年，日军入侵缅甸，3月，中国远征军征援缅甸，第一战同古战役，黄埔军校毕业的国军第200师师长戴安澜，在战斗中壮烈殉国，年仅三十八岁，牺牲前，他说的最后一句话是：“现在孤军奋战，决心全部牺牲，以报国家养育！反攻反攻！祖国万岁！”

1942年5月，日军对太行抗日根据地实施“铁壁合围”，黄埔一期毕业生、八路军副总参谋长左权也血洒太行山。左权英勇牺牲时，他才刚刚和刘志兰成婚一年，还有一个可爱的儿子，那天告别他笑言：“等我回来。”可一眨眼，就是永诀!

不计其数的流血和牺牲，决不后退的坚守和抗争，终于换来了中华民族的抗日胜利!

1945年8月15日，日本天皇宣布无条件投降，9月2日，日本向中、美等国正式投降，签署投降书。

支撑起中国抗战胜利的黄埔先烈们，他们不怕死不为钱权，只为保卫祖国，十九万黄埔军校毕业生慷慨赴死。在这样的“黄埔人”身上，我们看到了真正的军人气魄。只为护国征战死，何须马革裹尸还，这就是中华民族的血性，他们是真正的国家脊梁，他们无愧为中华军魂。今天，盛世中华，我们依然需要这样的爱国血性，依然需要这样的卫国精神。中国强，才能抵御外辱；中国强，才能挺起胸膛！

六

在黄埔军校古朴无华的大门两旁，青砖黛瓦与古意葱茏交相辉映。几棵粗大的榕树傲然挺立着，浓荫匝地，绿意盎然。从树干的粗细来看，它们已经很老很老了。当年黄埔军校成立的时候，我想，它们必已经挺立在这里，并亲眼看着一批又一批从黄埔军校毕业的精英，怒发冲冠从这里走向革命。当年活着的人早已不在了，只有它们年复一年地守候在这里，跟着季节的变化而变化，一直守候到现在，依然一片生机，一片浓绿，越长越粗壮，虬枝峥嵘。逝去的岁月依然在这里吹响号角，历史的荣光依然若隐若现。如今这里游人如织，但这些苍翠的榕树迎来送往的不再是年轻的黄埔毕业生，而是一批批从全国各地慕名而来的游客，以及不少海外友人和华侨同胞。

我也去参观了孙总理纪念碑。一般的纪念碑多是坐北朝南的，但孙总理纪念碑却坐南朝北，隐含着孙中山先生北定中原、统一中国的遗愿。

纪念碑后面的《总理像赞》，是黄埔师生们为抒发对孙中山的敬仰和追怀之情而作。望着伟人的雕像，我一字一字大声朗读起来：

先生之道，天下为公，
先生之志，世界大同。
三民建国，允执厥中。
况在吾校，化被春风。
江流不废，终古朝宗。

当年，我的初中历史老师曾无限感慨："要是蒋经国多活几年，台湾早已回归大陆了。"历史没有假如。假如孙中山先生不英年早逝，那中国又会是怎样的一番天地呢？谁又能说得清？

让我们将视线转移到宝岛台湾。最近，台湾民进党又闹风波，提案"修法"，取消台湾公家机关、学校悬挂孙中山遗像的规定。同时提案修改"宣誓条例"，未来公务人员宣誓可以不用再面对孙中山遗像，声称以此达到去除威权的个人崇拜。台湾民进党连创立"中华民国"的孙中山先生都要分割，"去中化"如此极端，甚至是走火入魔的地步。国台办回应表示，孙中山先生是中国近代民主革命的伟大先行者，一生追求国家统一和中华振兴，受到全体中华儿女的敬仰。台湾民进党人士的这一举动，可谓寒了十几亿中华儿女的心。

大陆十四亿人民极度关注台湾领导人的一举一动，中华儿女时刻都盼望着，祖国能够实现和平统一，台湾能早日回到祖国的怀抱中。

“台独”分子却妄想靠抱美国的“大腿”，一意孤行闹独立。美国有一位伟大的总统林肯，他的丰功伟绩是什么呢？当年美国的南方想要闹独立，林肯果断发动南北战争，阻止了南方的独立，维护了美利坚合众国的统一。中国人民维护国家领土完整的决心，绝不比美国差一厘一毫。中国，必须统一，也必然统一。

衷心祝愿伟大的祖国早日光复宝岛台湾。

参观孙中山大元帅府旧址

一

在我的脑海中，对民国时期那段风云激荡的历史，总怀有一种特殊的印象。

那个年代，革命浪潮风起云涌，中华民族危在旦夕，如履薄冰，救亡图存的口号深入民心，深入民族的骨髓。保守派、复古派、改良派、革命派等各种派系针芒相对，它们旗帜鲜明地在历史舞台上挥舞着手臂，摩拳擦掌在较量着，慷慨激昂地呐喊“振兴中华”。那段风云变幻的历史，真与伪、正与邪、忠与奸势不两立；什么是军阀、什么是汉奸、什么是卖国贼、什么是民族大义，后人一目了然。正所谓：小人一时，伟人千古。

如今，电视连续剧里上演的大部分清朝宫廷剧，讲述的都是妃子们如何争宠宫斗的故事，比如《甄　传》《宫》《步步惊心》《延禧攻略》和《如懿传》等。这些电视连续剧，我一部都没看，并不是因为剧情不好，相反，这些宫廷戏剧情都非常火爆，故事引人入胜，情节跌宕起伏，每一部戏的收视率都极高，深得观众的喜爱。我看不进去的原因，是因为内心总有一个声音在说：“这不是真正的清朝历史。”

一说起中华民族的“四大发明”，中国人的民族自豪感便油然而生；但一说到清代末期的中国历史，民族自豪感立刻荡然无存，瞬间消失殆尽了。回顾清代历史，许多人都会有一种悲怆的情愫。记得小时候上历史课，讲到大清帝国的时候，总绕不开慈禧太后的昏聩和奢侈，总绕不开鸦片战争，总绕不开清政府签署的《南京条约》《北京条约》《马关条约》等一系列丧权辱国的不平等条约。讲到八国联军“火烧圆明园”“戊戌变法”失败的时候，我清晰地记得，年迈的历史老师眼中闪烁着泪花。中华民族的多灾多难，让人哽咽，民族的耻辱感就像一道道流血的疤痕，在痛苦地撕裂着，深深啮噬着爱国者的心。当历史老师终于讲到辛亥革命、讲到孙中山“捍卫共和、复兴中华”时，大家的内心才大大地舒了一口气，感叹道：“啊，终于看到民族的希望了！”

青少年时期，孙中山就立下志愿要挽救中华民族，要救国救民，要“驱除鞑虏，恢复中华”，他的一生以革命为己任。孙中山为中国革命四处奔走的足迹，不仅遍布中国，也遍布了海外，美国、日本、英国、马来西亚、越南、柬埔寨、新加坡、菲律宾和中国香港、澳门、台湾等地，都留下他为创办同盟会而奔波的足迹。

但是，有一块热土，对孙中山革命奋斗的一生尤为重要，这块热土就是广东。

1917至1925年间，为了维护共和体制，恢复《中华民国临时约法》，实现南北统一，孙中山曾三次在广东建立革命政权，领导护法运动和国民革命。

美国知名人类学家怀特在《文化科学》一书中曾写道："一个人一旦诞生在某种文化环境中，他就必然受到这一文化环境的影响。"用咱们老祖宗的话来说就是"一方水土养一方人"。回瞻历史，我们会赫然发现，广东这块热土影响着孙中山，而孙中山也影响着广东。从"经济开放主义"，到把"旧三民主义"发展为"新三民主义"、实行"联俄、联共、扶助农工"的三大政策，再到改组中国国民党、确立国共合作，无不体现出孙中山熠熠生辉的开放思维。广东与时俱进、开放包容的文化风貌在他的精神领域层面得到了尽情的展示。

二

在广州海珠区纺织路东沙街的一个角落，坐落着两栋朱门白拱、黄墙青檐的欧式风格小洋楼，建筑临珠江而立，浩浩荡荡的珠江水就在它身旁川流不息，浪花涛涛。

门楼上“大元帅府”四个大字令人注目，黄色的外墙独具一格，无论近观还是远看，整体建筑都显得壮丽辉煌。虽说门楼的造型是欧式的巴洛克风格，但门洞上方设计有涡卷形状的山花，左右两侧墙面互相对称的“五蝠拱寿”图案，却是地地道道的中国元素，这里就是依托大元帅府旧址而建立的孙中山大元帅府纪念馆。

在蓝天白云的映衬之下，透过金色的阳光，大元帅府闪烁着一种耀眼的时代光芒，似乎有一种日月经天的历史厚重感正从里面洋溢出来，攫取人们的注意。珠江的对岸，吹过来一阵风，仿佛有一种沧桑的声音在悄悄地、静静地诉说着流逝的时光、远去的岁月。大元帅府里面到底珍藏着什么样的历史记忆呢？

我迫不及待地走了进去，一探究竟。

大元帅府由门楼、北楼、南楼三部分组成，总建筑面积4238平方米，每年慕名而来的海内外游客络绎不绝。如今，孙中山大元帅府纪念馆内设有《帅府百年》复原陈列、《帅府名人》展和《一个澳洲建筑师的中国情结》展等常设展览。

当我一脚迈进大元帅府旧址门楼的时候，如同踏入另外一番天地，霎时感触到一种深邃的时光，忽而忘却了城市的嘈杂、喧嚣，犹如置身于不平凡的民国岁月。这时，恰好有两位学生模样的窈窕淑女，她们正穿着民国时期的女大学生服装，在大元帅府回廊内摆出各种迷人姿态，兴趣盎然地在拍照。她们笑容可掬、脸上洋溢着青春的光彩，而摄影师手中那咔嚓咔嚓的声响，流年如风，仿佛那是远去岁月的回音。

是的，这里曾留下了许多珍贵的历史照片，这里是民国时代的缩影，这里尘封着革命先行者留下的重要印记，历史的烟云曾在这里一页一页地翻过，风云变幻中，影响着中华民族的命运。

在北楼馆内，“帅府百年”复原陈列、“捍卫共和、复兴中华——孙中山三次在广东建立政权”基本陈列、“帅府名人像传”等展览，深深吸引我的目光。一段看似尘封的历史，却散发着一个民族的精髓；一段看似枯燥的历史，却冲荡着革命理念与思想的狂潮；一段看似冗余的历史，却闪耀着一个国家和一个时代的荣光。

大元帅府是孙中山和他的精英团队北伐之前，在广东活动、办公甚至居住的地方。本着“修旧如旧、忠于历史”的原则，这里的南楼恢复了1923—1925年间，孙中山在广州创陆海军大元帅大本营时期大元帅府内各个房间的布置。

当年那一批深具名望的历史人物，在其所处领域内，曾经扮演过十分重要的历史角色。如今，这些历史风云人物都已作古。时过境迁，物是人非，徜徉于大元帅府中，睹物思人，令人思绪万千。那一幅幅珍贵的历史照片、一张张实物陈列、文献资料，都富含了历史沧桑之感，饱蘸着民族的苦难。它们就像一幕幕真实的纪录片一样，在我的脑海中快速播放着，时光穿梭到那个风起云涌、风云激荡的年代，我眼前仿佛涌现出一百多年前孙中山和革命先驱者们的身影，他们为了推翻数千年来压迫人民的封建帝制以及封建军阀，为寻找中华民族的美好未来，在奋勇向前，在苦苦求索，为了实现共和伟业一次又一次地在抗争和斗争着，屡战屡败，屡败屡战。枪林弹雨声和炮火声震天动地、排山倒海，仿佛在我耳边呼啸而过。

“文奔走国事三十余年，毕生学力尽萃于斯，精诚无间，百折不回，满清之威力所不能屈，穷途之困苦所不能挠。吾志所向，一往无前，愈挫愈奋，再接再厉，用能鼓动风潮，造成时势。卒赖全国人心之倾向，仁人志士之赞襄，乃得推覆专制，创建共和。”一百多年前，孙中山先生在他的《孙文学说》自序中写下的这段话，今天读来，不禁觉得伟人当年是泣血成书。孙中山先生为中华民族毕生奋斗、鞠躬尽瘁、死而后已的崇高风范，后人敬仰，名垂青史。

孙中山先生常言：“做人的最大事情是什么呢？就是要知道怎么样爱国。”他说：“爱国心重者，其国必强，反之则弱。”

孙中山先生说：“‘统一’是中国全体国民的希望。能够统一，全国人民便享福；不能统一，中华民族便要受害。”

三

大元帅府始建于1907年，它的前身是广东士敏土厂，也就是广东水泥厂。

1917年，孙中山来到广州，建立中华民国军政府，同年9

月，他被推选为任海陆军大元帅，并征用广东士敏土厂作为大元帅府开展护法运动。但很可惜，由于受到军阀的排挤，1918年5月，孙中山辞去陆海军大元帅职，离开广州，第一次护法运动宣告失败。

1921年，孙中山第二次在广东建立政权，移居广州城内越秀山下，却因为与陈炯明政见不一，遭遇陈炯明兵变炮轰总统府，孙中山不得不离开广东，前往上海。

1923年2月，重整旗鼓的孙中山又再次来到广东，第三次建立政权，建立陆海军大元帅大本营，大元帅府再次设于士敏土厂。他平定了沈鸿英叛乱和东江叛乱，进一步巩固和发展了广东革命根据地。

孙中山三次在广东建立政权，有两次都设大元帅府于广东士敏土厂。士敏土厂能华丽变身成为大元帅府，有其重要的原因，一是为了安全问题，河北一带军阀林立，孙中山已无立锥之地，而当时掌握河南一带军事地盘的李福林主动表示愿听命于孙中山，同时，珠江上又有跟随其南下护法的舰队驻泊。二是为了交通便利，士敏土厂临江而建，与城内只有一河之隔，门楼前便是石涌口码头，就是现在的大元帅府码头，军舰和小火轮皆可停泊，水上交通十分方便。士敏土厂周边都是荒野，海珠桥也尚未修筑，出入只能走水路，可倚仗珠江作为天然屏障。

说到护卫大元帅府的安全，主要靠两支军队：海军与福军。海军是隶属于孙中山本人指挥的海军舰队，而福军就是广州民国时期鼎鼎有名的“河南王”李福林的军队。李福林对孙中山十分忠诚，孙中山对李福林也颇为信任，他将大元帅府设在广州河南，重要原因是出于安全考虑：大元帅府的警卫主要由福军负责。

李福林因为读书不多（只读过一年的私塾），讲的话都是大老粗，最为广州人所津津乐道的，就是李福林经常用广州话发出号令：

“捞家（成功的人）要听阿头话，老举（娼妓）要听龟婆话，我听孙中山话。依家（现在）孙中山叫我　（我们）北伐，你班契弟（孙子）要听我话，去喇契弟!”

三

孙中山大元帅府不仅影响过中国的历史进程，还见证了伟人的爱情。

大元帅府南楼是根据历史资料复原的当年大元帅府原状，力图使观众参观时犹如身临其境。

南楼二楼的四个房间分别为参谋处（蒋介石办公室）、秘书处（廖仲恺办公室）、总参议室（胡汉民办公室）、大本营公报编辑室。

南楼三楼属于孙中山、宋庆龄伉俪当时主要的活动区域，包括孙中山的办公室、孙中山宋庆龄卧室、大元帅府会议室、餐厅、小客室、无线电发报室和盥洗室。

在餐厅室，游客们非常好奇，为什么餐桌上摆放的都是清一色的西餐银色餐具？原来，孙中山和宋美龄的日常饮食以西餐居多。有一则趣闻是，孙中山的母语是粤语，宋庆龄的母语是上海话，两种方言交流不便，因双方都有过在美国求学的经历，都懂英语，为了沟通更方便更顺畅，这对革命伉俪日常生活经常用英语交流。

在盥洗室，我们看到，浴缸正对面的那扇墙壁上方悬挂着一幅中国地图和世界地图。孙中山先生的一生无时无刻不是“胸怀中华、眼观天下”，他时时刻刻都在思索中华民族的命运和未来，他常常需要对着地图思考问题，就连在浴室洗澡的时候也不例外。

在孙中山和宋庆龄卧室展厅内，“孙中山口述文件、宋庆龄聆听记录”的复原场景尤其生动逼真，二人音容笑貌犹如当年一样再现在世人面前。

孙中山先生当年送给妻子宋庆龄的结婚礼物不是钻戒，不是耳环，也不是什么其他的首饰珠宝，而是一把德国毛瑟手枪，里面有二十发子弹。孙中山对宋庆龄说：“这枪配了二十颗子弹，十九颗是给敌人准备的，最后一颗，是危急时留给自己的。”他通过这件极为特殊的结婚礼物，告诉妻子，革命事业是充满危险的，不但要经常过颠沛流离的生活，还要面对各种生命攸关的追杀。宋庆龄深知其意，她十分清楚，跟随孙中山后，会过上一种什么样的生活。事实如此，1922年，陈炯明发动叛变，炮轰广州总统府及粤秀楼，幸好孙中山先生及时安全地撤离到守候在珠江边的永丰舰上，而宋庆龄则留下来处理机密文件，待炮弹临空，她在侍卫的掩护下，冒着枪林弹雨，走到天字码头时，又遭遇叛兵，她不得已“直挺挺地躺在街上装死”，才算躲过一劫。宋庆龄就在这一夜流产了，留下终身未育的遗憾。宋庆龄不仅仅是孙中山的生活伴侣，更是他革命事业忠实的战友、助手、继承者。作为最重要的纪念品，宋庆龄终其一生都将这把德国毛瑟手枪精心保存，直到1981年去世。

南楼的小客房是孙中山宋庆龄夫妇接待家眷的地方。如今，小客房内再现的是往昔宋美龄小住时的场景。当年，身为大元帅府女主人的宋庆龄，为迎接自己的亲妹妹宋美龄的到来，她带着无比喜悦的心情，亲自动手为妹妹布置客房。姐妹情谊，由此可见。我仔细参观，只见这间看起来和普通房间没有太多区别的小客房，其实非常注意突出留宿主人留洋归来的少女身份，比如床头柜上摆放着英文版的《双城记》，八仙桌上的暖水杯上绣着鲜红的凤凰图案，椅垫和桌垫的颜色是中国的茜素红，整个房间看起来也比大元帅府其他房间显得更有青春气息，光彩照人，与众不同。

客房门前展示的是宋氏姐妹当年在这里的合影照。照片中，长相靓丽的宋美龄站在姐姐宋庆龄的身后，温柔娴雅的宋庆龄坐在藤椅上，二人微笑着看向前方，目光柔和，甜蜜温馨，神情亲昵，洋溢着一种恬淡的青春气息，格调清雅，并笼罩着一种浓烈的时代印记。后来姐妹两人因各自追随自己的丈夫，信仰不同，政治立场不同，又因水火不相容的政见分歧二人互相对立起来，最后她们天各一方，到死都没有见上一面。这结局，细想起来，真是令人唏嘘。少女时光一去永不复返，如云烟般的往事只能细细回味。

有趣的是，二楼正对着宋美龄当年小住的那间办公室正是大元帅府的参谋处。1923年，时任大元帅府参谋长的蒋介石在此办公，室内悬挂着多幅军事地图，年轻模样的蒋介石仿真蜡像站立在中央。

1922年，陈炯明叛变，孙中山对于在自己蒙难过程中全力相助的蒋介石给予信任，并赏识其军事才能。蒋介石曾向孙中山表示过他对宋美龄的好感，孙中山有意撮合两人，并把这个想法告诉了宋庆龄。1923年（或1924年），宋美龄应孙中山宋庆龄夫妇之邀来广州玩。据说，宋庆龄对当时已有妻室的蒋介石并不满意，不同意撮合。但在这个过程中，宋美龄始终没有什么表态。

据人们猜测，正是在大元帅府小住的这段时间，26岁（或27岁）的宋美龄对蒋介石这样一位追求者逐渐有了印象，有了好感。凭着大元帅府这些历史印记，已足够让后人去推测当时蒋、宋二人的浪漫姻缘，但历史的细节、真实会随着当事人的离去而消失，留下的只能是一个历史梗概。

孙中山、宋庆龄伉俪在士敏土厂的办公楼里，度过了生命中最重要的革命岁月。二人同行十年，互相扶持，相互珍重，留下共同生活印记的大部分时光，都刻在了大元帅府邸内。

在孙中山办公室展览厅内，东北角摆放着孙中山的办公桌，墙壁上挂着孙中山手书“天下为公”的横幅，当年的物件都按照历史的片段还原，真实记载着孙中山晚年的政治辉煌，他改组国民党、确立国共合作、创办黄埔军校等一系列重大决策都是在大元帅府邸酝酿的。

1925年3月12日，孙中山病逝，大元帅府才完成它的历史使命，正式退出政治舞台。

四

走出大元帅府邸旧址的时候，我思绪翩跹，感慨万千。

大元帅府内，恍若隔世，时光仿佛在倒回，里面的每一道光线、每一粒尘埃、每一样物品似乎都在有声有色地诉说着一代伟人当年为革命事业呕心沥血、鞠躬尽瘁、南征北战、终身奋斗的场景。

大元帅府外，岁月静好，国泰民安，珠江两岸高楼大厦林立，到处花团锦簇，车水马龙，一派繁荣昌盛之景象。孩童们在广场上尽情嬉戏，大人们在绿荫下乘凉，怡然自得，悠闲自在。

如斯光景是这般融洽。

但两者对比，我开始是惊讶，后是惊叹，珠江两岸真是饱经忧患，沧海桑田，它早已发生了日新月异、翻天覆地的变化。

一百年后的今天，珠江水依然汩汩流淌、川流不息，广州城还是那个广州城，但早已旧貌换新颜。新中国历经七十多年的发展，已经逐渐强大。如今的新中国，不再是西方列强任意宰割的东亚病夫，它是一条正在腾飞的东方巨龙，发展势头勇不可挡、锐不可当。中国由过去的落后挨打、积贫积弱走向今天的繁荣富强、蒸蒸日上，这一切来之不易！

孙中山先生在《建国方略》中说："吾心信其可行，则移山填海之难，终有成功之日。"抚今追昔，可以告慰孙中山先生的是，他振兴中华的深切夙愿、辛亥革命先驱对中华民族发展的美好憧憬、近代以来中国人民梦寐以求并为之奋斗的伟大梦想已经或正在成为现实，中华民族伟大复兴的目标永远走在路上。

和平不易，勿忘国耻，吾辈自强!

孙中山先生一身戎装的雕像，巍然屹立在大元帅府前的广场上。他“天下为公”的胸怀顶天立地，他矍铄的目光在眺望着珠江，在　望中华民族的未来。

珠江苍苍，瞬息百年，江水波涛汹涌，滚滚流逝，激荡起无数的浪花。孙中山先生说：“世界潮流，浩浩荡荡，顺之则昌，逆之则亡。”历史会永远铭记革命先驱者们在广东这片热土洒下的耀眼光芒。

孙中山先生领导的辛亥革命终结了中国两千多年的帝制，他对中华民族的贡献，彪炳千秋。辛亥革命永远是中华民族伟大复兴征程上一座巍然屹立的里程碑。

孙中山先生是伟大的民族英雄、伟大的爱国主义者、中国民主革命的伟大先驱。他一心救中国、　“亟拯斯民于水火，切扶大厦之将倾”的爱国情怀和忍辱负重、愈挫愈勇、坚忍不拔、锲而不舍的革命精神，永远值得年轻一代薪火相传。

伟人虽已逝，但精神永远绽放光芒！

珠江永在，伟人精神永存！

吕彦直与中山纪念堂

一

广州是一座历史文化名城。

广州地理环境优越，一面靠山，三面环水。白云山一脉相承的越秀山下，钟灵毓秀。千年商都在这里造就绵延，奔流千里的珠江在此折转向东汇入南海。斗转星移，沧海桑田，古代秦人传说中有“王气”的广州，在一代又一代南方人勤劳汗水的挥洒下，锻造成了世人倾慕的富庶之乡。这里是“海上丝绸之路”的发祥地，是万商云集的国际商埠，“五羊衔穗”福荫着这里的子民。

珠水泱泱，时间匆匆走过了两千多年。一座座曾经显赫无比的王宫、衙门在这里兴衰更替、灰飞烟灭。

公元1921年夏，有一位伟人从这里拔地而起，使这里成为万众景仰的总统府。

如今有一座地标性建筑，矗立于风光秀丽的越秀山南麓，它非同凡响，今年“芳龄”九十多岁了，却依然神采奕奕，光彩照人，雄姿英发。它挹其美轮美奂、金碧辉煌的英姿与不远处的云山珠水遥相呼应，让人赞叹不已。它那气势恢宏、富丽堂皇的外表，如同西洋画中蒙娜丽莎的微笑，岁月越久远，越是散发出摄人心魄的魅力；它就像一颗璀璨夺目的明珠，是羊城人民心目中神圣的地方。它就是中山纪念堂。

1925年，伟大的民主革命先行者孙中山逝世。1926年，国民政府决定在当年陈炯明叛变时被炮轰的孙中山先生大总统府旧址上，在那块承受过炮火洗礼、已被夷为平地的地方，兴建中山纪念堂，以纪念和传承孙中山先生伟大的革命奋斗精神。

时光荏苒，岁月如梭。中山纪念堂如今已成为广州最具标致性的建筑物之一，也是广州市大型集会和演出的重要场所。

我每次来到中山纪念堂，对其庄严宏伟、富丽堂皇又具有浓厚民族特色的建筑风格，总是啧啧称奇，兴趣盎然。心里面暗自认为，它是广州城内最美丽的建筑，它大气磅礴地彰显出一代伟人的革命精神。

远远瞻望，镌刻在中山纪念堂匾额上“天下为公”这几个大字，游云惊龙、雄浑苍劲、刚劲有力，在蓝天碧草的映衬之下，夺目闪耀。这四字乃伟人手书，它与前面的孙中山铜像浑然一体、天衣无缝般结合，涌现出一股圣人抱一、真理昭昭的恢宏气势。举头仰望，但见雕像传神，一代革命先行者坚毅果敢的神情如钢铁巨人般屹立于天地间，默思孙先生一生之功业，不禁让人肃然起敬，鞠躬致礼。

绕着纪念堂走一圈，你会发现，从不同角度欣赏这座伟大的建筑，都透露着一股非凡的美。

宝蓝的瓦掩映着米黄的墙，红色的柱子烘托着古色古香的门窗，雕梁画栋装饰着镂花丹门。那明媚丰富又协调柔和的色调，流光溢彩；那庄严大气又典雅灵动的结构形象，肃穆端庄；那鲜明的中国传统宫殿式风格中又融会着西洋建筑元素的影子，别具一格。高高耸起的八角堂顶，有祭坛的意味，整体造型上圆下方、内圆外方。上圆下方、内圆外方是中华民族的传统理念。方为阴，圆为阳；方为地，圆为天，本意是天圆地方。内圆外方则象征着把天放到中央地带，天收中，地做围，蕴意天地合一。

这座八角形古宫殿式建筑，堂顶镶盖宝蓝色的琉璃瓦，无论是艳阳高照还是阴雨绵绵，它始终散发着幽幽的蓝光，风姿绰约，美不胜收。它前后左右四个宫殿式重檐歇山抱厦建筑，就像四层卷叠的龙脊，组成一个整体，烘托出中央巨大的八角形攒尖式屋顶。瓦面分高低四层，层层飞檐出卷，层叠舒卷，显得格外雍容华贵，富丽堂皇，恢宏壮丽，气势非凡。

从空中俯视，纪念堂呈外突的伞型结构，如同一把撑开的蓝色大伞。青砖蓝瓦象征着孙中山先生当年无比钟爱的青天白日旗，实在是令人注目。那“山”字造型，一气呵成，暗喻孙中山的个人品格和革命事业高山仰止、巍然屹立。

从正门步入中山纪念堂须登上两段台阶，分别为九级和五级。中国古代通常以“九”和“五”象征帝王的权威，称之为“九五之尊”。堂内、堂外斗拱立面间与铜铎外形相仿的钟形图案，像一座座醒世警钟，仿佛在提醒人们“革命尚未成功，同志仍须努力”。

缓步进入纪念堂里面，只见整个大厅华丽庄重，绚丽典雅，飘逸灵动，与建筑外表的气势恢宏竞相辉映。令人啧啧称赞的是，大堂内跨度达七十一米的建筑空间，竟看不见一根柱子遮挡住视线，空间感辽阔壮观，视觉自然舒适。它分上下两层，设有座位四千七百多个，甬道相连，共有出口十一个，观众在五分钟内就可以疏散完毕。中山纪念堂开创性地将纪念性建筑与现代会堂功能有机融为一体，今天看来，堪称建筑设计经典杰作。

中山纪念堂的排水设计也十分独特，雨水通过屋面天沟转折流入隐藏于柱内的落水管中，外观上，人们看不到任何排水设备，但雨水却消失于无形之中。

有堂就会有碑。在越秀山上，矗立着中山纪念碑，它建于1929年，与中山纪念堂同在广州市老城区的中轴线上。纪念碑与纪念堂当时是一体化设计，形成了前堂后碑的雄伟气势。纪念碑用花岗岩砌成，高三十七米，外呈方形，尖顶。而三十七这个数字刚好与国民党在大陆统治的实际年数相一致，另外碑的主体高度，是由五十九块砖砌叠而成的，这与孙中山先生的寿辰吻合。

登碑时从首层石拱门进入，内有旋梯直通碑顶。第一、第二层外有回廊，四边可以凭栏俯瞰，其他每层都有窗可以向外远眺。再看看碑基的四个面，栩栩如生地刻着二十六个羊头石雕，象征着羊城。

除了羊头石雕，在石碑的正面有一块高约七米的花岗石，上面镌刻着孙中山先生的《总理遗嘱》，它的高度刚好在第十五块砖的水平处，这与孙中山先生“执政”年数相符；而它的宽度又占据了五块砖，意为当时“五权宪法”的象征。

与美国林肯纪念堂和华盛顿纪念碑相类似，中山纪念堂除了体现沿中轴线对称分布的设计思想外，最大的特点是结合了山势地形，在序列上突破了“前碑后堂”的形制，使整体建筑既显得气势雄伟又错落有致。

1958年1月，毛泽东与董必武在广州中山纪念堂接见群众时，他老人家楼上楼下将中山纪念堂仔细参观一遍，称赞道：“这是由中国人自己设计、自己施工建造的伟大建筑物，谁说中国人不行？”

二

你内心也许在问，作为建筑艺术的瑰宝，广州中山纪念堂和中山纪念碑到底是谁设计的？

设计者是我国著名的建筑大师吕彦直。

不仅仅是广州中山纪念堂和中山纪念碑，名扬海内外的南京中山陵，同样也是出自吕彦直先生之手。

吕彦直（1894—1929），字仲宜，别号古愚，安徽滁县（今安徽滁州）人。清光绪二十年（1894）出生于天津。出身官宦之家，其父吕增祥是李鸿章的“三循吏”之一。吕增祥一家跟著名学者严复一家过从甚密。吕彦直先后在清华大学建筑系和美国康奈尔大学建筑系学习和深造。作为美国建筑名师亨利·墨菲的学生与助手，他参与了南京金陵女子大学（今南京师大）和北京燕京大学的建筑设计工作。而这个墨菲，曾主持过南京首都计划。回国后，吕彦直与挚友黄檀甫合伙在上海开了一家建筑公司。1924年，他与首批从国外留学归来的庄俊、范文照等人发起并成立了中国建筑界第一个学术团体——中国建筑师学会。

在推翻清朝政府之后的1912年春天，孙中山和同僚好友在钟山打猎。一行人坐下来休息时，孙中山被眼前的景象所吸引。背靠青山，前临平川，气势十分雄伟。于是他笑着对身边的幕僚说：“百年之后，愿向国民乞此一　土，以安躯壳尔。”

吕彦直31岁那年，孙中山逝世了，身为“国父”，孙中山的葬礼必然是十分隆重的，不仅葬礼，包括陵墓的建筑设计也得大气、庄重。于是，孙中山先生葬事筹备处，向海内外建筑师和美术家悬奖征求陵墓建筑设计图案。此举轰动了国内外的建筑师和美术家，许多人纷纷报名应征。

最后公布中奖名单时，人们大吃一惊，在参选的四十多种设计方案中，有一位名不经传的年轻人，技压群芳，一逾群雄，荣获首奖，他就是吕彦直。

在应征中山陵墓设计方案前，吕彦直已经有六年多的设计施工经验。当时，他交纳了十元保证金后，按章领取了十二幅墓地地形照片和两幅紫金山地形标高图。为了设计好中山陵，他整天茶饭不思，绞尽脑汁，苦苦思索，不断地优化设计方案。为直观起见，他每画出一设计稿，就用桐油灰捏出模型，然后对着模型修改。改完再画，画完再捏，捏了再改……一遍又一遍，反反复复，精益求精，力求完美。短短三个月后，吕彦直交出了自己的设计方案。葬事筹备委员会聘请的四位评判顾问中，有三人均评选吕彦直的设计为第一名，最后，实至名归地评出首奖者为吕彦直，奖金两千五百元。后来，又将全部应征图案在上海公开展出五天，进一步征求意见。陵墓设计图案展览一时轰动了上海滩，每日参观者在一千人以上，中西各报纷纷对获奖图案发表评论或采访，吕彦直一举成名。

吕彦直设计的中山陵图案，巧妙地应用了紫金山南坡由低渐高的地形，在同一中轴线上安排了陵前广场、博爱坊、登山墓道、碑亭、祭堂和墓室。从陵门到墓室，层层向上推进，有效地烘托出陵 的宏伟气势，构成整个陵区庄严肃穆的氛围。匠心独运的是，中山陵全部平面图呈一警钟形，寓含孙中山先生“唤起民众”之意，因而受到评选者的一致推崇，被誉为“中国近代建筑史上的第一陵”。

不久，受孙中山先生葬事筹备委员会之聘，吕彦直担任陵墓建筑师，监理陵墓工程。为了早日完工，吕彦直昼夜兼程，往返奔波于江浙军阀战火弥漫的沪宁之间。在不断的旅途困顿、饥寒交迫之中，仅用了两个月的时间，就绘出了中山陵的建筑详图。他又参与了主体工程即墓室和祭堂的招标与开标以及墓址具体位置的最后选定。

吕彦直住在山上，与工人同吃同睡，中山陵施工中的每一项工作他都亲自督工。为使工程具有一流的水平，他要求每一部分工程都必须根据建筑详图先制成模型，经他审阅认可后方能开工；他要求施工所用水泥必须是国内最好的马牌和泰山牌；他要求祭堂和墓室地面铺砌的白色大理石必须带有灰色的斑纹。对所有的建筑材料，他都要亲自审查，进行反复的试验和比较，认为合格后，才准以施工……

施工过程中，吕彦直不仅仅是设计师、建筑师，还是绘图员、经济师甚至是审计师。如果说偌大的一个项目全部由他一个人包了也不夸张。忘我的精神和不分日夜透支地劳作，终于使年轻的吕彦直病倒了，病重到什么程度呢？竟未能参加于1926年3月举行的中山陵奠基礼。

就在吕彦直大病未痊愈的时候，1926年，国民政府决定在广州兴建中山纪念堂，再次向全社会征集设计方案。挚友黄檀甫曾规劝吕彦直，保命要紧，拖着病重之躯就不要再参与中山纪念堂设计方案的角逐了。可是吕彦直压抑不住自己的创作激情，他的创作灵感如排山倒海般爆发，于是他一边监管中山陵的建造，一边设计中山纪念堂，并再次递上设计图案参与角逐。

经过激烈比选，吕彦直的方案再次脱颖而出，又一次勇夺魁首。中山纪念碑组委会评价："吕彦直的设计图案，山上建碑，山下建堂，互为连贯，交相辉映，纯中国式建筑，能保存中国的美术最为特色。"吕彦直从此蜚声海内外。

一个建筑师几乎同时承担起国家的两大纪念性建筑物的建筑

设计和施工监理等任务，这在中国建筑史上是没有先例的。

1928年初，吕彦直被确诊患有肝癌。1929年春节前，见病情未有好转，吕彦直没有大喜大悲，他写下遗嘱，交代自己未完成的工作，嘱咐同人和挚友黄檀甫务必按照原计划完成中山陵和广州中山纪念堂余下的工程，一定要把这两大孙中山纪念建筑建设好。

1929年3月18日凌晨，这位天才建筑设计师停止了呼吸，年仅35岁，终生未婚。令人感到遗憾的是，他没能见到中山纪念堂的奠基，也没能见到中山陵的最后完工和孙中山先生的奉安大典。

为表彰吕彦直建造中山陵和中山纪念堂的贡献，1929年6月的《国民政府公报》颁发了189号《褒扬令》，以政府名义褒奖他。中山陵园管理委员会曾为吕彦直建立纪念碑，上半部为吕彦直半身遗像，由孙中山大理石卧像的作者捷克著名雕刻家高祺制作。下半部为于右任书的碑文。文曰："总理陵墓建筑师吕彦直监理陵工，积劳病故。总理陵园管理委员会于十九年五月二十八日决议立石纪念。"抗战中此碑不知去向，至今下落不明。

当初设计南京中山陵和广州中山纪念堂时，吕彦直践行了"以伟大之建筑，作永久之纪念"的初衷。吕彦直的建筑艺术，妙就妙在使用西方先进的建筑科学技术，去构造纯中国样式的建筑，就像糅合了中西优秀基因的混血美人，美得与众不同、出类拔萃，让人过目难忘。

吕彦直的一生虽短暂，可他用他的匠心精神和专业技术，用一块块砖瓦让世界看到了中国的民族特色，他那庄严肃穆、独具一格的旷世杰作，完好地展现了孙中山的人格魅力和精神风貌、乃至中华民族的精神风貌。

虽说天妒英才，吕彦直英年早逝，终生未婚，可他在人世间也留下了一段可歌可泣、凄楚动人的爱情故事。

吕彦直和著名学者严复的次女严 ，他们相识于十几岁时，二人可谓青梅竹马，心心相印。吕彦直出国后，两人也一直保持书信来往。吕彦直回国后，两人订婚。此后吕彦直专心致力于事业，严 还在读大学，两人一直未能完婚。后因中山陵和中山纪念堂的工作，两人的婚事一拖再拖。

1928年初，吕彦直被确诊患有肝癌。他将噩耗告知远在北京的严 ，请她另做打算，不要再等自己，同时殷殷叮嘱她另配新君，再觅幸福。吕彦直病逝后，得知噩耗的严 悲痛欲绝。可谓是“曾经沧海难为水，除却巫山不是云”，不久，二十八岁的严　在北京西郊出家，削发为尼，法名“秋妙”。出家后的严　，不与他人来往，人们不知道她的下落。

1950至1951年间，有传闻说秋妙法师曾着便装，到中山陵凭吊过吕彦直。解放初她到广州参观了中山纪念堂和中山纪念碑后，经香港去了台湾继续修行，直至去世，终生未嫁。

三

在具有深厚历史文化底蕴的中山纪念堂内，有两株广州最大的白兰树。这两株白兰树是在纪念堂奠基、竣工时栽下的，最初，它们只是幼小的树苗，身躯是那样瘦小，可当它们陪伴中山纪念堂度过了半个多世纪的枪林弹雨、坎坷岁月之后，如今，早已长成了参天大树。它们虬枝峥嵘，盘虬卧龙，目视群芳。那终年常绿、亭亭如盖的碧绿树冠，就像两个高大忠勇的卫士在守卫着纪念堂。羊城市民发现，每逢初夏和深秋，这两棵老白兰树浓香四溢，洁白无瑕的小花挂满枝头，香飘数里。那满树的芳华，似乎在向世人述说，革命先行者孙中山先生的丰功伟绩万古流芳。

在纪念堂的东北角，有一株古老的木棉树（至今已有三百多年历史），堪称广州的“木棉王”，虽然年代久远，但依然雄伟如故，枝叶葳蕤。人们称颂木棉树为英雄树，木棉花作为广州市的市花，家喻户晓，广州市民对它喜爱有加，自古以来赞誉不绝。“十丈珊瑚是木棉，花开红比朝霞鲜。天南树树皆峰火，不及攀枝花可怜”（明·屈大均）。每当春天来临，羊城春暖花开，“木棉王”便欣然怒放，满树嫣红咤紫。那压满枝头的红棉，灿若天边绚丽的朝霞，红色的木棉花与蓝色的中山纪念堂塔顶相互映衬，一蓝一红，格外好看，惊艳了羊城。广州原市长朱光还专门为这株“木棉王”撰写了《望江南·广州好》：“广州好，人数木棉雄，落叶开花飞火凤，参天擎日舞丹龙，人道是，三月正春风。”

这株三百五十年高龄的“木棉王”，默默地见证了广州的风云际会，血雨腥风，沧桑巨变，见证了中山纪念堂发生的一切重大历史事件。它所在的这片土地，是广州城市历史风风雨雨走过重要关头的见证，这里经历的历史事件，书写着广州乃至中国近现代历史的坎坷、屈辱和荣光，承载着一段段重要的城市记忆：

1931年国民党第四次代表大会在这里召开；

1938年6月，侵华日军接连对广州地区进行飞机轰炸，广州中山纪念堂东北角被炸毁，新中国成立后经修缮，现完好如初；

1945年9月16日，广东侵华日军受降仪式在广州中山纪念堂举行，曾经不可一世的侵略者在这里向广东人民低下头颅，签下投降书；

1950年10月1日，广州市各界庆祝中华人民共和国国庆节大会在广州中山纪念堂举行，人民群众欢聚一堂，共同祝愿伟大的祖国繁荣富强、国泰民安；

2003年6月19日，广东省抗击非典先进集体、先进个人表彰大会在广州中山纪念堂举行；

2008年5月7日，北京奥运圣火在广州传递，途经广州中山纪念堂。

……

在那株“木棉王”的不远处，另有一棵奇特的树，称为“树抱树”，也叫“一杆两树”。常见的“一杆两树”往往是嫁接的或是寄生的，但这棵是天然的，既非嫁接，也非寄生。这棵

“树抱树”亦有一段感人的故事：五十多年前，当初榕树和蒲两棵小树挨得很近，有个年轻的绿化工人问老师傅：“拔掉哪一棵？”老师傅说：“别拔了，让它们自然地长！”结果天长日久，就形成了目前的“树抱树”景观，让人惊叹。

风走云飞，星流日逝，物是人非，春夏秋冬在更迭轮换，一年一年过去了，一天一天过去了，老树们依旧静静地站立在这里。夜长人静时，望着羊城霓虹闪烁，万家灯火璀璨，四海笙歌玲珑，望着孙中山巍然屹立的铜像，抚今追昔，它们一定会细细品味数百年来的风霜和坎坷。

在纪念堂两侧，摆放着两个蓝色的宝鼎，分别于1929年6月1日和1930年10月10日烧制，已有近八十年的历史。这两个宝鼎，也曾遭遇过一段心酸的劫难，“文革”时期，因为“破四旧”运动，两个鼎上面的“民国”等字样被人刮掉了。纪念堂当时的老馆长，为避免人们再次将它破坏，便带领几个壮劳力，在半夜三更将它们埋进了东边的草地里，当作绿化用的（大粪）肥料池保护起来。“文革”结束以后，才挖出来向游客展示。

在中山纪念堂的正前方，正对着一块碧草茵茵、优美开阔的草坪，那里耸立着一座三道屋宇式三孔大拱门，中门较高，两侧稍低，檐门高高悬挂着“中山纪念堂”的大字横匾，引人注目。门头重檐叠阁，飞檐出卷；宝蓝色的琉璃瓦衬托着蓝蓝的天空和明媚的阳光，显得庄重不失绚丽。这座无梁殿式的建筑物，便是中山纪念堂的大门楼。大门楼外是热闹繁华的东风路，宽阔笔直的东风路高楼林立，日夜车水马龙，川流不息，赶路的行人脚步匆匆，脸上洋溢着安详和幸福。

无论是建设伊始还是21世纪的今天，广州中山纪念堂都是世界建筑宝库中的瑰宝之一。它建成之初，就备受海内外炎黄子孙和国际友人的瞩目和尊崇。它那中西合璧的建筑形式和独特的风格，切合“以庄严固丽而能暗合孙总理生平伟大建筑之意味”的要求，充分体现了建筑的精神美和技术美。

徜徉于这座辉煌的建筑中，细细品味这里的一砖一瓦，你会欣赏到博大精深的中国传统建筑艺术与近现代先进建筑技术的完美结合，你会惊叹设计师丰富的想象力和非凡的设计才能，你能体会到辉煌后面的艰辛与来之不易……

被称作中国近现代建筑的奠基人的吕彦直，不应该被遗忘。

鲁迅与许广平雕像

在现代，无论是东方还是西方，许多现代大都市都布满了各种各样的雕像，雕像俨然是一座城市亮丽的文化风景线。

在广州，有一座全国最大的主题式公园，它的园景以雕塑为主体，园内的雕塑与园林艺术相结合，每一尊雕像都具有鲜明的主题和丰富的内涵，这座公园就是——广州雕塑公园。在园内，尊尊塑像寓意丰富，恢宏壮观，丝丝神韵，令人疑神深思，让人赞叹。

我常去广州雕塑公园散步。其中，有一尊青铜雕像，我每次进园都必去瞻仰，这尊青铜雕像的主题是鲁迅与许广平。

鲁迅是中华民族的骄子，他的雕像非常多，全国各地均有；但鲁迅与许广平的雕像就比较少见，这尊雕像能让人眼前一亮，它就坐落在公园中的唐大禧雕塑园里。据说，这是全国第一尊以鲁迅与许广平为题材的户外塑像，是为纪念鲁迅先生莅穗讲学八十周年而创作，于2007年完成。

有别于以往横眉冷对的鲁迅形象，这尊塑像中的鲁迅，面色和蔼，神情舒展，身着长袍安然地坐在藤椅上；而许广平是追随和保护鲁迅先生的忠实爱人及战友，她身着“五四”学生装，站在鲁迅先生的身后，身体微微向前倾，他们俩依偎含笑，一起望着前方，仿佛在共同凝望这座九十多年前见证过他们爱情的城市。在铜像的四周，环境清幽，树木郁郁葱葱，到处鸟语花香，山阴叠翠，在这清净安详的自然环境中，越发衬托出这尊铜像伉俪情深之神韵。

散步之余，我会捧着鲁迅的文章，在这尊雕像前大声朗读，有人好奇问我为何如此，我答曰：“这样能离大师更近一些！”我还幽默地对着鲁迅与许广平的雕像深深作揖：“鲁迅先生，拜您为师可好？师父师母，请受弟子一拜。”引得大家捧腹大笑。

记得2014年汤唯主演的电影《萧红》上映，这是一部关于民国才女萧红传奇一生的故事，在国内掀起了一阵“萧红”热，引起人们重新去关注这位民国传奇女作家的作品。那一年观看完这部电影之后，我来到雕塑公园，情不自禁地在这座雕像前朗读了萧红的作品《回忆鲁迅先生》，我原以为在公园里开声朗诵会打搅到别人，出乎我意料的是，公园里散步的人给了我阵阵掌声，让我备受鼓舞。

在林林总总的鲁迅回忆录中，萧红的《回忆鲁迅先生》是一枝独秀。萧红通过女性的细心体察，敏锐捕捉到了鲁迅先生许多有灵性的生活细节，表现出鲁迅超群的智慧、广阔的胸襟和可亲可敬的个性品格。鲁迅是人不是神，萧红笔下展现在人们眼前的是一个生活化真实化的鲁迅，不仅是鲁迅回忆录中的珍品，而且可谓是中国现代怀人散文的楷模，是敬献于鲁迅灵前一个永不凋谢的花圈。可要说有关萧红回忆录的文学作品，写得最好的，那就要数许广平写的《忆萧红》了。

说起鲁迅，中国人都很崇敬，几乎家喻户晓。我们这一代人从小学起就开始接触鲁迅先生的思想和文章，尤其记得小学时，学过一篇课文叫《从百草园到三味书屋》，讲的是鲁迅小时候在桌上刻“早”字的故事：

> 鲁迅小时候上学迟到了，教书认真的寿镜吾老先生严厉地对他说：“以后要早到!”鲁迅默默地回到座位上，就在那张旧书桌上刻了个“早”字，也把一个坚定的信念深深地刻在心里。从那以后，鲁迅上学再没有迟到过，而且时时早，事事早，毫不松弛地奋斗了一生。

——节选自小学课文《从百草园到三味书屋》

学完这篇课文之后，全年级许多同学模仿了小时候的鲁迅，在课桌上刻下林林总总、大大小小、形状不一的“早”字，据说每一届学生都会如此。模仿鲁迅先生刻个“早”字，这一行为算不算损坏学校公物？可要阻止学生的这一行为，老师又说不出让人信服的理由，真是束手无策，校长们也是头疼不已、哭笑不得（据说这篇课文在新版教材中已下架）。

到了中学阶段，有一个顺口溜是：“学语文有三怕，一怕文言文，二怕写作文，三怕周树人。”原因是什么？因为语文考试的阅读理解题经常会考鲁迅先生的文章，而鲁迅先生的文章和思想又往往是深邃的，不容易理解和掌握，很容易丢分，于是学好鲁迅先生的文章，也成了学霸们与别人拉开语文成绩的“必杀技”和“撒手锏”。

民国时期，在学习西方以及欧美风潮的影响下，许多学者文人都追求恋爱自由，抛弃包办婚姻。民国时期有许多文人学者的爱情故事，或温馨，或曲折，或轰轰烈烈，让我们无数现代人至今都为之感动，为之落泪，为之唏嘘。比如，一个陆小曼、林徽因和徐志摩的“三角恋”爱情故事已然登峰造极，至今仍是拍电视连续剧和电影的好题材。张爱玲与胡兰成婚姻之间那红玫瑰的热烈、白玫瑰的高洁，所涌现出的恩怨瓜葛、艰难抉择、悲欢离合，那绵绵情意毫无保留，无处遁藏，让人感动。就连胡适先生与江冬秀之间那不般配的爱情婚姻却依然能厮守终生的陈年逸事，也让我们现代人心弦荡漾，痴心向往。

说到师生恋，其中最著名的就是沈从文与张兆和了，沈从文写给张兆和的文字“我行过许多地方的桥，看过许多次的云，喝过许多种类的酒，却只爱过一个正当最好年龄的人”，则让人感叹，民国时期的才子佳人怎么就那么会写情书。其实，要说民国第一师生恋，还真不是沈从文与张兆和，应该是鲁迅与许广平才对，证据就是鲁迅先生出版的那本《两地书》。1925年，许广平给鲁迅写了第一封信，鲁迅回了第一封信。这一来一往，从中便有了爱情。1932年，鲁迅编成他和许广平往来的书信，题名《两地书》，并指定说等儿子海婴长大以后留作纪念。

《两地书》一页一页翻过，书里面没有林徽因与徐志摩式的爱恨缠绵，也没有张兆和与沈从文式的柔情似水。既没有死呀活呀的热烈浓情，也没有花呀月呀的浪漫佳句，正如鲁迅先生在序言里的自嘲：

> 如果一定要恭维这本书的特色，那么我想，恐怕是因为它平凡罢。这样平凡的东西，别人大概是不会有，即有也未

必存留的。而我们不然。这就只好谓之也是一种特色。

很多读者都知道，鲁迅先生的作品多是反封建、反礼教、反传统、反迷信，反映人性的阴暗面；他的文风犀利、深刻、幽默，嬉笑怒骂皆成文章，行文似击剑，锋利如匕首，语言风格尖锐乃至刻薄，充满批判思维，具有强烈的民族意识与忧患意识。在其尖刻的笔调背后，又含有对国民和国事的悲悯之情。很多名人的文风别人能模仿，比如巴金、老舍、朱自清、沈从文、余秋雨……但鲁迅的文风，至今没人能模仿，并不仅仅是骂人犀利讽刺、行文似击剑、锋利如匕首就是鲁迅之文风了，如果骂得不准确，批判国民劣根性不精准透彻，没有民族忧患意识，反而就成了"文痞""文渣"和"文赖"了。但《两地书》不同，任何人都能模仿，跟鲁迅以往的文风迥异，几乎是可以当作爱情小说来读。那一封封鸿雁传书，读者可以看出，鲁迅先生与许广平之间，从心动时的怦然，到相恋时的飘然，再到婚后的漠然，有感动，也有爱情的一波三折，婚姻的现实残酷，被这一百六十余封信照一照，全都现出了原形。婚姻真正的难事，不是相爱，而是相处。萧红那时常去鲁迅家，对于许广平，她说得最多的就是："许先生太忙了。"那时，许多繁杂的事情都堆积在许广平身上，再加上经常来访的萧红，更是让许广平觉得很累和心生醋意。不幸的是，鲁迅先生并不顾及她的感受继续与萧红交往。

1936年10月19日，鲁迅在上海大陆新村寓所溘然长逝。生命的最后一刻，鲁迅满眼柔情地看着许广平，同她诀别："忘记我，管自己的生活，如果不是，那就是一个糊涂蛋……"当时许广平只有三十八岁，恰是风华正茂的年纪，但许广平并未听从鲁迅先生的遗嘱，她选择终身不再嫁，她的余生是整理鲁迅先生所有的诗词文稿，并出版《鲁迅全集》，还完成将近十万字的《鲁迅回忆录》。

鲁迅生前每月都要给原配朱安寄钱，鲁迅离世后，许广平继续在经济上给予朱安支持。朱安在逝世前曾回忆许广平道："许先生待我极好，她懂得我的想法，她肯维持我，她的确是个好人。"1968年许广平离世，离世前，她的遗嘱是：尊重朱安，不与鲁迅先生合葬，火化后的骨灰也无须保留。后人尊重她的决定，没有为她立墓碑，但将她的部分骨灰散落在鲁迅先生墓旁。

广州雕塑公园内的这座鲁迅与许广平雕像在落成时，鲁迅之子周海婴说，"广州人民让我的父母重逢了"，父亲"终于有人陪伴了"，母亲也终于"可以在自己的家乡，跟自己的老师、爱人永远在一起了！"

有一年中秋佳节，圆圆的明月高高悬挂在苍穹，如水的月华洒满人间。我在公园里赏月，恰好走到这尊铜像前，在这花好月圆、万家团圆的时刻，这尊铜像散发着一种特别神圣和温馨的光辉，有一种“人长久、共婵娟”的地老天荒之感。我久久凝望着这尊铜像，心里面在思考，鲁迅先生的一生，如果不是遇到了许广平，终将会是一个孤独的伟人。我们看到的也只会是冷峻严肃的思想先驱，而不是一个有血有肉的真情赤子。这段民国时期的师生恋，让我们看到了民族之魂鲁迅先生的硬汉柔情，也看到了真正伟大的爱情。精神上的同声 相应同气相求，是爱情中最大的幸运。

“枭蛇鬼怪”“小鬼”“害马”这些都是鲁迅当年对许广平的昵称。鲁迅先生曾明白表示：“我对于名誉、地位，什么都不要，只要‘枭蛇鬼怪’够了。”而许广平在她的《风子是我的爱》中，则记载着她对鲁迅先生爱的宣言：“即使风子有它自己的伟大，有它自己的地位，藐小的我既然蒙它殷殷握手，不自量也罢！不合法也罢！这都于我们不相干，于你们无关系，总之，风子是我的爱……”

纵观许广平先生在文学、思想、政治上的建树，她的一生，也不该仅用她与鲁迅先生之间的爱情去定义。在那个国家动荡不安的年代，有人站在礼教道义角度批判她，有人站在先进独立角度赞扬她，但无论是哪一种，都无法影响许广平先生自己的决定与认知。她的精神独立且内心强大，意志坚定且德行出众。

电影《角斗士》中有这样一句台词：今生所为，永远都有回响。许广平这位蕙质兰心的精英女性，她可能不是最美丽的，也不是最有才的，但她是令人印象深刻并且深深佩服的。她是鲁迅心头最珍贵的红玫瑰，也是历史长河中一道已定格的人文风景。

冼星海与“黄河大合唱”

在那古木参天的广州白云山南麓，有一座美丽的公园——广州麓湖公园。这里山清水秀，鸟语花香，碧波荡漾的麓湖衬托着四周层峦叠嶂的苍翠，既有依山傍水的灵秀、浓荫蔽日的清爽，又有绿径环绕的幽静、回廊相连的雅趣。来这里散步，感受这里的山水相融，深深呼吸这里的新鲜空气，会让你暂且远离城市的喧嚣、放下繁重的生存负担，悠然地徜徉于眼前的美景之中。

我经常陪瑞明舅父来麓湖公园喝早茶。9月3日这一天，恰巧是中国人民抗日战争暨世界反法西斯战争胜利七十五周年纪念日。清晨，当我们在鹿鸣酒家南粤厅喝茶的时候，南粤厅的大屏幕上正播放着中央电视台《唱响主旋律》的电视节目，由中国交响乐团指挥的《黄河大合唱》，歌声嘹亮，催人奋进，旋律激昂。

“风在吼，马在叫，黄河在咆哮，黄河在咆哮……”一首歌能讲述一段历史，一首歌能追忆一代情怀。当年，有多少人就是唱着这首慷慨激昂的《黄河大合唱》，奔向抗日战争最前线，冲向日寇，救亡图存。多少年来，《黄河大合唱》为人民群众深深喜爱、久久传唱。《黄河大合唱》如同那奔腾激烈的滚滚浪涛，震撼着中华大地，流淌在每一个中国人的心中，成为中华民族顽强斗争、百折不挠、自强不息的民族赞歌。

喝完早茶，瑞明舅父微笑着指着不远处说："冼星海不就在前面吗？"我愕然，紧跟着舅父的步伐欣然前往，赫然发现了《黄河大合唱》作曲者冼星海的墓碑。是的，请大家把目光投向这里，这里就是——星海园，它坐落于麓湖公园的湖畔。

星海园于1985年12月建成，当年这里也举行了冼星海骨灰迁葬仪式，让这位伟大的人民音乐家回到自己的故乡，落叶归根。

冼星海生于澳门，祖籍广东番禺。这位音乐家出生的时候，他的母亲看到湖边的大海，海面上是朗朗星空，所以就给他取名"星海"。如今，星海园已属于革命纪念建筑物，园内有纪念碑、墓道、塑像、纪念馆、巨型石雕像、音乐亭廊及墓座，园内还设有三百平方米的陈列室，展出了冼星海的生平足迹。而另一位广东籍著名音乐家马思聪的墓碑离星海园不远，就在隔壁那芳草如茵的聚芳园内。我心里面默默地想着："这两位中国音乐家九泉之下还能做邻居，他们又可以天天聚在一起探讨音乐了，真是美哉。”马思聪是冼星海的伯乐及好友，1929年冼星海在法国勤工俭学期间，正是在马思聪的引荐下，世界著名小提琴家帕尼·奥别多菲尔才免费教身无分文的冼星海学习小提琴。

园内，小鸟在四周不停啁啾，似乎在欢快地吟唱冼星海谱写的音乐旋律。我仔细凝望冼星海那尊花岗岩塑像，只见这位音乐家英气逼人，眉清目秀，风华正茂，他紧抿着嘴唇侧望着前方，仿佛在下定决心、铿锵有力地说：“我一定要向祖国和人民交出满意的音乐作品。”

人生如白驹过隙，冼星海这位天才音乐家，英年早逝，只活了短暂的四十年，可他那短暂的一生，却创作了近三百首音乐作品，塑造了无数生动的艺术形象，而《黄河大合唱》就是他音乐艺术的不朽名作。冼星海曾经说过：“我有我的人格良心，不是钱能买的，我的音乐要献给祖国，献给劳动人民大众，为挽救民族危机服务。”他也用尽一生践行着这句话，他的一生都是为了音乐而奔波。有评论说，20世纪的中国大合唱作品中，没有一部能和《黄河大合唱》相提并论。它对危难时局的写照，对民族精神的鼓舞，以及它所具有的艺术水准，至今无人超越。

《黄河大合唱》由“黄河船夫曲”“黄河颂”“黄河之水天

上来”“黄水谣”“河边对口曲”“黄河怨”“保卫黄河”“怒吼吧，黄河”等八个乐章组成，热情歌颂了中华民族悠久的历史，控诉了侵略者的残暴，展现了中国人民抗击日本侵略者的勇气、决心与行动，勾勒出中国人民保家卫国、顽强抗争的壮丽画卷。

那么，这部伟大的音乐作品是如何诞生的呢?

1938年秋冬，诗人光未然率领抗敌演剧队奔走于黄河两岸，目睹了船夫与狂风恶浪搏斗的情景，聆听了高亢悠扬的船工号子，感受到了黄河的伟大力量。后来他不幸受伤住进医院，但仍按捺不住心中的激情，忍着伤痛，用五天时间完成了四百行的长诗《黄河吟》。后来冼星海去看望病床上的光未然，在听他朗诵《黄河吟》、讲述黄河呼啸奔腾的壮丽景象时产生共鸣。

在创作灵感和激情的驱使下，在延安一间简陋的窑洞里，冼星海仅仅花了六天六夜的时间，就创作出了一首中华民族的音乐史诗。1939年3月31日，一部既展现中华民族音乐风格又饱含抗战时期人们情感的音乐史诗《黄河大合唱》诞生了。当冼星海将《黄河大合唱》的曲谱交给光未然，光未然激动地对冼星海说：“你是广东人，我应该煲汤慰劳你。”可当时的条件根本不允许煲汤，于是光未然想办法弄到二斤白糖，又买到一点肉，与冼星海共同庆祝这部作品的诞生。

《黄河大合唱》一诞生就非同凡响，当时整个延安为之轰动，它从延安唱到全国各个角落，成为唤起民众的号角。它那振聋发聩的呐喊，使每一个有血性的中国人都挺起了胸膛，想要行动起来去保卫祖国的大好河山。

当时有评论称："一曲大合唱，可顶十万毛瑟枪。"毛主席在延安文艺座谈会上曾风趣地说过，我们有两支军队，一支是朱总司令的，一支是"鲁总司令"的。"鲁总司令"指的就是延安鲁迅艺术学院，当时的"鲁艺"集中了很多优秀人才，冼星海就是其中一位。

半个世纪以来，《黄河大合唱》俨然已成为红色的记忆、永远的丰碑。每次听《黄河大合唱》，犹闻战鼓擂鸣，犹见万马奔腾，豪迈之气顿生，民族之情高涨。黄河之水天上来，排山倒海，汹涌澎湃，奔腾呼啸，气宇轩昂，在它的身上，奔流着民族的热血，刻画着民族的象征。黄河见证了五千年来中华民族的苦难，见证了中华民族的沧桑，也见证了中华民族的奋起，更见证了中华民族的辉煌。浩浩黄河水，悠悠岁月长。《黄河大合唱》

传唱至今，蕴含其中的自强不息、不屈不挠、勇往直前的民族精神将永放光芒。

在冼星海的墓碑前，我想献上一束花，我想到的是木棉花。木棉是南国特有的品种，花开时节，红红火火，鲜艳夺目，那顶天立地的雄姿，如英雄气概般壮观。花期一过绝然落土，不容有半点凋零的颓势，亦如英雄般道别，就像英雄血染的风采。木棉花被人们尊称为“英雄花”。

待到明年春天，羊城木棉花开时节，我会再来星海园，向安息在此的这位人民音乐家，献上一朵殷红的木棉花。

谒中国航空之父冯如墓

一

2020年12月17日1时59分，嫦娥五号返回器携带月球样品在内蒙古安全着陆。消息传来，国人兴奋异常，举国欢腾。

作为我国复杂度最高、技术跨度最大的航天系统工程，嫦娥五号任务实现了我国首次月面采样与封装、月面起飞、月球轨道交会对接、携带样品再入返回等多项重大突破，标志着中国航天技术又向前迈出了一大步，将为深化人类对月球成因和太阳系演化历史的科学认知做出贡献。

2020年新冠疫情施虐全球，疫情对世界的冲击和影响将是巨大而深远的。在这举步维艰的一年中，中国的航天事业却能勇攀高峰，取得技术突破，令国人感到无比骄傲和自豪。

每次勇敢出发，目标是为了回家；每次回家，是为了将来能走得更远。嫦娥五号的这次“回家”，向世界昭示了，未来，中国探索宇宙的脚步将永不停步。

探索浩瀚太空永无止境，攀登科技高峰任重道远，人类的征途是星辰大海。飞天揽月，是中华民族延续千年的梦想。

任何伟大的事业，都有起步的时刻。1903年，美国莱特兄弟首创动力载人飞机飞行成功，奠定了人类宇宙航行的开端。

中国的航天事业，又起步于哪一天呢？

在广州市天河区林和街花生寮社区，在那青翠葱茏的丛丛榕荫掩映之下，有这样一尊雕像格外引人注目：他身着飞行服，头戴飞行帽，双手插于裤兜中，英姿飒爽，傲然挺立，目光坚定地望向远方……过往的行人经常在此驻留片刻，细细端详这尊雕像。

在这尊雕像的旁边，有一座石碑，石碑用浑厚的红色楷体写着：冯如坠机处。

石碑的基座碑文为："中国始创飞行大家冯如于1912年8月25日在燕塘表演飞行，不幸坠机于此殒命葬于黄花岗。"

2021年元旦那一天，我来到了广州市黄花岗烈士陵园。陵园的四周，苍松翠柏，绿林密布，翠竹挺拔，芳草如茵，满园黄花辉映。这块革命圣地因埋葬着为民族复兴而壮烈牺牲的英烈之魂，将永远被后代怀着敬畏之情来祭奠和缅怀。

陵园内处处都体现着庄严肃穆的气氛，也充盈着一股股气蕴长虹、遗风永驻、英风浩荡、万古长青、天地可鉴的英雄气息。这里的布局庄严雄伟，既有中国传统建筑特色，又具有埃及和西方古典建筑风格，这在中国是罕见的。

穿过默池后，顺着羊肠小径，逶迤前行，越过小鸟啁啾的层层绿荫和林间空地，我找到了冯如先生的墓碑。冯如先生的墓地并不难找，因为它的墓碑是整个陵园中唯一带有照片的。当我第一眼看到墓碑上方冯如先生那张小小的黑白照时，心情莫名地激动，对这位英烈肃然起敬，百感交集。

黑白照片中的冯如，年轻潇洒，气度不凡，神态飘逸，脸庞俊秀，样貌俊朗。他的目光深邃，睿智沉静的表情里，自信中似乎略带忧郁。我静静地矗立，久久地凝望。默默地瞻仰冯如先生之后，我深深地鞠上一躬，并献上一束芬芳的黄色菊花。

有几只小鸟正在展翅滑翔。它们在绿林丛中来回穿梭，欢腾嬉戏，欢叫声清脆婉转，响亮悦耳，久久地回荡在陵园的四周。蓦然间，有一只鸟儿，正调皮地停留在冯如方形墓碑的上方，它雄赳赳地站立在那里，不停地向我叽叽啾啾，叫声娓娓动听，悠扬嘹亮，仿佛在问我："亲爱的朋友，这墓中的主人是谁？令你如此缅怀和忧伤？"

哦！这里埋葬着一位巨人，中国的航天巨人！

二

冯如（1883—1912年），号鼎三，广东恩平人，中国第一个飞机设计师、制造师和飞行家，被誉为"中国航空之父"。

冯如家境贫寒，儿时是个放牛娃，并没有受到过完备的科学教育。他七岁到十一岁时在家乡读过两年私塾和在邻村学校半工半读过两年，然后就辍学了，文化未过初小水平。但他从小喜欢制作风筝和车船等玩具，对神话故事尤其是嫦娥奔月等飞天故事，更是充满了好奇和向往。

十二岁时，冯如随舅父前往美国旧金山谋生。到了美国之后，冯如目睹了处于上升时期的资本主义社会和工业化城市，幼小的心灵深受震撼。他在日记中写道："尝谓国家之富强，由于工艺发达，而工艺发达，必有赖于机器。非学习机器不足以助工艺之发达。"

白天，冯如就在工厂辛苦做工，晚上就到教会学校学习各类技术知识和英语。当时美国推行极具种族歧视的排华政策，《中美华工条约》让华人在美国受尽了无数不平等的待遇。冯如的工作异常艰辛和极不稳定，但无论如何辛苦，冯如始终坚持不懈地学习。他省吃俭用，从微薄的工资里挤出钱来买了许多机械学的书籍，刻苦攻读。经过十年的工作实践和学习，冯如终于精通了各类机械和电机的精湛技术，也能够熟练地设计和制造各种机器。

当时，有两件轰动世界的大事深深震动着冯如的内心。1903年美国莱特兄弟首创动力载人飞机飞行成功，人类第一次驾驶飞机飞上蓝天。1905年日俄战争爆发并在我国东三省厮杀，中国人惨遭蹂躏，饱受灾难。这两件事强烈刺激着冯如，冯如为祖国的不幸和备受欺凌痛苦不已。

他发誓说："吾闻军用利器莫飞机若。誓必身为之倡，成一绝艺，以归飨祖国。苟无成，毋宁死。”他又说：“中国之强，必空中全用飞机，如水路全用轮船。”冯如成为第一个提出航空救国主张、并为之奋斗终生的中国人。冯如较早地意识到航空在军事上的重要性，这是世界上最早对制空权的认识，1909年，意大利军事理论家朱里奥·杜黑才提出这一理论。

1909年9月21日下午，一架飞机从地面腾空而起，在奥克兰市上空翱翔了2600多英尺后，缓缓降落在草坪上，围观的人们欢呼不已，拥上前将这架飞机的驾驶员高高举起。在欢呼的人群中，人们发现，这位驾驶员是一位黑眼仁、黄皮肤的中国人，他正是冯如。

在莱特兄弟飞机试飞成功后的第六年，冯如仅用了一年零两个月的时间，便完成了飞机从设计到试航成功的全部工作，比莱特兄弟的首飞纪录还要远1788英尺。

这架中国人自己设计的飞机，被命名为“冯如一号”，它的试飞成功，标志着中国航空史的开端，揭开了中国航空史上的第一页。

几天后，旧金山的一家报纸发文报道了冯如这次试飞的消息，标题是：《中国人的航空技术超过西方》。

美国《旧金山考察者报》在头版显著位置刊登了冯如的大照片，赞誉冯如为“东方的莱特”，并惊呼：“在航空领域，中国人把白人抛在后面了！” 令西方世界为之震惊和羡慕。

冯如的成功，极大地鼓舞了关心祖国航空事业的海外同胞，在旅美华侨的大力支持下，由冯如任总机械师的中国第一家飞机制造公司——广东机器制造公司，宣告成立。

1910年6月，正在海外奔走革命的孙中山先生在观看了冯如的试飞表演后，欣然赞叹：“中国大有人在！”

在孙中山和众多侨胞的勉励下，1910年7月，冯如又成功研制出“冯如二号”。这架飞机性能更佳，机翼长29.5英尺，翼宽4.5英尺，内燃机30马力，螺旋桨每分钟转动1200转。当年10月，旧金山举办国际飞行比赛，冯如驾驶着他新设计的飞机参赛，以700多英尺的飞行高度和65英里的时速分别打破了1909年在法国举办的第一届国际飞行比赛的世界纪录，荣获优等奖，再一次使中国人的航空技术超过了西方。

冯如以他卓绝的天才、丰富的创造力，为中国人赢得了荣誉。当时，冯如已经成为举世公认的飞机设计师、制造家和飞行家。

冯如的名字享誉全球，不惜重金聘用冯如的西方资本家越来越多。为了争夺制空权，欧美各国都在积极发展航空事业，他们拼命地网罗航空方面的专业人才。

冯如一心想的是发展中国的航空事业，想的是为中国多制造一些飞机，所以他断然回绝了各国的聘请，仍然寻找机会为祖国服务。当时的清政府也在着手筹建空军，他们托人到美国找到冯如，希望他回国做贡献。冯如喜出望外，当即表示同意，说：“为祖国贡献出我菲薄的才智，正是我平生的愿望呀！”

1911年2月，冯如和他的助手朱竹泉、朱兆槐和司徒璧如，携带着他们自制的两架飞机以及制造飞机的机器，踏上了归国的航程。归途中，望着波涛滚滚的太平洋，冯如思绪万千，他想起了当今世界航空事业发展迅猛异常，从第一架飞机的诞生开始，在不到十年的时间内，全世界已有八百六十多架飞机，这些飞机绝大多数掌握在西方列强的手中，而中国却连一架也没有。他发誓要抱着“壮国体，挽利权”的宗旨，发展祖国的航空事业，尽快使祖国强大起来。

1911年3月，冯如一行抵达香港，两广总督张鸣岐派了“宝璧”号军舰来迎接。然而，张鸣岐对同情革命的冯如心怀疑虑，非但不重用，反而派人二十四小时监视他。感觉报国无门，冯如心灰意冷，心情沮丧，极度苦闷。

1911年10月，辛亥革命爆发了，冯如毅然参加广东革命军，被委任为陆军飞机长，担任中国最早的一支革命空军的领导工作。他积极为革命军组织飞机侦察队，协助革命军攻打清军，由于清政府很快垮台，飞机侦察计划未实行。

1912年1月25日，为普及航空技术，唤起社会各界的重视，经广东革命军政府的批准，冯如在广州郊区的燕塘操场再次演试飞机。当时，前来观看的人数以万千计。冯如先是向人们介绍了飞机的制造、驾驶等基本知识，然后驾机腾空而起，飞机在离地面约三十六米的高度飞行了约八千米，观看者纷纷鼓掌赞赏。

为了进一步展现飞机的性能，冯如想飞得更高，便大力拉高机头，由于零件出现故障，飞机变得难以控制，迅速坠落在沙河地区的竹林中，冯如被甩出机外身负重伤。后因失血过多，以身殉国，时年二十九岁。

冯如临终前，念念不忘他所献身的航空事业，叮嘱其助手们说："我死以后，你们千万不要因此失去进取之心。"

孙中山洒泪称冯如为中国的"航空先驱"。

壮志未酬身先死，长使国人泪满襟！

1912年9月24日，在冯如蒙难处召开追悼大会，各界人士送来很多挽联，其中文学家何淡如的挽联如下：

殉社会者则甚易，殉工艺者则尤难，一霎坠飞机，青冢那堪埋伟士；

论事之成固可嘉，论事之败亦可喜，千秋留实学，黄花又见泣秋风。

后人及其飞机助手等遵照冯如的遗嘱，将其遗体葬于黄花岗。冯如一生虽短暂，却光辉永恒。冯如以不朽的功绩，开创了中国航空事业的先河，他是中国人民的骄傲。冯如热爱祖国、热爱家乡、崇尚科学、自强不息、开拓创新、艰苦奋斗、百折不挠的精神，是中华民族弥足珍贵的精神财富。

2009年，中国航空百年暨空军建军六十周年之际，中国空军授予冯如“中国航空之父”的称号。

三

黄昏中，一缕缕金色的夕阳余晖透过层层绿荫，斜斜地照射在冯如墓那冰凉的墓碑上。这里远离喧嚣，亲近自然；这里静谧祥和、朴素静穆、干净大方、大义凛然，一种蕙兰气息迅速沁入我的心田。

我在想，沉睡中的墓主人，是否愿意有人来打搅他的宁静和安详。

风儿在四周悠悠地吹着，它在抚摸和俯视陵园中的一切。树叶在微微摇曳，在飒飒作响。风儿也像是在轻轻低吟着一首首英雄赞歌，这歌声轻舞飞扬，悠扬绵长。歌声中，它将英雄们那崇高的品质和远大抱负，深深地融入苍茫灵秀的松骨之中，化于碧悠清池的气息里。英雄们啊，都有一世松的风度、一世梅的品格、一世竹的形象、一世兰的幽香。

有人说，天妒英才，大多数天才都是不可久活的，正因如此，才有了一种超越的自然力，使他们在年纪轻轻的时候就做出了贡献，有把一切事情都做好的非凡勇气与精神力量。唉，生命的长短，由天意掌控时，非个人所能违抗。但一个人生存的价值不在于生命的长短，而在于生命的质量。

望着天边绯红的晚霞，我在想，当晨曦中第一缕阳光照进这里的时候，又是怎样的气象？也许，这里春夏秋冬、一年四季的变化都不算大。但是，时间之弦却是如此神奇，这里变化虽不大，但外面的世界日新月异、人间换新颜，新中国早已发生了惊天动地、翻天覆地的变化。

科学技术的发展，一日千里；知识脚步的更新，瞬息万变；有一种精神却永恒不变，那就是人类永远在追求进步！

民族英雄的精神啊，是铁，是钢，是火炬，是擎天柱；民族英雄的精神啊，如高山，如流水，如大海，如长城。精神变物质，物质变精神，它巍然屹立，垂范百世，流芳千古，浩气长存，激励着后人。

如今，黄花皓月与云山叠翠、珠水夜韵、越秀新晖、天河飘绢、古祠留芳、五环晨曦、莲峰观海被评为新世纪羊城八景。

我想，当皎洁明净的月亮照耀夜空、月色泼洒天地时，月华和清辉轻柔地倾泻到陵园当中，如同给这里的一切披上了一层白色的薄纱。月光如水，夜色温柔，世间万物有了月光的映衬，在月色的渲染下，都会显得朦胧与温婉、清幽与安详，都会散发出自己独特的美、温馨的美、静谧的美，别有一番风情。

月亮是纯洁的，是神圣的，它抚慰所有人的哀伤。月色陪伴英雄长眠，抖落了满天的星光。天上最亮的那颗星，会不会是英雄们的眼睛？国难兴邦时，总有一种力量，让我们泪流满面；总有一种精神，划破夜空、照亮黑暗；总有一种英雄主义，让中华儿女永远都敬仰！

时间在催促告别的脚步，转身回首，依依惜别时，我的心情没有陡生苍茫与悲凉。

我深深知道，中华儿女探索宇宙太空的脚步，将永不停止，永无止境，没有终点；但在这里，在这方小小的墓碑之下，他是辉煌的起点，是开端，是扉页。

潘茂名，一个人成就一座城

一

城市的魅力是什么?

城市的魅力也是人文典故的魅力。

想一想，黄鹤楼要不是留下了许多伟大诗人的旷世杰作，它就是一座普通的阁楼，不能铸就成今日著名的旅游景点。同样的道理，一座城市要是没有历史文人典故，它就是苍白的，彰显不出它的文化底蕴，也体现不出它独特的人文魅力。

读万卷书，行万里路。无论读书还是行路，我们都会与地名不期而遇。有些地名很容易让你联想到这个地方的自然特征、风土民情、历史文化、著名人物等。有些地名会唤起你的某种记忆与情感，或许是一段难忘的故事，又或它对你有着特殊的意义。比如自己故乡的名字，在很多人心目中就会有着特殊的情感和特殊的记忆。

有没有这样一座城，因为一位历史名人而赋予这座城市独特的灵魂、独特的气魄、独特的胸怀与格局？某座城市因契合着一位历史名人的精神荣光而散发出浓厚的历史光环？

在广东，因人物而命名的城市有两座，一座是中山市，一座是茂名市。显而易见，中山市是国父孙中山先生的故乡，故而名之。

但茂名市呢？

说起茂名市的命名，不得不说起西晋时期的一位名医——潘茂名。

众所周知，中国城市很少采用人名取名，若非此人影响力很大，一般难以得到广泛的认可。茂名可能是中国最早采用名人命名的一座城市，也是中国唯一一个以中医药师命名的地级市。

潘茂名（290—373），俗称“潘仙”，今属广东茂名高州根子镇人，晋代道医，被后世尊为岭南仁医、岭南道教先驱。

潘茂名在青少年时期告别父母，离开故乡，开始云游四海。

为了求学拜师，他游遍了南国大地，是一位比徐霞客还要早一千二百多年的伟大的旅行家。

众所周知，中国四大发明之一就是火药，火药是什么人弄出来的？就是中国炼丹的道士。潘茂名得到高人指点，修炼道家丹鼎术。传闻他学艺得道，是源自两位道士，加之他日积月累的实践与参悟，便逐渐掌握了修道之法、炼丹之道。大概在四十岁的时候，潘茂名回到故乡，隐居于高州观山，自行研究了九转金丹、大小还魂丹，用于治病行医，救死扶伤，普济众生。

潘茂名淡泊名利，不喜爵禄，朝廷曾三次征召他为官，但被他拒绝。他不贪财帛，每逢岭南瘟疫肆虐，他不辞劳苦带领手下弟子驱瘟除瘴，施医赠药，扶危济困，惠及桑梓。

潘茂名一心一意在民间救治百姓疾苦，自谓“深入青山，自建茅庵；万事不管，立鼎造坛”。因此朝廷“赐改高兴地曰茂名，以彰功德”。

潘茂名也曾翻阅众多的道教经典和医学经书，为了苦研医技，他像神农氏一样尝遍百草，以身试药。

总体而言，潘茂名是一个沉醉于修道炼丹、养生研药、治病救人的道士。他推崇道家的思想，追求“清静”，尤其看重一个人的精、气、神，认为练好此“三品”，乃世间最好的良药。

潘茂名一生悬壶济世，医术高明，深受高凉百姓的爱戴。不仅老百姓爱戴，隋唐以后皇帝对其也推崇有加，隋文帝心甘情愿用其名命名茂名县。唐太宗感其功德，用其姓把当时的南宕州命名为潘州。至新中国成立初，国务院又以其名设立茂名市，使这座仙风道骨的城市，一千四百多年名字不变。

我查遍了历史书籍，在中国能让名字和姓氏一千多年来跟随着一座城市而流芳百世的，古往今来唯潘茂名一人。

二

2020年的新冠疫情，让人类又一次重温了瘟疫的杀伤力。一次严重的瘟疫，不亚于一场惨烈的战争。自古以来，人类面对瘟疫，畏之如虎，谈“疫”色变。

谈到现代的战“疫”英雄，人们自然而然会想到钟南山，要说到古时候岭南的战“疫”英雄，那就不得不说到潘茂名了。

古代岭南地区对流行凶猛的疫病统称为瘟疫，历代如此。岭南地处多雨温热地带，疫病时常流行，以前尤其有“发人头瘟”的说法，现岭南地区有村妇爆粗口骂人时仍时有提到。

现存最早的中医古籍《黄帝内经》中的《素问·本能病》记载着瘟疫具有传染性、流行性等相关特点。三国曹植《说疫气》、晋朝葛洪《肘后备急方》对瘟疫也有记述。

岭南不像中原、江汉、淮海，有商周、春秋、战国。秦朝以前，岭南没有历史的记载，没有民风的采集，没有王权的存在。有的，只是人们印象中口传的瘴气、蛮荒、异俗。

秦灭六国、败匈奴以后，秦始皇一统中华、雄视天下的眼睛，曾一次次翻越五岭，睥睨这片波涛汹涌、扑朔迷离的土地。他派国尉屠睢发兵五十万，为五军，一军塞镡城之岭，一军守九嶷之塞，一军处番禺之都，一军守南野之界，一军结余干之水。这黑衣甲胄的秦兵挟灭六国之威、败匈奴之勇，旌旗猎猎、军容肃整，带着战无不胜、攻无不克的气势，五路铁骑奇兵向岭南滚滚而来。结果是，秦兵伏尸流血，哀鸿遍野，屠睢兵败岭南，命丧岭南。

公元前214年，秦始皇派任嚣和赵佗，一正一副两统帅，同样是率兵五十万，再次挥师岭南。任嚣和赵佗无比英明，他们巧妙地利用当地越人和部落的帮助，一边传播中原文化、收买人心，一边兴修水利、行军打仗，最后成功收复岭南，将岭南纳入中华版图。

自古以来，对于中原人士来说，岭南地区是山高皇帝远，对其用兵，往往出师不利。为什么？因为岭南有一个特产，那就是瘴气。

无数天下英雄在中原大地上是左右驰骋，所向披靡，攻无不克战无不胜，却在岭南这块土地上裹足不前，损兵折将。岭南气候炎热，中原士卒长途跋涉来到这里通常会水土不服，再加上虫蝎、蚂蟥和山蜈蚣的袭击更是防不胜防，容易得恶性疟疾，也就是“瘴疠”。这些恶性疟疾威胁巨大，动不动就会死人，而且传染性极强，病情一旦暴发，扩散范围非常广，很难有效控制，能使部队瞬间丧失战斗力，兵败如山倒。

秦灭六国的时候，大多一年两年能灭掉一个国家，征服岭南的时候，秦军足足花了五年有余。

“下潦上雾，毒气重蒸，仰视飞鸢，跕跕堕水中。”这是东汉时期著名的军事家马援形容岭南地区的瘴气时所说的话，大意为岭南雾气弥漫，连天上的雀鸟都会因为中毒掉下来。而他所说的“雾气”便是岭南当时的特产：瘴气。

到了东吴赤乌年间，同样是胸怀大志的孙权下定决心要征服岭南所有地区（包括如今的海南），群臣一致拥护，唯独有一位叫全琮的人竭力反对。他说：

圣朝之威，何向而不克？然殊方异域，隔绝障海，水土气毒，自古有之。兵入民出，必生疾病，转相污染，往者惧不能反，所获何可多致？

（上海古籍出版社、上海书店1986年版《二十五史》第二册，《三国志》第168页）

孙权没有采纳他的意见，意气轩昂地派兵向岭南进军了。结果是，走了一年多的遥远路途，士兵死亡百分之八九十。这些士兵大都不是战死的，而是死于岭南的瘟疫。

到了晋代，岭南地区终于出现了一位瘟疫杀手、瘟疫克星、民众的大救星，他就是仁医——潘茂名。

潘茂名兼通儒学、道家、易学，他带领他的弟子们夜以继日炼制丹膏丸散，煮制汤药凉茶，救治瘴疠患者。他们用葛布缝制口罩，在集中治疗的院落内，施灌汤药，燃烧艾草，驱散瘟疫。当地官府依照潘茂名的建议，有序推进救灾。人们守望相助，免费领取丹膏汤药，无偿就地治疗，收效明显。

潘茂名运用他那神奇的医术、道术，一次又一次地扑灭瘟疫，造福一方，救治黎民百姓于水深火热之中，功绩流传广泛。

从隋文帝开始，历代朝廷为什么心甘情愿用潘茂名的名字命名“茂名县”或“潘州”呢？我想，最根本的原因是，运用和宣传潘茂名的医术，可以很好地对付岭南地区的特产——“瘴气”。对于岭南，中原人士再也不是谈“瘟”色变、束手无策、焦头烂额了。有了潘茂名的医术和药方，朝廷军队想要征服岭南这块南蛮之地，那是轻而易举之事，没有任何顾虑了。岭南这块广袤无垠、波涛汹涌的土地，朝廷终于可以牢牢地掌控住了，皇帝也可以高枕无忧了。

三

回顾人类历史，传染病一直是严重威胁人类健康的重量级隐形杀手，与各种传染病艰苦卓绝的斗争，几乎伴随了整个人类社会的发展历程。

中医在中国有几千年的传承，即便以《黄帝内经》《伤寒杂病论》起算，也有2000多年的历史。

据不完全统计，中国先后也曾发生过300多次的流行疫病。但在中国的历史上从来没有出现过像西班牙大流感、欧洲黑死病、全球鼠疫那样一次瘟疫就造成数千万人死亡的悲剧。

因为我们的祖先有中医。

每一次扑杀瘟疫，中医都不曾缺席。中医和瘟疫的抗争，积累了两千多年的可贵经验。

也可以这样说，中医的历史同时也是一部中医抗击瘟疫的历史。

中医药学，是几千年沉淀下来的中华文化精髓。一把草药、一根银针，保佑着中华民族的繁衍昌盛。

而潘茂名，他就是中医的实践先驱。

在岭南地区，关于潘茂名的许多典故、遗址、遗迹，一些国家级的、省级的文献及粤西地方志中都有记载。

茂名是我的故乡，每次回到故乡，我爱约上三五好友去攀爬浮山岭，观赏云海日出。而粤西名胜浮山岭，据说这里也是潘茂名的出生地、炼丹地（炼药地）、修仙地。

晨曦乍现、东方出现亮白之时，立于浮山岭上，极目远眺，看旭日东升，荔林红浪，南海征帆，气象万千，天地辽阔感瞬间充盈心间。那云海翻滚之际，瞬息万变，似乎有道家仙踪一瞬间便淹没在浓雾之中，无觅踪迹。欣赏着浮山岭的丛林苍翠、雾萦烟绕，我眼前仿佛出现了一千多年前潘茂名和炼丹炉的身影。一位仁医道士，一袭青袍，锁发，竹杖芒鞋，腰背药囊，正在救死扶伤。潘茂名仿佛就在那历史的不远处，踽踽独行，他面带微笑，童颜鹤发，仙风道骨。

小时候，每次陪同曾祖母去高州的潘仙祠祈福上香，我心里面都会思考一个问题：一千七百多年前，潘茂名到底是用什么药物和方法扑杀岭南瘟疫的呢?

每逢端午节，茂名地区每家每户的妇女都会到户外采了蒿草回来，煮了温水，将蒿叶浸于水中，为小儿洗浴，以祛除百病。家家户户又将蒿草插于门楣，期以驱邪，保佑老少安康。这些风俗，代代相传，皆源于一千七百多年前潘茂名在粤西地区以青蒿治瘟疫的验方。

史书记载，潘茂名在浮山岭一带，“朝汲泉于此山，暮洗术于鉴水，采丹田之芝，煮白石之髓，嚼瑶笋之芽，餐碧奈之蕊，勤洗伐而脱尘凡，取精华而去渣滓”，炼成大还丹和小还丹，用此神效丹药，在粤西一带特别是高雷地方救治百姓，扑灭瘟疫。

青蒿（也叫黄花蒿）应该是最为卑贱的野草了，几乎随处都可以生长。在我的记忆中，故乡蒿草长得最多最繁茂的地方，一是在荔枝园旁的壕沟边，再者是泥砖房倒塌后的荒园中，青蒿长得格外茂盛。园中那弯弯曲曲的小径，都是路人从蒿草丛里踩踏出来的。

与潘茂名几乎同时代的葛洪（283—363），曾在惠州的罗浮山炼丹，与潘茂名进行着同样的医学实践。史书上记载潘茂名和葛洪互相来往，互相研习医学。葛洪后来著有《抱朴子》《肘后备急方》等医学著作。《肘后备急方》对瘟疫也有论述，认为

“伤寒、时行、瘟疫，三名同一种……其年岁中有疠气兼挟鬼毒相注，名为温病”。并立“治瘴气疫疠温毒诸方”一章，记载了辟瘟疫药干散、老君神明白散、度瘴散、辟温病散等治疗、预防瘟疫的方剂。

可惜的是，潘茂名没有留下系列著作，也没有医学作品传世，其事迹是由粤西万民口口相传，世代传颂下来的。但参考《神仙通鉴》《潘仙全书》（谭应祥著）等古籍，结合粤西民间拜潘仙的信俗和《高州—岭南道教之乡》（苏汉材著）的观点，可以洞察潘茂名的医学道术和文化思想。

也许冥冥中自有天意，天佑中华。《小雅 · 鹿鸣》中有这样一段诗文：

呦呦鹿鸣，食野之蒿；
我有嘉宾，德音孔昭。

漫长的十几个世纪过去了，时光进入了1971年。有一位四十一岁的中国女药学家，名字叫屠呦呦，有一天她翻阅中国古代医学文献，葛洪著作的《肘后备急方 · 治寒热诸疟方》中的几句话触发了她的灵感：“青蒿一握，以水二升渍，绞取汁，尽服之。”

从古籍医书上得到灵感后的屠呦呦，和她的团队引入西医炼药技法，用低沸点的乙醚，经过无数次试验，历经五年，成功找到了青蒿素制取方法。而青蒿素已被证明：它对疟原虫的抵制率达到了100%。

中国人第一次这么理所当然地将诺贝尔医学奖纳入囊中，这是中医药走向世界的又一个新起点，是中医药传承创新、为人类做更大贡献的又一次新征程。

令人惊讶的是屠呦呦因为没有博士学位、留洋背景和院士头衔曾被戏称为“三无”科学家，并且也曾几次被提名参评院士，均未当选。

但更令人惊讶的是，在中医先驱潘茂名和葛洪所生活的晋代，没有显微镜也没有测量仪等科研工具，也不会明白流行疫病由微生物感染而起。潘茂名却能以朴素的医学素养和济世情怀，经过千辛万苦和千百次的淬炼，在日日所见的辛臭之草——青蒿中，发现了其治疟疾的功效。他用蒿草绞汁饮服的方法，神奇地治好了一批批病人，扑杀了瘟疫，成为粤西万民心中的活

“神仙”。

一千七百多年前，道医潘茂名炼丹炉里那炉火纯青的光芒，越过千年，穿过时光隧道，遥遥照亮着今天世界医药科学的顶级冠珠!

不得不佩服咱们祖先的伟大。中医和中医药学，凝聚着深邃的哲学智慧和中华民族几千年的健康养生理念及其实践经验，是咱们祖先代代遗传的瑰宝，是中华文明传承的守护力量，是中华民族屹立千年不倒的墙柱。几千年来，在最危险的时候，它总会站出来，护佑着中华民族生生不息。

四

2017年12月15日，对于茂名市民来说，是个无比开心的日子。茂名在中央电视台的《魅力中国城》评选活动中，以总分第一的佳绩，斩获冠军，高高捧起了冠军杯。同时，茂名也被评为“最受观众喜爱魅力城市”“十佳魅力城市”“中国最具投资潜力城市50强”等殊荣。

茂名，南中国美丽滨海城市，以南方最大的石油化工基地闻名遐迩。它与夏威夷同处在一个纬度上，就像一颗藏在蚌里的珍珠，不打开你都不知道有多美!

一座城市的魅力，也有硬实力和软实力。硬实力是指它的夜晚霓虹灯有多炫丽、它的风景有多美丽、它有多少高楼大厦、它的经济如何繁荣等。软实力是指这座城市是否拥有各种丰富的内涵和文化，是否让人诗意地栖居。

生活的本质，是人间烟火背后的辛劳操持，是柴米油盐酱醋茶，是为五斗米折腰。但人活着，既要有脚踏实地的努力，也要有仰望星空的诗意。

一座城市最美好的样子，我想应该是：一半烟火让人谋生，一半诗意让人谋爱。在我的眼里，我的故乡茂名，它就是这样的魅力之城，它一半是烟火，一半是诗意。

茂名，是一座以海为魂，以山为骨的城。山海环绕，美景众多，温泉密布，岭南佳果应有尽有，饮食文化独具魅力，每处青山秀水都分外妖娆。

海子说：面朝大海，春暖花开!

来茂名，你一定会感受到春暖花开。

在茂名，有一座美丽而神秘的海岛，无原住民，风光秀丽，它就是放鸡岛，那里终年苍翠，郁郁葱葱，宛如晶莹的翡翠镶嵌在万顷碧波的中国南海上，各式生猛海鲜一应俱全，堪称海边的美食天堂。在放鸡岛，可垂钓，可潜水，可感受南风传来亚热带的潮润和远航船舶的气息。有人说，在放鸡岛里徜徉，哪怕是静静地看着大海，哪怕是静静地听着海风，亦能感受到诗意的美好。

有“东方夏威夷”之称的中国第一滩，是一条十二公里的最美弧度海岸线。在这里，你可以在浪潮中追逐滨海风光。落日之时这里最美，余晖和红彤彤的火烧云氤氲着海面，仿佛往海岸倒入了红色和金色的颜料，沙滩被一片暖色笼罩，犹如置身于夏威夷或小垦丁中度假。

而茂名的浪漫海岸，光是听这名字已让人心动不已，已让人感受到某种惬意和温馨，能勾起你对幸福和美好的向往。这里的海滩，沙是细致的，洁白的，和情侣携手，在这样的海滩上漫步、闲聊、听海、观海，是不错的选择。这里有浪漫的海景水晶教堂、英伦式下午茶、东南亚建筑风格的酒店、俊山、奇石、椰林、银滩、海湾、礁岛、渔港。来到这里，你会惊喜地发现，说它是广东的“巴厘岛”也不过分！爱美的姑娘穿上漂亮的裙子迎着海风浪潮，随手拍照，美得就像是一朵花在迎风绽放、迎风飘扬。晚上还可以在沙滩上看日落，顺便来一顿浪漫的烛光晚餐。

苏轼说：人间有味是清欢。

汪曾祺说：四方食事，不过一碗人间烟火。

是的，人间烟火味，最抚凡人心。靠山吃山，靠海吃海。有人说，从挂满枝头的荔枝龙眼到活蹦乱跳的生猛海鲜，从普通的一日三餐到烟火味最浓烈的年例宴席，许多茂名美食，是人们寻访茂名的理由，在讲述茂名时，总会念念不忘。

茂名拥有丰富的农业资源，造就了其丰富的饮食文化。1500多年来，极具乡土风味的高凉菜也随着茂名人不断迁徙而风靡粤港澳大湾区乃至全国各地。

高凉菜，追求极致的原汁原味，与广府菜、潮州菜、客家菜又有着区别。

在粤菜中，广府菜在烹调上以炒、爆为主，兼有烩、煎、烤，讲究清、鲜、爽、嫩、滑，曾有“五滋六味”之说，用料庞杂，刀工火候要掌握得恰到好处；潮州菜汇闽、粤两家之长，自成一派，以烹制海鲜、卤水见长，汤类、素菜、甜菜极具特色；客家菜多用肉类，主料突出，讲究香浓，下油重，味偏咸，有独特的乡土风味。

而高凉菜的原料新鲜，多以粗料精制，讲求原汁原味。为了保持原料的原味，高凉菜在烹饪上多以白焯、水煮、煎的方法为主，并少放调料务求带出材料最原始的风味，令食客有越清淡越有滋味的返璞归真感觉，其味道可以用清、鲜、香、嫩四字概括。

白切，在高凉菜中应用到了极致。在茂名，几乎没有什么食材不能白切，白切鸡、白切鸭、白切鹅、白切猪肚，甚至还有白切狗肉和白切莲藕。

俗话说：百里不同风，千里不同俗。茂名的每个镇，都有各自不同的传统美食。香油粉、簸箕炊、寿桃　、薯包　、煮汤　、化州牛杂、水东鸭粥、水东芥菜、水东十三菜、东岸豆饼角等诸多美味，已在粤港澳大湾区不断对外传播，“食在广东，鲜在茂名”这一特点已经深入人心。

茂名，是一座能让你由头吃到尾的城市。这里有山的味道，海的味道，风的味道，阳光的味道，也有人情的味道。这一座城市，人间烟火是底色，浪漫情怀是意趣，生活可以一半是烟火，一半是诗意，既谋生，又谋爱。

曾经在《舌尖上的中国》看过这样一段话而记忆深刻，“中国人总会将苦涩藏在心里，而把幸福变成食物，呈现在四季的餐桌上。正因此，热气腾腾的餐桌，一家人团圆，笑语满堂，推杯换盏，才会成为中国人最简单也最踏实的幸福。”酸甜苦辣，是食物最本能的味道，也是人生的味道。一座城市中那充满地方特色的美味佳肴，既体现着这座城市最本真的味道，也体现着生活的酸甜苦辣。这人间美味，涵盖着温暖，也涵盖着幸福。

有人说，茂名的美，不是一眼能看到底的惊艳。她就像名贵中药材沉香和南国荔枝一样，芬芳怡人，清香袅袅，心旷神怡；她也像斟茶讲究的七分满，国画讲究的留白，让人存了一份余韵在心中。

由古至今，潘茂名奠定了这座城市的底蕴。

第二辑

一座城市的美妙，难以言表，唯有身临其境，方解其味。

有一种记忆可以很久，有一种思念可以很长，有一种情怀叫作乡愁。而乡愁，烙印一生。

冼夫人：中国巾帼英雄第一人

一

对于巾帼英雄、铿锵玫瑰，历史上无论哪个国家哪个民族，都喜爱有加，自古赞誉不绝。有些巾帼英雄，从小不爱“红装”爱“武装”，或者说爱 “武装”更甚“红装”。在国难当头时，她们立下了赫赫战功，毫不逊色于男儿。

在影视作品中，巾帼英雄横刀立马、披坚执锐、不怒而威、英姿飒爽的形象，扣人心弦，一出场便撩倒众生。巾帼不让须眉，她们指挥着千军万马，驰骋在刀光剑影的疆场，勇气可钦可敬，事迹可歌可泣。真可谓：女人能顶半边天！

中国女性坚贞不渝、吃苦耐劳，众所周知。纵横上下五千年文明史，在中国古代历史上，除了英勇善战的名将，骁勇无敌的英雄，也出现过很多驰骋疆场、战功赫赫的巾帼英雄，她们的英雄事迹千年流传、万古流芳。

花木兰、樊梨花、穆桂英、梁红玉曾被民间并称为中国历史上四大巾帼英雄。可惜真相让人大跌眼镜、大吃一惊。樊梨花和穆桂英这两位巾帼英雄虽然在民间赫赫有名，可惜那是小说里的人物，是被小说宣传出来的，是虚构的，樊梨花和穆桂英的英雄事迹，在所有历史书籍中找不到记载，历史上压根儿没有这号人物。

那么，中国历史上真正的巾帼英雄又有哪些呢？历史学家曾点评出以下十位比较有代表性的女性，我们来浏览一下：

第一位，妇好，中国历史上有据可查（甲骨文）的第一位女性军事统帅，同时也是一位杰出的女政治家。她是商王武丁60多位妻子中的一位。甲骨文中有关妇好的记载有200多条，殷墟的甲骨文记录了她攻克了周边诸多方国。商朝的武功以商高宗武丁时代最盛，武丁通过一连串战争将商朝的版图扩大了数倍，而为武丁带兵东征西讨的大将就是他的王后妇好。甲骨文记载：有一年夏天，北方边境发生战争，双方相持不下，妇好自告奋勇，要求率兵前往，武丁犹豫不决，占卜后才决定派妇好起兵，结果大胜。此后，武丁让她担任统帅，将国家一半的兵权交付给她，从此她东征西讨，打败了周围二十多个方国（独立的小国）。妇好因功勋卓著而深得武丁、群臣及国民的爱戴。妇好不但能带兵打仗，而且还是国家的文官，掌握着祭祀和占卜的权力，经常受命主持祭天、祭先祖、祭神灵等各类祭典，又任占卜之官。商朝是个迷信鬼神的国家，所谓“国之大事，在祀与戎”，可见商王武丁十分喜欢她、重用她。妇好不幸在三十余岁去世，她去世后武丁悲痛不已，追谥曰“辛”，商朝的后人们尊称她为“母辛”“后母辛”。著名的“司母戊”青铜鼎就是她儿子为了纪念她铸造的。

第二位，花木兰，中国古代巾帼英雄，忠孝节义，代父从军击败入侵民族的故事流传至今，被唐代皇帝追封为“孝烈将军”。花木兰故事的千古流传，应归功于《木兰辞》这一北方民歌。北魏时期，北方游牧民族柔然族不断南下骚扰，北魏政权规定每家出一名男子上前线。但是木兰的父亲年事已高又体弱多病，无法上战场，家中弟弟年龄尚幼，所以，木兰决定替父从军，从此开始了她长达十几年的军旅生活。千百年来，花木兰一直是受中国人尊敬的一位女性，因为她勇敢又淳朴。1998年，美国迪士尼公司将花木兰的故事改编成了动画片，受到了全世界的欢迎。《木兰诗》被列入中学课本，被千千万万的人世代诵颂。花木兰的事迹和形象经常被搬上舞台，长演不衰，她的精神激励着成千上万的中华儿女保卫国家，可歌可泣。

第三位，吕母（？—18），是中国历史上第一位农民起义的女领袖。西汉王莽篡汉时期，她杀贪官揭竿而起。吕母起义，点燃了反抗王莽统治的火炬，并很快形成席卷全国的燎原之势。天凤五年（18），吕母病故，其余部分分别投奔到青犊和铜马等农民起义军中，后来归顺“赤眉军”，被琅琊起义领袖樊崇收编，接着开始起义。

第四位，迟昭平，和吕母一样，西汉末年农民起义的巾帼英雄。平原县城南人，生卒年月无考。公元22年夏，迟昭平部与徐异卿部会合，战斗在平原、富平、乐陵、无棣、盐山等地，队伍很快发展到10万之众。这支农民起义军攻县郡，杀贪官污吏，抢府衙官库，砸地方牢狱，拯救身陷囹圄的无辜百姓，给王莽统治集团以沉重打击。

第五位，冼夫人（约520—601），是岭南俚族（百越的一支）杰出的政治领袖，冼夫人是中国南北朝时期的政治家、军事家、社会活动家，高凉（今广东高州）人。她历经梁、陈、隋三朝，世为南越首领，统治广东、广西、海南及部分东南亚地区。后嫁于当时的高凉太守冯宝。她金戈铁马，倥偬一生。她事国以忠，亲民以德，行政以仁，治兵以义，顺应民意，多次平定岭南叛乱，始终致力于维护国家统一和民族团结，为岭南的繁荣和稳定做出卓越贡献；周恩来总理曾称颂冼夫人为“中国巾帼英雄第一人”。

第六位，平阳昭公主，唐高祖李渊的第三个女儿，也是李渊嫡妻窦氏的爱女。她是一个真正的巾帼英雄，才识胆略丝毫不逊色于她的兄弟李世民。李渊将自己的三女儿嫁给了武将柴绍为妻。这位柴绍在唐朝的凌烟阁二十四功臣中排名第十四，谋略出众，擅于以少胜多，消灭薛举、刘武周、王世充、窦建德都有他一份功劳。消灭唐朝最后一个对手梁师都他还是主将。当李渊起兵的消息传来，平阳昭公主就到处联络反隋的义军。这个年纪轻轻的女子，以其超人的胆略和才识，在三个多月的时间里，就招纳了四五支在江湖上已有相当规模的起义军。平阳昭公主率领的义军势如破竹，连续攻占了户县、周至、武功、始平等地。这支由女人做主帅的义军，军纪非常严明，平阳昭公主令出必行，神机妙算，整支军队都对她肃然起敬。在那兵荒马乱的年月里，这支军队得到了广泛的拥护。老百姓将平阳昭公主称为“李娘子”，将她的军队称为“娘子军”。平阳昭公主这时的主要任务就是防守李家的大本营山西，她驻守的地方就是娘子关。娘子关位于今山西省平定县东北的绵山上，为出入山西的咽喉，原名苇泽关，因平阳昭公主率数万“娘子军”驻守于此才更名娘子关。平阳昭公主是中国历史上唯一一个以军礼下葬的公主！

第七位，梁红玉，原籍安徽池州，生于江苏淮安，宋朝著名抗金女英雄，祖父与父亲都是武将出身，梁红玉自幼随父兄练就了一身功夫。史书中不见其名，只称梁氏。“红玉”是其战死后各类野史和话本中所取的名字，首见于明朝张四维所写传奇《双烈记》：“奴家梁氏，小字红玉。父亡母在，占籍教坊，东京人也。”后结识韩世忠，两人初次见面，是在平定方腊起义后的庆功宴上，梁红玉感其恩义，以身相许，韩赎其为妾，原配白氏死后成为韩世忠的正妻。公元1129年，梁红玉在平定苗傅叛乱中立下殊勋，一夜奔驰数百里召韩世忠入卫平叛，因此被封为安国夫人和护国夫人。其最有名的就是大战黄天荡，硬生生把金国四太子金兀术围了40多天，她亲自为将士们擂鼓助威！1135年，梁红玉遭到金兵伏击围攻，重伤落马战死，连金国人都对其敬佩，将她的遗体送回，能赢得敌人的尊敬，这才是真正的英雄。后人将韩世忠、梁红玉夫妇合葬于苏州灵岩山。

第八位，唐赛儿，明朝初年白莲教首领，于明成祖永乐十八年（1420）在青州起义，一呼百应，后来被明军反扑，部将全部战死，自己下落不明。

第九位，秦良玉，字贞素。四川忠州人，明朝末期战功卓著的民族英雄、女将军、军事家、抗清名将。《明史 · 秦良玉本传》记载道："良玉为人饶胆智，善骑射，兼通词翰，仪度娴雅。而驭下严峻，每行军发令，戎伍肃然。所部号白杆兵，为远近所惮。"秦良玉一生戎马四十余年，足迹遍及长城内外、大江南北、云贵高原、四川盆地。秦良玉是中国历史上唯一单独载入正史·将相列传的巾帼英雄，唯一凭战功封侯的女将军，为数不多的文武双全女子。郭沫若曾撰文赞誉秦良玉："像她这样不怕死不爱钱的一位女将，在历史上毕竟是很少的。"北京宣武门四川营胡同就是她北上勤王屯兵遗址（门上刻"蜀女界伟人秦少保驻兵遗址"十二大字）。

第十位，秋瑾（1875—1907），字竞雄，号鉴湖女侠，浙江绍兴人，我国近代资产阶级革命家。1904年夏，秋瑾冲破封建家庭的束缚，自费东渡日本留学，寻求救国救民的真理。1905年，秋瑾回国加入光复会。同年7月再赴日本东京，加入同盟会，被推为评议部评议员和浙江主盟人。翌年归国，在上海参与创办中国公学。1907年1月她创办我国第一份妇女报刊——《中国女报》，号召妇女为争取解放而斗争。1907年2月回浙江，接任绍兴大通学堂督办，与徐锡麟共筹在皖、浙两地发动武装起义。1907年7月13日，清兵包围大通学堂，秋瑾不幸被捕。她坚贞不屈，怅恨自己壮志未酬，写下了"秋风秋雨愁煞人"的绝命诗，7月15日从容就义于绍兴轩亭口。

二

中国历史上十大巾帼英雄，你最佩服谁？又最喜欢谁呢？

周恩来总理称颂岭南俚族的冼夫人为“中国巾帼英雄第一人”。许多人听了，也许内心会充满疑惑，在众多巾帼英雄中，为何冼夫人能获得如此殊荣？

周总理高度评价冼夫人为“中国巾帼英雄第一人”，有其充足的理由和依据。

众所周知，中国的最南端，是有着“天涯海角”之称的海南省。我国著名文化学者余秋雨先生在他的散文《天涯眼神》中写道：“不管海南岛的实际年龄是多少，但正儿八经把它纳入中华文明的，是那位叫冼夫人的女性。”

纵观冼夫人战功赫赫的一生，她创下了许多项不平凡的第一。

冼夫人是史上第一位开国功臣级女将，比平阳昭公主还早。她助陈霸先取得南朝天下，助隋文帝统一中国，是有明确记载的首个拥有册封军位的女将。

冼夫人运筹帷幄，是她再次使岭南、海南岛、南海大片地域归附中国中央皇朝，重新并入中华版图，她功比卫青、霍去病，岭南乃至中国的历史都将因此而改变。自从冼夫人的军队浩浩荡荡奔赴海南、在海南恢复郡县制后，在西汉罢弃珠崖郡后孤悬海外六百多年的海南岛，终于与中原重新恢复了直接联系，回归祖国的怀抱，并形成了不可分割的血肉关系，从此海南再未脱离过中央王权。冼夫人结束了海南近六百多年的动乱，开创了海南历史的新篇章，奠定并稳住了中国南方疆海的千年阵线，最终为成功扩大中国的版图，做出了彪炳千秋的贡献。

冼夫人不仅仅是海南的开岛元勋、开发海南省的第一人，她还把海南从蛮荒推向文明进程。冼夫人给海南人民带来了岭南和中原先进的生产劳动技术，如牛耕、兴修水利、选育良种、制肥施肥、田间管理等生产劳动技术。冼夫人也是传授和改进纺织技术的先驱，她向以树叶遮体的海南人民传播纺织技术，使他们穿上了衣服，并在后来不断实践、改进和创新，使纺织技术有了更大的提高。到了元代，另一历史女名人黄道婆又向海南黎族人民学习纺织技术，并带回故乡松江府。

冼夫人是政治眼光最准确、独到和成熟的女将。她的武功与文治相互辉映，她擅长“维稳”，“维稳”业绩显著，战功赫赫，包括多次平叛岭南的叛乱，解决部落纠纷和民族纠纷、反贪等。她虽拥兵自重、拥有自己的武装力量，亦具备称雄割据的条件和实力，但她在中国处于混乱分裂之时，决不搞割裂分治，也决不独立称王。她顺应历史潮流，维护祖国统一，增强民族团结，促进南粤社会跨越式发展，卓越的功勋成就了她千古不朽的英名。

冼夫人是史上受封名号最多的女将。她历经梁、陈、隋三朝，在八十多年的风雨变幻、朝代更迭中，她因功勋卓著，得到了梁、陈、隋三朝帝王的认可和册封，除了“谯国夫人”“诚敬夫人”这些封号之外，南汉时，朝廷追封冼夫人为“清福夫人”。宋朝追赠为“显应夫人”，加封“柔惠夫人”。明朝初年，朱元璋册封冼夫人为“高凉郡夫人”。清朝同治追赠为“慈佑”封号，并赠“慈佑”金匾一面。《隋书》《北史》《资治通鉴》等史书均记载并赞美了冼夫人的生平事迹、历史功绩及爱国精神。

冼夫人一生征战无数，却是从无败绩的女将，史称她“智勇兼备，至老未尝败”，堪称智慧女神，她被百姓尊称为“岭南圣母”“南天一柱”。

在十大巾帼英雄中，冼夫人是被最多国家和人民祭祀的女将。据统计，到目前，海内外共有两千多座冼夫人庙，除了广东的粤西、广西、海南和港台，在菲律宾、马来西亚、越南、泰国、新加坡等地，也都建有为数不少的冼夫人庙。千百年来，她享万民祭祀，世世代代香火不断，人民对冼夫人的热爱和崇拜是发自民间的，是由衷的。她成为了老百姓心中的保护神，人们将她当成圣母神仙来供奉。除了修庙祭祀外，民间还常常定期举办许多与冼夫人有关的民俗纪念活动，如粤西一年一度的年例，海南的军坡节、请婆祖等。每年到了农历十一月廿四日，茂名、湛江等地的百姓还会用醒狮表演、粤剧演出、彩车巡游等方式，表达对这位“岭南圣母”的敬仰与崇拜。

苏东坡被贬海南时，他瞻仰儋州冼夫人庙后曾赋诗一首，以表达对冼夫人的崇敬和追思。其诗《冼庙》如此写道：

冯冼古烈妇，翁媪国于兹。
策勋梁武后，开府隋文时。
三世更险易，一心无磷缁。
锦伞平积乱，犀渠破除疑。

庙貌空复存，碑版漫无辞。
我欲作铭志，慰此父老思。
遗民不可问，偻句莫余欺。
爆牲菌鸡卜，我当一访之。
铜鼓壶卢笙，歌此迎送诗。

历史上对冼夫人表示追思和赞誉的诗作很多，苏东坡的这首比较著名，如今很多冼夫人庙都会有所刻录。诗中的“三世更险易，一心无磷淄”一句，是冼夫人一生的光辉写照。她历经南朝梁、陈、隋三朝，无论政治局面如何险象环生、举步维艰，她始终致力于维护国家统一和民族团结，忠心耿耿，顺应民意，为岭南的繁荣和稳定做出了卓越贡献。

“当年冼夫人力排阻力，坚持维护国家统一，增强民族团结，让岭南各族人民安居乐业，其功不可没，至今她仍为我辈及后人永远学习的楷模。”这是2000年2月20日江泽民视察高州城冼太庙时的讲话。

“冼夫人是我国越族的杰出人物，也是我国历史上最杰出的妇女之一，她对当时当地的人民生活安定和生产发展有贡献，这样的人物是应该肯定的，应该歌颂的。故事剧里有穆桂英挂帅、余赛花百岁挂帅、杨门女将等剧目，我要向戏剧家们建议，为什么不写冼夫人呢？她的一生是值得也应该写成历史剧的。”这是1961年1月14日，著名历史学家吴晗在《光明日报》发表《冼夫人》文章对冼夫人的评价。

“冼夫人是妇女为国立德立功之第一人；妇女开幕府建牙悬肘之第一人；妇女任使者宣谕国家德意之第一人；妇女享万民祭祀之第一人。”这是广东省文史研究馆副馆长、中山大学教授、著名学者冼玉清女士在1938年3月7日《岭南周报》发表《民族英雄冼夫人》文章对冼夫人的评价。

三

茂名是冼夫人的故里。我是茂名人，从小，我就为自己的家乡有这样一位出类拔萃的巾帼英雄，感到无比自豪。

冼夫人是当时岭南俚人首领的女儿，出身高贵，是类似于今日缅甸昂山素季这一类的女人。很奇怪，当时岭南原住民都服她，不服她的哥哥冼挺，她被族人推举为岭南世袭的俚人大首领。一个小女子能有如此威望，这在以男人为中心的封建社会，实属难得，真乃女中奇男子，千古推第一。

在茂名，这位巾帼英雄的故事可谓是家喻户晓，祖祖辈辈们都在传颂着冼夫人的神话传说，其中有故事，也有歌谣，我是听着冼夫人的神话故事长大的。

我的祖母，每逢春节的大年初一，她老人家就颤颤巍巍，不是在冼太庙烧香，就是在去冼太庙烧香的路上。她心中虔诚地认为，冼夫人是天底下最灵的神，她慈悲为怀、有求必应、荫泽万民、护佑着天下苍生。在粤西一带，一千多年来已悄然形成了“初一、十五拜冼太，小孩子契冼太，遇困求冼太，诞辰祭冼太”的民间习俗。凡是命禄科举、祛灾除疾、驱邪避恶、诛罚讨逆、庇护商贾、通畅财源、决断疑难等，成千上万的粤西人民无不祈求于冼夫人。粤西冼夫人庙宇几千年来香火不断，遍布岭南大地，佐证了这位“岭南圣母”千百年来的光芒魅力。

我对自己童年印象最深刻的是，我尤其喜欢大海，喜欢听那波涛滚滚的海浪声。清晨，红彤彤的太阳跃出海面的一刹那，金光万道，光芒万丈，令我感动得流眼泪。太阳、大海、星辰，呈现着无比蓬勃的天地力量。大海壮阔，浩瀚汪洋，深不可测，海浪潮汐波澜不止，一波一波汹涌澎湃，海潮涌上来，又退下去，那是海的呼吸、海的节拍、海的韵律。晨为潮，夜为汐，日出日落，周而复始，生生不息。傍晚，天边云蒸霞蔚，彩霞漫天似霓裳羽衣在飘舞；起初，夕阳西下中一片红，不久，暮色苍茫中一片蓝。海风椰林中，吹送着阵阵惬意和温馨。

我最喜欢的诗句是：海上生明月，天涯共此时。与白天比较，夜晚的海边更具浪漫气质。没有月亮的海面，没有了月华的逶迤，黑色如漆，如同笼罩着一层薄薄的纱布，只听海的声音，一呼一吸，一涨一退，是那么激情暗涌，又是那么神秘。

每次到海边，我脑海总会浮现出冼夫人的神话传说。在冼夫人时代，包括更早，百越民族就有扬帆航海的壮举，冼夫人就是在这里率军乘着大舟扬帆出海，去征服海南岛，去征服多方岛国。百越民族虽无吟诵大海诗文存世，却以行动向大海讨生活：捕捞、贸易与征战。虽说生活艰辛不易，大海瞬间就能把人吞没，但伴海而生，乃古代百越人的生活常态。冼夫人，她是大海的女儿，是海上女神，所以，她有着海一般的广阔胸怀，有着海一般的崇高智慧。

少女时期，我常思索，冼夫人的夫君冯宝，他是如何娶到冼夫人这类“母夜叉”“母老虎”的？

梁大同元年（535），罗州（今化州市）刺史冯融，闻说高凉俚洞冼氏部落出现了一位年青的女首领，她文武双全，品貌兼优，便亲自上门拜访。冯融在俚洞首领府内，只见冼首领仪表大方，态度从容。他与冼首领谈及时政及军事等诸问题时，冼首领对答如流，而且言辞精辟，智辩纵横。冯融十分钦佩，赞叹不已。他即托媒说亲，要给自己时任高凉太守的儿子冯宝娶为媳妇。

冯家原本是北燕皇室的后裔。太延二年（436），北燕王冯弘被北魏太武帝打败后，投奔高丽国。与此同时，嘱咐他的儿子冯业带领三百多名亲属和部将乘船南下，投奔宋王朝。宋王朝把他们安置在新会郡，并封冯业为怀化侯，任新会太守。

从冯业到冯融，已经是第三代了。他们三代，虽然都任太守、刺史等地方的文武高官，但因他们原是从北燕来投靠宋王朝的，既无当朝的士族做后台，又无地方豪强做依靠，加之他们是深入南越民族聚居的中心地带内任官的外地汉人，当地人对他们存在着一定的民族偏见。因此，他们的官职虽然不小，却指挥不了当地的南越土著民族，所谓“强龙难压地头蛇”。当冯融知道冼氏家庭出现一位年青貌美的俚人女首领时，便想通过儿子冯宝的这门亲事与地方的强大部族结成联盟，以结束自己家族独立无援的政治地位，从而更好地推行王朝政令，统治地方。

冯冼二人政治联姻后，冼夫人尽力协助丈夫冯宝处理政事，并约束本族民众，自觉遵守王朝法令。有违法者，不论亲疏，不徇私情，虽然是本族部落的头人首领，也一律按官府的法规实行处置。从此，没有人敢违法乱纪，王朝政令在俚人地区始得通行。从此，岭南地区出现了前所未有的安定局面。没有人会料到，一千多年前的一段政治婚姻、汉俚两族人的结合，会造就一位伟大的巾帼英雄 ——冼夫人，并开创岭南一百多年繁荣稳定的新局面，促成中国的第二次大统一。

茂名电白县有一道特产，叫电城炒米饼，古称“娘娘饼”。电城炒米饼制作技艺历史悠久，相传其起源与“岭南圣母”冼夫人有关，炒米饼被认为曾经是作为冼夫人军中的军粮而存在。正所谓“兵马未动，粮草先行”，粮草，无疑是冷兵器时代决定战争胜负走向的重要因素。炒米饼极易保存和携带，冼夫人的部队带着它，能奔袭千里。由于干粮充足，冼夫人部队个个能英勇杀敌，而叛军因为物资准备不足，在饥寒交迫中失了士气，兵败如山倒。

四

冼夫人上马能征伐，下马能治国，而且雄才大略，在许多方面与南越王赵佗相近：知天下大势顺势而为，保一方平安和谐中华。但她与南越王赵佗不同的是，她绝不称王称雄，她亦告诫她的子孙后代不要称王称雄。她经常告诫子孙：“我事三代主，唯用一好心，今赐扬具存，你等忠孝之报也，愿汝皆思念之。”

在隋末唐初动乱之际，冼夫人的孙子冯盎逐渐成为南越地区的大首领，管辖二十余州，领地数千里（其中包括整个海南地区），其规模已超越秦汉时期赵佗所建的南越国。冯盎手握重兵，却没有拥兵自重、自立为王，仍能忠诚归顺唐朝中央王朝，颇具冼夫人忠国不渝之遗风。

在我的脑海中，我经常拿巾帼英雄冼夫人与一位现代女性作比较，她就是台湾地区领导人蔡英文。

蔡英文与冼夫人一样，都是黑眼睛黑头发黄皮肤的中国人，都是炎黄子孙，说的是汉语，写的是汉字。泱泱华夏五千年，血同源，书同文，中华文化一脉相承，但她们两者的思想却相差十万八千里，有着天壤之别。

冼夫人终生都在维护国家统一，即使手握大权、辖境广博，足以称雄割据一方，却从无自立之心。她顺应历史潮流，致力维护国家统一、促进民族团结。

蔡英文却公然分裂中国，她想尽一切办法、使尽浑身解数、运用一切政治手腕，甚至当美国人和日本人的走狗汉奸也毫不羞耻，就是企图分裂中国，使台湾从中国的领土上分离出去。蔡英文的“台独”野心，可谓“司马昭之心，路人皆知”。

冼夫人是高瞻远瞩，蔡英文是鼠目寸光。

纵观中华民族上下五千年的文明史，民族复兴、国家统一是大势所趋，是任何人任何势力都阻挡不了的。

台湾永远是中国不可分割的一部分，无论历史、现在还是将来，任何企图将台湾从中国版图分裂出去的人，都不会有什么好下场。一切企图将台湾从中华版图中分裂出去的图谋必将是失败的。

郑成功凭收复台湾的辉煌功绩，彪炳青史，千古流芳，永远被中华民族后人敬仰，永远被称为民族英雄。蔡英文想要超越郑成功的历史功绩，易如反掌，就是促进祖国和平统一。但如果依旧执迷不悟，罔顾历史潮流，倒行逆施，分裂祖国，那她将会是中华民族的败类，永远被钉在中华民族耻辱柱上，被后人唾弃。

游洪秀全故居

纵观中华民族上下五千年文明历程，黄河流域与长江流域诞生了无比悠久和灿烂辉煌的中华文化，用任何语言去讴歌，去赞颂，都不失为过。黄河与长江，永远被中华儿女歌颂为“母亲河”。

但纵观中国近代史，在被古人称为“天子南库”的岭南地区，有一条河流，它在中国近代史上大放异彩，风云迭起，焕发出勃勃生机，它就是珠江河。

明清以来，世界海洋文明异军突起，并遥遥领先于东方的农耕文明，西方列强开始称霸全球，在被李鸿章惊呼为“三千年未有之变局”中，珠江河流域精英荟萃，人杰地灵，诞生了好几位影响中国近代历史进程的英雄人物，他们前赴后继般谱写了一曲曲惊天地、泣鬼神的革命赞歌。花县（今为花都）洪秀全领导的太平天国农民起义运动，南海康有为引导的戊戌变法运动，香山县（今为中山市）翠亨村的孙中山先生领导的辛亥革命……一件件影响中国近现代历史进程的大事件，如火山爆发般天崩地裂，气势磅礴。珠江儿女们，为了驱除鞑虏，恢复中华，他们粉身碎骨，矢志不移，革命的浪潮一浪高过一浪；他们救国救民，上下求索，亲手打碎了封建帝王的皇冠，毁灭了封建王朝的美梦。

一

在广州生活工作已多年，每一次和朋友们经过花都，除了对花都风光旖旎的山山水水和美味可口的民间小吃无比偏爱之外，我们也对花都的历史名人洪秀全的家乡怀有浓厚的兴趣。每次到花都，我们都会绕道到洪秀全的故居去参观游览，对于故地重游，我是乐此不疲。

来到洪秀全故居，潜意识中我会拿洪秀全的一生与另一位力挽狂澜的晚清名臣曾国藩的一生作一番比较。洪秀全领导的太平军为什么就败给了曾国藩领导的湘军呢？曾国藩的绰号叫“曾剃头”，曾国藩的弟弟曾国荃的绰号叫“曾铁桶”，难道历史上的湘军真的是一支无坚不摧、无往不胜的威武之师？“既生瑜，何生亮”，难道曾国藩与洪秀全这两位历史巨人真的是一对天生的克星？历史的拷问充满了迷惑。而在花都洪秀全故居内，那琳琅满目的文物似乎蕴含着某种沧桑的历史答案，历史的回音在那里绕梁不绝，在那里绵绵回荡，令人深思。

对于名人故居，人们总是怀着好奇的心情，慕名前往的旅客更是络绎不绝，正所谓“纸上得来终觉浅，绝知此事要躬行”，不身临其境去领略、去感受一番伟人曾经生活居住过的地方，总觉得会成为一种遗憾。名人故居的魅力是什么？我想答案有千万种。但对于我来说，我觉得名人故居就是历史人文痕迹的缩影，那里珍藏着历史人物的童年岁月和成长足迹。俗话说“一方水土养一方人”，是什么样的水土养育出伟人、造就出伟人？又是什么样的思想生根萌芽于伟人的童年时光以及影响着伟人的成长？给予人们血肉和灵魂的故乡，那情浓于水的乡音和乡土，深深镌刻着一方水土的烙印。中国古人讲究魂归故里和落叶归根，让异乡游子一辈子都梦魂牵绕的故乡，是漂泊和孤独的灵魂最终安放的地方。唐代大诗人李白的一句“举头望明月，低头思故乡”，让中国人吟诵了上千年。名人故居由于名人的光环效应，自然而然显得与众不同，流光溢彩。

花都，旧时称花县，这里是太平天国农民起义领导者洪秀全的故乡。我第一次游览洪秀全故居的情景，至今仍历历在目。

阳春三月的一个清晨，东方的天空朝阳如火，和煦的春风暖暖融融，蓝天白云通透亮丽，万里云烟之外，莺歌燕语在啼啭，繁花翠叶簇绽枝头，春意盎然，仿佛在召唤我出游的心情。我当时是独自一人叫了一辆出租车，风尘仆仆地来到了花都洪秀全的故居。路途中，出租车司机开玩笑地对我说："一个手无寸铁的弱小女子，单枪匹马去造访英雄故里，可真够诚意的。"我对自己说，也许是冥冥之中那铮铮铁骨的民族英雄给予我莫大的勇气，这趟独行独往的孤独旅程，我终生难忘。记得18世纪法国大革命的思想先驱卢梭有一句名言："人生而自由，却无往不在枷锁中。"能在春暖花开的日子里来一趟说走就走的旅行，实属不易，人生并不是时时刻刻都能随意任性和轻率妄为。

刚一下车，我的目光就好像是被某种神秘的磁场给吸引住一般，映入我眼帘的第一项景物便是一尊硕大的青铜雕像。这尊铜像庄严肃穆地矗立在蓝天白云之下，茫茫乾坤中，似乎有一股身先士卒，一马当先、赴汤蹈火、临危不惧的英雄气息从四方八分扑面而来，无比震撼地引起我的注意。我仔细拜读铜像下面的文字，原来这座青铜像雕塑的正是洪秀全。我惊愕不已，主观意识中，我一直以为敢拉起一支农民队伍起义造反的洪天王，就像是手起刀落，杀人不眨眼的土匪，没想到这位太平天国的缔造者，让满清政府闻风丧胆的洪天王是如此地斯文俊秀。我抬起头来再一次仔细端详这位气势非凡的洪天王，只见洪天王头扎布巾，面目俊朗，雄姿英发，血气方刚，透露着一股天不怕、地不怕的英勇无畏气概。此时此刻，洪天王正昂首挺胸，悬崖上的山风似乎正在吹动他的衣襟，他左手仗剑，右手叉腰，目光炯炯，威风八面，戎马倥偬，好像正在指挥千军万马。不远处有位浓眉大眼的旅客也正在观看这尊铜像，只见这位大叔双手作揖，诙谐地对着洪天王的雕像大声喊道："洪天王，久仰久仰！"这一声幽默的喊叫声，模拟了一种英雄惜英雄、英雄相见恨晚的欢快气氛，周围游客听了都哈哈大笑。

这尊巨大的洪天王雕像，仿佛充满着魔力一般，它静悄悄地在我面前拉开了历史的帷幕，好让我窥视洪天王那段早已化为灰烬、化为尘埃的悲壮岁月。

我们都知道，洪天王可真不简单，他是花都人民的骄傲，也是中国历史上一个闪亮的名字。鸦片战争之后，中国已沦为半封建半殖民地社会，当时的清朝政府对内残酷压迫，鱼肉百姓；对外屈膝投降，割地赔款。为了赔给外国人更多的真金白银，清朝政府拼命在民间搜刮民脂民膏，他们横征暴敛，贪腐成风，老百姓哀鸿遍野，民不聊生。朱门酒肉臭，路有冻死骨，农民们为了活命，不停地发动暴动，全国上下人心鼎沸，烽烟四起，1842到1850年这几年间中国发生的农民暴动就达九十多次，但由于他们力量分散，也没有一个有力的思想指导，很快都被镇压下去了。但是，洪秀全领导的太平天国起义运动就不一样了，古时有一句老话叫作“书生造反，十年不成”，但谁能想到，这位三番五次科举不中的岭南落榜书生，他不但造了反，而且还造反成功，他高举反清大旗，气势汹汹，一路高歌猛进，沿途无数饥民纷纷加入其起义队伍，他们摧枯拉朽，所向披靡，锐不可当，打得清廷八旗兵丢盔弃甲，满地找牙，哭爹喊娘。他们从广东直打入南京，还歃血盟誓要继续挥师北进直捣北京的紫禁城。

洪秀全利用“拜上帝教”组织农民起义，奇迹般地缔造了太平天国，令全世界瞠目结舌，震惊中外，短短几年内，他就从一名书生一跃成为中国近代伟大的农民运动领袖，太平军先后攻占了六百多座城市，鼎盛时期占据了清朝的半壁江山，让大清王朝瑟瑟发抖，担惊受怕了整整十四年，其规模之大、历时之长、影响之深，为世界所罕见。

洪秀全青铜像的背后，是一个平坦宽阔的广场。广场的四周分布了几座表现太平天国风起云涌、波澜壮阔的战斗历史群雕。我仔细看了看，这些雕像群分别是“结义创会”“金田起义”“永安建制”“定都天京”，它们形象地展现了那段血流成河、刀光剑影的岁月。广场后面，是太平天国历史博物馆，一面鲜艳夺目的五星红旗在博物馆的上方高高飘扬。广场的左方，是一座古色古香具有客家传统建筑风格的门坊，那里面是洪秀全的故居，郭沫若先生亲笔题写的“官禄㘵”和“洪秀全故居”这几个大字，在阳光照射之下笔走龙蛇、龙飞凤舞，分外耀眼。

我决定，先去参观太平天国历史博物馆，然后再去参观洪秀全故居。

二

刚迈进太平天国历史博物馆的第一个展厅，就如同于置身富丽堂皇的天朝宫殿之中，一眼望去，整个大厅绚丽斑斓，令人震撼，周围和窗棂都是红彤彤、亮堂堂的，那精美的龙凤图案镂雕，大放光彩，彰显出帝王的威严。两旁漆黑的柱子上镌刻着一副金色对联，金光闪闪，我仔细观察，内容如下：

天命诛妖，杀尽群妖，万里河山归化日；
王赫斯怒，勃然一怒，六军介胄逞威风。

这时，我们的洪天王正威风凛凛、霸气十足地端坐在龙椅上。仰望洪秀全金黄色的塑像，我的耳畔犹如回响着太平天国将士们地动山摇般呐喊“天王万岁”的声音。公元1853年，太平天国的开国大典威震寰宇，不可一世。杨秀清、韦昌辉、石达开等几位领袖也同洪秀全一起登上天朝宫殿的正中央，接受五十万将士的振臂欢呼，洪秀全庄严地昭告天下，太平天国定都天京，那是太平天国最威风最震撼的仪式，也是太平天国最辉煌最高光的时刻。

博物馆采用了3D历史场景、逼真的硅胶人物塑像并结合历史文物、图片以及油画等多种形式，有声有色、形象生动地再现了太平天国历史的宏伟画卷。

纵观中国历史，农民起义是层出不穷，有一个规律就是起义者几乎都是在其家乡范围内发动起义，但是，洪秀全却是一个例外。他是一名广东人，却千里迢迢地跑到广西金田去发动起义。可能有人要问，为什么他不在其家乡广东发动起义，却跑到广西的金田村去起义呢？这是因为一开始他在家乡砸毁孔子牌位受到当地官绅的迫害，使他无法在家乡立足，另一个原因是金田所在的那一片地区是广东、广西的交界处，还是汉、壮、瑶混居的地方，清政府统治的力量比较薄弱，所以洪秀全聪明地避实就虚，再加上当时广西闹灾荒，人们暴动的动力大，这些条件相加，造就了成功的金田起义。

在第三展馆内，洪秀全当年穿过的一件龙袍被挂在展厅正中央最耀眼的玻璃橱窗内，吸引了大批的游客围观。我上前看了看，只见龙袍的颜色已经黯淡，但它往昔的辉煌却欲盖弥彰，那绣在龙袍上的九条金光闪闪的五爪金龙，正在张牙舞爪，金刚怒目，仿佛真龙天子的威严呼之欲出。

一位小学生围着这件龙袍转了一圈又一圈，怅然地说："这龙袍有什么好的？一点儿都不好看！"这天真烂漫而又稚嫩的言语，引得大家哄堂大笑，连博物馆的讲解员也忍俊不禁。历史上，有多少英雄好汉为了实现黄袍加身的梦想，引发了多少场血流成河的战争，真是数不胜数，但最后都是一场空，终究成了一场梦。洪秀全为何能实现黄袍加身呢？

太平军曾经使用过的武器和军令状等，一件件分门别类地摆在各个展览大厅，琳琅满目。刚起事时，太平军战士使用的武器是刀、长矛，将官才会佩剑，有些士兵是拿着棍棒、铁叉等农具冲上战场的。看着这些简陋的武器，我浮想联翩。

可以说，一百七十年前的太平军，是一群最卑微、最没有文化的农民了，他们被清政府压迫在生活的最底层，但是，这群目不识丁的农民却能从一个贫困落后的小山村起步，雄赳赳气昂昂地拉起了百万大军，从村里建国，乡里称王，到城里分封，千里奔袭转战了十八个省，与清朝政府抗争了十四年，他们管理过中国上亿人口，掀起了世界历史上农民起义的最高峰。我想，洪秀全领导的这支农民起义军，堪称是“农村包围城市”的模范先锋，是近现代中国的第一支人民武装队伍了，是红色武装之前的先行者，他们用实际行动证明了人民的“星星之火，可以燎原”。

三

从博物馆出来，已是中午时分，万里无云的天空突然漆黑起来，霎时，一阵轰鸣声从天空滚过，仿佛那是春天的第一声春雷在花都的穹隆上空裂开，紧接着是一连串的电闪雷鸣，春风裹着绵绵的春雨哗啦啦地下了起来。

在这哗啦啦的绵绵雨声中，我走进了洪秀全的故居。

洪秀全在花县福源水村出生后不久，便全家迁到官禄㘵。官禄㘵是客家话“棺材铺”的谐音。相传，这里原先只有两户人家，没有村名，因有一户是造棺材买棺材的，因此人们就把这个地方叫作“棺材铺”。村子日渐壮大后，老叫“棺材铺”不吉利，于是村民就取“棺材铺”的谐音，改村名为“官禄㘵”，这名字一下子就给这个村庄赋予了“高官厚禄”的美好寓意。

官禄㘵过去是一个穷得叮当响的村子，当地曾流传过这样一首民谣：“官禄㘵，官禄㘵，食粥送薯芋，乌蝇叼粒饭，追到新街渡。”意思是官禄㘵村很穷，苍蝇叼走一粒饭也要赶上夺回来。这首民谣，正是当地农民贫苦生活的真实写照。

在广东这片热火朝天的土地上，洪秀全留下了许多的足迹，他曾在这里读书、教书、耕作并从事早期的反清活动。

洪秀全的故居为泥砖瓦木结构，是典型的客家民居，一厅五房，六间相连，客家人称为“五龙过脊”。洪秀全的长子洪天贵福（后为幼天王）在此出生。不过，如今这里保存的房子并不是洪秀全祖上的老房子，因为在洪秀全金田起义之后，清朝政府在1854年和1864年先后两次到官禄㘵村“诛九族”，洪秀全家族中差不多所有的亲友都被杀光，村里所有的房屋都被烧光，村里一切都被夷为平地，化为了灰烬。现在这里的房子是新中国成立后根据调查资料和考古发掘在原来的地基上重建的。

在洪秀全的故居旁，还有一块没有复原的墙基，那就是太平天国的另一位名人洪仁 的故居遗址。洪仁 是太平天国的干王，他总理了太平天国后期的朝政，是著名的《资政新篇》的作者。《资政新篇》是我国第一部具有资本主义色彩的治国大纲，也是中国人最早提出的在中国发展资本主义的方案。

洪秀全故居的门前有一口大池塘，这口大池塘非常奇妙，它的弧度呈月牙状的弯月形，不仅能把官禄㘵村的村貌整个倒映出来，同时也能够看到远离村子十里外的丫髻山的倒影。村里的老人们说，官禄㘵风水好，位置得天独厚。村后大大小小十八座山呈半圆形环抱着整个村子，有“十八罗汉朝天子”一说，可见这里的确是田园锦绣，人杰地灵。官禄㘵村也吸引了无数喜欢研究风水的专家慕名前来勘查。

在洪秀全故居的左侧，有一株形状奇特的龙眼树。这株龙眼树是洪秀全少年时期亲手种植的，距今有一百七十多年了，它旁边就是洪氏家族饮水的古井。当年因为古井周围都是花岗岩，很难将树种活，村民们种了许多次树都长不成，只有洪秀全种的这一棵成活了，村民们都说，这娃子将来会是个人物。相传就在清政府来烧村的前一天，天降大雨，一道闪电击中此树，将它劈成两半，此树奄奄一息，于是它才逃过敌人的焚毁，清军曾借此残枝示众，并扬言“谁敢再造反，下场就会像这棵树一样遭天雷劈死”。可是这棵树非但没有死，反而奇迹般活了下来，并以它那顽强的生命力长成了一棵青龙体态的大树，直到今天，每年的七八月依然硕果累累，堪称人间奇迹。

我仔细观察这株龙眼树，只见它的树身从中间分为两半，匍匐在地，宛如盘踞偃卧的双龙，但倔强的它又从两端向上伸展，五条新生枝干从树身拔节而起，枝繁叶茂，荫盖的面积郁郁葱葱，生命力顽强。1959年9月，谢觉哉到洪秀全故居参观时，看到这棵龙眼树也有感而发，老人家即席题诗一首：“天王理想今全现，扫尽不平才太平。留得千载龙眼树，年年展眼看分明。”人人都说，这棵龙眼树象征了洪秀全的精神，它不屈不挠，战斗到底，并永远向往着太平美好的新生活。

四

我坐在廊檐下休息时，天空依然在下着雨，俗话说“春雨贵如油”，这雨　　的，也甜丝丝，如绢丝一样，又轻又细，它就像一块广阔无垠的白布，在将天地擦亮。“好雨知时节，当春乃发生；随风潜入夜，润物细无声”，在它的滋润下，万千生灵在蓬勃生长，天地展现盎然生机。

我脚下的这片热土，正是给予洪秀全血肉和灵魂的故乡，凭栏怀古，更添幽思。看着那缥缥缈缈的细雨，如梦如烟的历史烟云仿佛昨日重现一般，这里的每一寸土地，都在有声有色地向我诉说关于洪秀全更多更精彩的故事。

洪秀全到了二十五岁都还没有考上秀才，书塾老师开导他："小秀全呀，别心急，想当年我五十岁才中秀才，你还年轻呢，来，把今年的师塾费结了！"

洪秀全气火攻心，大病一场，他高烧不退，半死不活，迷迷糊糊当中，有一个白胡子老头对他说："小秀全啊，这辈子当状元是不可能的，你去人间，是为了斩妖除魔。"醒来后，他找人解梦，有人说那白胡子老头是西方上帝，也有人说那是圣诞老人。

说来也怪，大病初愈的洪秀全经常口中念念有词："斩！斩！斩！"吓得人人都说他疯了。他仍想实现科举梦，光宗耀祖。于是他继续悬梁刺股，寒窗苦读，闻鸡起舞，可第四次考试还是名落孙山，那一年，他二十九岁了。他的同窗同学比他年轻，但已经是白天抱孩子，晚上抱媳妇的举人了，前途无量，可他洪秀全却连一个秀才都没有混上。

洪秀全绝望了，他把家中的书全拿了出来，一把火给烧了，烧的过程中，他发现了一本《劝世良言》，那是基督教的宣传小册子，他好奇地打开了这本小册子。结果，他这一打开可不得了，如同中国的万里晴空顿时是云卷雷鸣，突然砰的一声炸裂了，注意，不是女娲要来补天，而是西方上帝的“二儿子”在中国闪亮登场了。

如果洪秀全打开的是一本《如来神掌》或者是一本《九阴真经》，我想，可能就是另外一种版本的故事了。这本《劝世良言》，洪秀全足足看了上百遍，一个被科举压抑了十几年的青年在多次挫败之后，憋屈的怒火终于找到了另外一个发泄口，他决定，他要砸烂中国两千多年来所尊崇的儒家孔夫子学说，他要创立自己的学说——拜上帝教。

他有一位同学叫冯云山，跟他志同道合，两人开始在村里传教，经常向村民们描述那天国般的美梦。村民们听了一半，就冲上去摇他们：“喂，快醒醒，这里不是天国，这里是大清。”一开始，没有人相信他们那一套说教。

没人相信怎么办？那得学会包装啊！洪秀全算是中国市场营销学的开山鼻祖了，为了包装理想，他特意跑去广州的基督教堂报了高级研究班进行研修，毕业时请求领洗圣水，结果被拒绝，西方教士认为，他对基督的理解错得是相当离谱。一般教徒认为：我是基督的；洪秀全却认为：基督是我的。中国共产党无比英明地将马克思主义中国化，洪秀全也精明地将西方基督教中国化，从这一点来看，他乃是最早向西方寻求救国真理的先进中国人之一。

洪秀全没读过《圣经》，但不影响他封自己为耶稣的“弟弟”。他自从“注册”了拜上帝教这个“新商标”后，就亲自编写了大量接地气的传教软文，向大众传播，大意就是：“有田同耕，有粮同食，有衣同穿，你们的生活很苦，我们的信仰很美，加入我们，天下一家，共享太平。”

1847年，冯云山被桂平知县逮捕入狱，同时也在通缉洪秀全，洪秀全害怕了，于是溜之大吉，一时群龙无首，很多人都想散伙。生活需要仪式感，革命事业更需要仪式感，关键时刻，烧炭工杨秀清灵机一动，突然往地上一倒，人事不知，口吐白沫，满口胡话。说什么呢？他说：“我是上帝，你们要保住我的儿子洪秀全，不许散伙，吉利吧啦吧啦吧……”结果，动摇的人居然都不跑了，反而更加相信上帝，更加信仰拜上帝教。

等洪秀全跑回来一看：“哎哟，我多了个‘爹’！”而且呢，一到关键时刻，杨秀清就口吐白沫，洪秀全就知道：“我‘爸’杨秀清来了！”洪秀全只能认这个“爹”：“对，对，‘天父’说的是，接受‘天父’的教诲！”

萧朝贵一看：“哦，就你杨秀清会吐白沫？我也会呀！”等萧朝贵也口吐白沫的时候，直接就说自己是“天父下凡”。

杨、萧二人凭借“跳大神”实现了弯道超车，杨秀清成了“上帝”，萧朝贵成了“耶稣”，宗教地位高于洪秀全和冯云山，他们组成了“上帝一家人”，一到关键时刻，就玩角色扮演。

洪秀全心里面肯定不爽，但大家有共同利益，不但不能揭穿，还得相互配合，共同上演“上帝一家亲”。

有时候，太平军将士们也会纳闷：“为啥天父天兄每次说的都是广东土话？”

名不见经传的杨秀清假托“天父下凡”安抚了拜上帝教的会众，稳定了人心。队伍越来越壮大的同时，也奠定了自己在教会中的地位。

想管理好团队，不仅需要制度，还得经常传达精神。刚开始拜上帝教是在白天开会，这人山人海的，还以为是南蛮的土匪痞子在聚殴，由于影响过于恶劣而被衙门驱散。后来就改到了晚上开会，那场面真是锣鼓喧天，彩旗飘飘，一大片火把照得满山通红，经常有人以为是山头着火了，赶紧向衙门报警，等衙门里的人来一看，这时候的洪秀全，官府也得让他三分，因为，他已经是有一万多粉丝的教主了……

1851年，广西闹灾荒，人们实在过不下去了，洪秀全振臂一呼："兄弟姐妹们，朝廷不顾老百姓的死活，古来事业由人做，王侯将相宁有种乎！操起家伙，杀清妖，一起分田地。"金田起义爆发了，一路浩浩荡荡，号称大清朝最厉害的部队，王牌中的王牌，僧格林沁麾下的八旗兵，怎么拦也拦不住这支农民起义队伍。

俗话说"行不改名，坐不改姓"，三十七岁的洪秀全发动金田起义后，就将自己的名字"洪火秀"改为"洪秀全"。"秀全"为禾、乃、人、王组成，"禾"这个字，在广东粤语方言当中读"我"，用粤语来讲就是："我（吾）乃人王。"洪秀全改名字，是为自己造势。

太平军打到武宣县东乡后，洪秀全登天王位。打到永安后，洪秀全开始分封其他各王：封杨秀清为东王九千岁，封萧朝贵为西王八千岁，封冯云山为南王七千岁，封韦昌辉为北王六千岁，封石达开为翼王五千岁。西、南、北、翼各王都受杨秀清节制，洪秀全只是一个名义上的领导人。历史学家一看就知道，这个体制就是冯云山仿照英国的君主立宪制设计的，国王只是名义上的首脑，首相才是实际领导人。

太平天国起义之初的蓬勃朝气，压倒了病入膏肓的清朝暮气。洪秀全的势力有多猛呢？仅仅两年时间，他就从金田村打到了六朝古都南京。西方列强赶紧来巴结他，法国派代表去南京慰问演出，英国人称愿意帮洪秀全打败清朝政府，不过呢，事成之后，要半壁江山。洪秀全断然拒绝道："我争中国，意欲全图：事成平分，天下失笑；不成之后，引鬼入邦。"孙中山先生说，洪秀全是真正的民族主义者，是爱国主义战士。

太平军在各方面都搞了许多的"新发明"，其中最突出的就是公有制了，它颁布的《天朝田亩制度》规定："凡分田照人口，不论男妇，算其家口多寡，人多则分多，人寡则分寡"。

为了鼓励女性参军从政，太平军废除了缠足女性不出门的陋习，也禁止搞买卖婚姻和收取彩礼，因此，太平天国在短短十几年的历史里，文有中国第一位女状元傅善祥，武有能征善战的女将军洪宣娇。

然而，原本充满朝气和理想的太平天国，由于东王杨秀清经常表演“上帝”来了，让天王洪秀全向他下跪，这样内部的领导权就乱了套。为了争权夺利，残酷的内斗开始了。

1856年9月，烧炭佬出身的军事奇才杨秀清，被北王韦昌辉手起刀落人头滚地，东王杨秀清全家被诛杀，翼王石达开全家被诛杀，北王韦昌辉被五马分尸，几万名太平军战士在此次事变中死于非命，血洗成河。原本势如破竹，距离成功仅一步之遥的太平天国，就在这场名为“天京事变”的荒唐内讧中，元气大伤，进入了转折点，由盛变衰，逐渐走向灭亡。

此后，太平军士兵开始传唱：“天父杀天兄，江山打不通，打起包裹回家转，依旧做长工。”由于担心自己会大权旁落，洪秀全不再信任自己的老部下，反而像其他的封建帝王一样，让外戚揽权。奸宄当道，翼王石达开被迫带着二十万精兵出走西征。

太平天国的管理体系也陷入了混乱，能征善战的将军，让位于投机专营的小人。洪秀全大封异姓王，后来又为分散诸王权利，就滥用王爵，最后总共封了两千七百多位王。民间歌谣唱道："王爷遍地走，小民泪直流。"在天京，一板砖下去就能拍死好几个王，比拍死苍蝇还多。洪秀全却自以为江山永固，他开始躲在深宫里纵情声色。"楚歌声里霸图空，血染胡天烂漫红"，太平天国最后的一点锐气，终于在天王府的歌舞声色中消耗殆尽了。

与此同时，腐朽堕落的清王朝却有回光返照的迹象。为了抵抗长毛（指太平军），清政府破天荒地允许汉人掌握兵权，组建地方武装，一时间，曾国藩的湘军、李鸿章的淮军以及左宗棠的楚军陆续参战，让太平军承受了极大的军事压力。

由于太平军坚持废除不平等条约，收回被侵占的主权，因此得罪西方列强。英、法、美等国不仅加大了对清政府的贷款，派出教官和雇佣兵帮助清军训练，甚至还派出军舰亲自上阵和太平军交战。

1863年，带兵西征的石达开步履蹒跚地来到了四川的大渡河前，他上天无路，入地无门，前有堵截，后有追兵，外无援助，内无劲旅。正想渡河，突降暴雨。危机四伏之中，为了保全将士们的性命，石达开携幼子前往清军大营谈判，惨遭敌军暗算被擒。

我清晰记得，中学历史书上关于《太平天国》这一部分，对一代名将石达开的评价是最高的。曾国藩曾三次败在他手下，一时逼得曾国藩投河自尽，幸被部下救起。湖口一战，石达开更是以少胜多大败曾国藩，创造了经典战役。石达开一生东征西讨，赫赫战功，他品格高洁，凛然正气，慷慨赴凌迟之死时，在千刀万剐中不发一言，至死都默默无声，令观者无不动容，连刽子手都惊叹为“奇男子”。

1864年，天京城被曾国荃围得像铁桶一般，连一只麻雀也飞不进去，当最后一座堡垒被湘军攻下，轰轰烈烈的太平天国走向了失败。

但民族复兴不是冲刺跑，而是接力赛。

在太平天国被消灭的两年后，距离花县官禄坊村不到一百公里的香山县翠亨村，另一位屠龙少年横空出世了，他的名字叫孙中山。这位屠龙少年从小就自称自己是“洪秀全第二”，由他拉起的反清大旗最终推翻了清王朝。

清朝的两个反叛者，一个堪称清朝的“掘墓人”，一个堪称清朝的“埋葬者”，均来自珠江三角洲方圆不足一百公里的区域，这是一个有趣的文化现象，也许，这也是中华民族国运的开始。

珠江河上空那个独特的穹隆，有着亿万颗璀璨的星斗，在闪烁光芒，当它们划下穹隆，就是春天的雨丝，虽然转瞬即逝，却能点缀和烘托起希望的光芒。

五

当我从洪秀全故居出来，雨早已停歇，天边正是红霞漫天，皎月方来的时候。

我回程所走的那条路，听当地村民说叫作皇帝路。道路两旁，树影婆娑，树叶密密叠叠，微风拂过，绿叶在沙沙作响。这条路，洪秀全走过，冯云山走过，洪仁　走过，他们就是从这里走向广州，从这里走向全国。

当年走在这条道路上的那位青年洪秀全，也许曾无数次眺望过道路两旁那一望无际的田野，在构想着他心中的“太平天国”。虽说成者为王，败者为寇，但时间是最好的过滤器。暗淡了刀光剑影，远去了鼓角争鸣，拨开洪秀全被人诟病的种种迷雾，历史的天空逐渐还原出一位近代杰出的农民运动领袖的身影。

太平天国失败了吗？失败了！

太平天国真的失败了吗？没有！

太平天国彻底摧毁了清朝的统治基础，在大量汉臣掌握了地方军政大权之后，形成了尾大不掉之势，客观上加速了清廷的灭亡。

北京天安门人民英雄纪念碑上，第一块浮雕是“虎门销烟”，象征着近代历史的开始和反抗帝国主义的开始。第二块浮雕就是“金田起义”，象征着反对封建压迫。

走在皇帝路上，我一边走也一边想，人活在世，不在寿命的长短，而在于是否活得有意义。比如洪秀全，他生当作人杰，死亦为鬼雄。太平天国的国祚虽说只有十几年，但是，那也是轰轰烈烈、峥嵘灿烂的十几年。他曾经代表过天下贫苦老百姓的愿望，公审过作恶多端的县太爷、杀过民愤极大的恶霸劣绅，给那些衣衫褴褛、白发苍苍的老人和瘦骨伶仃、濒临饿死的小孩分发过救命粮；他曾亲手将成千上万亩的田地颁发给无田无土的农民，与他们分享过种田人的最大幸福；他曾经千百次驰骋沙场，流血不流泪，杀得清兵鬼哭狼嚎，抱头鼠窜，天下穷苦的老百姓都竖起大拇指，称赞他是英雄；他曾身居天王之位，指挥着千军万马，跺一脚山摇地动，喝一声风云万变；谁能否定得了，在中国的历史长河中，他曾掀起过惊天动地的巨浪；谁又能否定得了，在中国文明的史册上，他曾经建立起一个迥异常制的崭新王朝！他是一位敢于掌握自己的命运，敢于跟强大势力做斗争的英雄豪杰。他也是珠江河上空一颗璀璨夺目的星星。

苍茫夜色中，我回到了广州。

游珠海新地标——“日月贝”

诚然，天底下有无数座高山，但每一座高山都是与众不同的；天底下有无数条河流，但每一条河流都是独一无二的；天底下有无数座城市，每一座城市都有它独特的人文历史和地理风貌。

山有山的高度，水有水的灵魂，城有城的姿态。遇见一座山，遇见一条河，遇见一座城，邂逅一段情，是许多人心中的诗与远方。

说起世界上著名城市的地标建筑，人人都能如数家珍。比如，北京的故宫和万里长城，纽约的自由女神像和帝国大厦，伦敦的白金汉宫和大本钟，巴黎的埃菲尔铁塔和凯旋门，东京的天空树和东京塔……即使人们没法身临其境去参观这些著名景点，但通过网络、电视、书籍等介绍，地球人都早已知晓。闻名遐迩、誉满全球的城市地标建筑，令人无限遐想。

城市地标是一座城市最具标志性的建筑或景观，它聚焦了一座城市的魅力，是这座城市区别于另一座城市的特色之所在。

随着我国当代城市化进程的迅猛发展，新的城市地标不断浮出地表。这些新的城市地标如何与城市的历史文脉相协调，并体现出创新和发展，已成为今天城市建设中一个普遍性关注的问题。

去年，在观看珠海市旅游形象片的时候，我才知道珠海这座浪漫之城，2017年已诞生新的地标建筑——“日月贝”。珠海1979年建市，1980年设立经济特区，先后荣获“国家园林城市”“中国优秀旅游城市”“中国最具幸福感城市”等称号。

珠海的新地标是何种建筑风格？有什么特色？令我非常好奇，很想身临其境去观光一番。

机会终于来了，单位工会恰好组织职工去参观游览珠海的新地标“日月贝”和港珠澳大桥，我第一时间踊跃报名，能借此机会近距离接触“日月贝”，让我倍感幸福。

当汽车缓缓地行驶在珠海那条著名的情侣路的时候，一阵兴奋的喊叫声惊醒了睡梦中的我，“大家快看啊，那就是珠海渔女。”导游拿起话筒提醒大家。有一首经典老歌的歌词唱道：“结识新朋友，不忘老朋友……”虽说珠海已诞生新的地标建筑，但游客们也没有遗忘她的旧地标。说起珠海的旧地标，人们一定不会忘记——“珠海渔女”。心情激动的我哗的一下子拉开汽车窗帘，湛蓝的天空和蔚蓝的大海此时在我眼前一览无遗。车窗之外碧波荡漾，海风习习，涛声哗哗，一排排飞速而过的棕榈树如玉动珠摇，把香炉湾畔衬托得旖旎迷人。最浪漫的事是，迎着明媚的阳光，迎着徐徐的海风，碧海蓝天下的珠海渔女雕像，她含情脉脉，深情款款，与我遥遥相望。

珠江口的伶仃洋上，碧波粼粼，海天相接，鸥鹭忘机，这里是中国的南大门，绵延千里的海岸线如今是一派欣欣向荣的现代化气息，宛如一幅幅浪漫温馨与诗情画意的海岛画卷。风光秀丽的香炉湾畔让无数游客流连忘返。这也是我第一次目睹珠海渔女雕像，她亭亭玉立的身姿深深吸引住我的目光。“她是风姿绰约的海上女神！”我的内心在赞叹不已。坐在车窗之内，我深情地端详着她，在蔚蓝大海的映衬之下，在灿烂阳光的照耀下，珠海渔女通身都在发光发亮。她颈戴项珠、身捎渔网、裤脚轻挽、双手高擎着一颗晶莹璀璨的硕大珍珠，面容带着喜悦而又含羞的神情，向世界昭示着光明，向人类奉献珍宝，她是美丽与希望的化身。珠海渔女雕像是中国第一座大型海边雕像，更是珠海市改革开放初期的标志性建筑物，闻名中外，她身高约八米，袅袅婷婷。而全长二十八千米的情侣路，更是珠海浪漫之城的代表、珠海的城市名片，它与“珠海渔女”雕像一样，为提升珠海这座城市的知名度，立下了汗马功劳，功不可没。

“大家看见没有，前方就是珠海的新地标建筑——日月贝，珠海大剧院是我们此次参观游览的目的地。”导游再一次拿起话筒提醒大家。“啊，快要到了。”一路上，“珠海渔女”与“日月贝”的话题，激荡起大家无比兴奋的游览心情和闲情逸致。

“日月贝”位于野狸岛海滨上，于2010年动工，投资约10亿人民币，直到2017年1月1日元旦那天，它才活泼靓丽地展现在世人面前，迎来首场演出。花了七年时间精心打造出来的建筑艺术，果然非同凡响，一亮相便一鸣惊人，游客们无不惊叹它那超凡的魅力、卓越迷人的独特风姿。

我拿起手中的望远镜，远远观望珠海大剧院，在那银光闪闪的海岛上，在无边无际的朗朗乾坤之下，那建筑宛如逼真的一大一小两组“贝壳”在对着大海临风高歌，它们巍然矗立于蔚蓝的大海边上，凭海而立，选址独特，设计别出心裁，让人啧啧称奇。我的内心在默默感慨："珠海人民真是幸福，有这么一座匠心独特的歌剧院。"

珠三角海域独产一种有趣的贝，叫日月贝。它有两片圆圆的贝壳，双壳同形，但左壳红棕色，右壳乳白色。乳白色的壳常年朝下贴向海底，见不到阳光，像月亮；红棕色的壳经常照到阳光，像太阳，所以叫它"日月贝"。日月贝游泳的时候，两片贝壳很快地一张一合，游得像飞鸟一样，所以又叫"会飞的贝壳"。说真的，珠海大剧院就像一座在海上游泳、飞翔、听着潮水呼吸的贝壳歌剧院。

一下车，大家顾不上欣赏秀美怡人的海岸风光，迎着温馨舒适的海风，迈着轻盈的步伐，径直朝着珠海大剧院的通道鱼贯而入，大家都迫不及待地想近距离一睹"日月贝"的芳容。

临近"日月贝"的时候，许多游客不约而同地放慢了脚步，拿起手中的相机纷纷拍照留影。我仔细端详这座造型独特的建筑，只见它比照片上更显华贵典雅、精美绝伦。它那洁白如玉的贝壳外形，在阳光照耀下，显得格外晶莹通透，使人过目难忘，它毫不逊色于举世闻名的悉尼歌剧院，两者有异曲同工之处。那两个一大一小的贝壳建筑形象，就像两张高高扬起的白色船帆，正在波涛汹涌的海面上乘风破浪；亦如一把“珠海竖琴”，常有歌声从贝壳中传出，犹如海中仙子低语，又如笛仙奏乐。

“日月贝”别致新颖、时尚独特的设计风格，应归功于它的设计师和珠海市政府。

2009年，珠海市面向全球征集设计方案，吸引了包括北京国家大剧院的设计师和国家体育馆“鸟巢”设计师在内的，来自美国、英国、德国、法国、瑞士等著名设计机构以及世界顶尖设计大师的竞标。最后，北京大学陈可石教授团队提出的“日月贝”方案脱颖而出，最终获胜。

“日月贝”的设计灵感源于名画《维纳斯的诞生》，维纳斯这个爱与美的女神是从贝壳里诞生的，再加上日月贝唯有珠三角独有，所以就有了日月贝这个理念。陈可石教授诠释道：“在宇宙中，日月是最纯净的；在海洋里，贝壳是最美丽的。”他说，珠海歌剧院是目前中国唯一建在海岛上的歌剧院，在一望无际的蓝色海面上与郁郁葱葱的野狸岛交相辉映，可以创造出歌剧院建筑无比崇高的艺术魅力。“珠生于贝，贝生于海”，与珠海城市品位一脉相承，亦展现了珠海率先拥抱海洋文明的富有历史文化沉淀的城市精神特质。

白天，“日月贝”呈现半通透效果；一到夜晚，则像月光宝盒一样晶莹剔透，霓虹闪烁，绚丽璀璨，多姿多彩，宛如两颗闪闪发光的夜明珠，在珠江口岸变幻其缤纷无穷的色彩。无论从哪个角度去欣赏，珠海歌剧院都是一件杰出的建筑艺术作品。

在“日月贝”的四周，以鱼类美丽的鳍作为创意灵感的周边建筑群，被称为海韵城。海韵城不仅糅合了珠海大剧院的高雅氛围，更融会了野狸岛的生态海景，它以“渔舟晚唱”为设计理念，以独栋船型建筑为主，和“日月贝”造型的珠海大剧院珠联璧合，相得益彰。每当华灯初上，朦胧夜色中的大海妙曼神秘，那海面如同丝绸一样柔和，烟波浩渺，静谧苍茫；蜿蜒的海岸线更是显得灯火璀璨，如梦如幻，美轮美奂。这里游人如织，人们吹着海风在欣赏“日月贝”那绚丽多彩的灯光秀，游客亦可以花费五十元，买一张入场券，走进里面去欣赏艺术家们的精彩表演。

世界著名作家和戏剧家莎士比亚有一句经典名言：有一千个观众，就有一千个哈姆雷特。我想说，有一千个游客，就会有一千个“日月贝”。对于城市的地标建筑，每一位游客的体验和观光感受都会是独一无二的。

每当我们凝望一座建筑，总会从其中感受到属于某个时代独有的气息。如果说古代建筑是时代的留影，那么一座现代地标建筑，则能够展现国家意志与资源配置的倾向，成为城市响亮的名片。

无论古今，地标性建筑永远是城市文明的里程碑，这是我游览观光“日月贝”后最大的感受。

亲爱的读者，你认为呢?

游港珠澳大桥，我的梦幻之旅

在丹桂飘香的金秋时节，在一个阳光灿烂的下午，怀着对人类智慧无比敬畏的心情，我观光游览了闻名遐迩的港珠澳大桥。

归来后，我心潮澎湃，连续兴奋了三天三夜仍意犹未尽，遇上熟人，就跟人眉飞色舞地聊港珠澳大桥。朋友们开玩笑地说，举世无双的港珠澳大桥似乎在我的额头刻印了两个字，叫“自豪”，也拉了一条横幅，叫“中国”。

换成在六十年前，谁能想到，人类历史上迄今为止里程最长、施工难度最大、投资最多、设计使用寿命最长的跨海公路桥梁，会诞生在中国？会诞生在中国东南一角那波涛汹涌的伶仃洋海域上？

2008年，北京举行第二十九届奥运会的时候，鸟巢、水立方等驰名中外的中国建筑，以崭新的面貌和独特的设计风格，吸引了全球的目光。

但令人叹为观止的世纪工程则非港珠澳大桥莫属。2018年10月23日上午，港珠澳大桥开通仪式在广东珠海举行，这座非凡的大桥一亮相，便惊羡世界，震惊全球。雄伟壮丽的港珠澳大桥是目前世界上最长的跨海大桥，这气魄雄伟的超级工程，在人类历史上也是一个伟大的奇迹。

如果用一个字来形容港珠澳大桥寓意的美好形象，我想，它那鼎鼎大名的迤逦身躯和绵延气势，恰好象征着中国的吉祥物———龙。源远流长的中华文化里，只有古代皇帝才会被尊称为“真龙天子”，可见在华夏子孙的心目中龙之尊贵。

从远处眺望，从空中鸟瞰，气势恢宏的港珠澳大桥宛如一条蜿蜒起伏的东方巨龙，它自由欢快地横卧在烟波浩渺的伶仃洋海域上。在旭日东升的清晨，它如同巨龙出海；到了万籁俱静的夜晚，则像蛟龙卧波；遇上狂风暴雨、电闪雷鸣的台风天气，它又像一条翻腾着的蛟龙在空中盘旋，它正在狂傲恣睢地扑海、镇海和驯海。面对怒视它的惊涛骇浪，面对想让它俯首称臣的滔天浪花，它横眉冷对，放荡不羁，矫健敏捷，神龙摆尾；有时它逶迤潜入海底，显得是那么神秘，那么诡谲，有时又骄傲地浮游出海面，如同飞龙在天，它盛情地邀请蓝天白云跟它一同凌波戏浪、劈波斩浪。它那桀骜不驯、气宇轩昂的身躯，让世人惊叹，让世界震撼。

中国是四大文明古国，古老的赵州桥骄傲地向世人展现了东方大国建桥历史的悠久。在中国人的唐诗宋词里，江美、水美、桥也美的风景比比皆是。“枯藤老树昏鸦，小桥流水人家，古道西风瘦马……”过去那一首首讲究声调美和韵律美的中国歌赋，浅唱低吟地描绘了无数意境深远、淳朴素雅的中国水乡风情，民间则有许多像许仙和白蛇娘子那样在断桥邂逅的爱情故事。江南烟雨中那弯弯如月，结着墨绿青苔的石拱桥，错落有致的亭台楼阁，人在桥上走，水在桥下流的江南美景，是无数人心目中最炫的中国风。中国也是桥梁种类最多的国家之一，在古老的中华大地上，山川纵横，河道交错，即使在穷乡僻壤的山区，也有造桥的痕迹，也有就地取材、巧夺天工的桥梁存在，中国人信奉：一方水土，因桥而活。无数中国桥梁的背后，彰显的是中华民族“逢山开路、遇水搭桥”那永不服输的志气和奋斗精神。中国历史上从不缺乏像“愚公移山、精卫填海”那般战天斗地的英雄。

但放眼中国历史，却从来没有哪一座桥能像港珠澳大桥那样，从计划诞生的那一刻起，便为人类带来如此多前所未有的挑战；也没有哪一座桥能与港珠澳大桥相媲美，一竣工便为它的祖国囊括了那么多数也数不清的荣誉和骄傲。全长五十五公里、工程投资逾千亿元人民币的港珠澳大桥，这个举世瞩目的超级工程，围绕它形成的发明专利已达四百多项，几乎遍及交通工程的所有领域，形成了走向世界的“中国标准”，其设计和施工难度，更是刷新了多项世界纪录，堪称人类桥梁建造史上的新典范，被赞誉为桥梁界的“珠穆朗玛峰”。2015年，英国《卫报》更将其称为“现代世界七大奇迹”之一。

确凿无疑的是，港珠澳大桥已成为中国最响亮的“新名片”。

虽说，盲目去崇拜某一样事物是肤浅的，是幼稚的。但世人对于珠穆朗玛峰这座世界上最高最雄伟的山峰，甘愿顶礼膜拜。港珠澳大桥，它是中国智慧的结晶，是东方龙的传人自主创新的能力体现，乃国之重器，我们又有什么理由不对它顶礼膜拜呢?

此时此刻，我想把参观游览港珠澳大桥的经过，再一次悠闲地浏览一遍。那游览后的体会，就好像此时我手中这杯丝丝润滑的咖啡，我愿意细细地去品味它，好让它香醇浓郁的韵味，能陪伴我走到记忆的深处，在往后的岁月长河里，能让我一遍遍惬意舒坦地回忆起那人世间最美、最波澜壮阔的风景。

来吧，我的回忆开始了，我将仔细回味那趟难得的梦幻之旅。

在天高气爽的十一月，沐浴着金秋绚丽的阳光，带上明媚灿烂的笑容，我和我的同事们终于出发了。陪伴我们一同出发的，还有那颗对伟大工程激动不已的心。

我们是在珠海的湾仔码头坐上游轮的。登上游轮后，站在甲板上，湿湿咸咸的海风在蓝天白云的召唤下，轻柔地吹拂着，感觉就像是母亲温柔的手轻轻抚过我的脸庞，牵动着我的发梢，也撼动我的心潮。如同梦幻一般，瞬间，我惊呆了，我发现湾仔码头左岸和右岸的城市建筑风格，完全迥异。左岸是一派现代化新兴城市的崭新气象，而右岸则像是古老而又浪漫的异国他乡城堡格调，我像是无意中被游轮带进了一幅巨大的欧美风情画卷之中，失去了重心和方向。如果不是导游拿起话筒做风景介绍，我根本没有意识到，原来距离湾仔码头不到十米宽的海湾的另一边，那片怀古的欧洲建筑风格特色区域，就是澳门了。“如果会游泳的话，脱掉衣服游过岸，就到澳门了。”有人开玩笑地说，引起大家一阵爽朗的笑声。

“原来珠海到澳门只有一湾之隔。”我的内心在默默地感慨，“一国两制”真是伟大，它成功解决了澳门和香港的历史遗留问题。香港和澳门是中华民族百年屈辱的见证，是一部沉重的殖民侵略血泪史。祖国主权的收回，是国人奋发图强、国力增强的结果。回归祖国之后，澳门的经济更是迅猛发展，是祖国的小棉袄，“一国两制”在澳门已谱写出新的精彩篇章，目前澳门是我国人均国民生产总值最高的地区，在世界排名第二，仅次于卢森堡；在国内，是第二名北京的四倍。莲花是澳门的区花，也是澳门的象征，“接天莲叶无穷碧，映日荷花别样红”，在所有爱国爱澳人士的共同努力下，澳门的明天一定会创造出更加红火、更加辉煌的未来。

站在游轮的玻璃窗前，望着窗外那无边无际的蔚蓝天空，此时我的心情如同被放飞一样，非常舒畅。在轮船轻微的摇曳中，珠海和澳门那各有千秋、各有风情的两岸旖旎风光，仿佛荡漾着一种浪漫而又迷人的光彩，游客们的笑靥显得欢欣雀跃，欢笑声此起彼伏。沉默无言的我想起了一句民间谚语：三十年河东，三十年河西。回想三十年前，珠海只是一个简陋的小渔村，对比于仅一湾之隔那繁荣气派的澳门，它显得是那么寒酸和落魄。母不嫌子丑，子却嫌母贫。在香港和澳门未回归之前，从前有多少大陆人就是从珠海这一边的海岸线冒着生命危险游泳偷渡出境的，他们拼了命要游过对岸去，总以为“外国的月亮比中国圆”。改革开放的春风吹拂之后，珠海现已发展成珠江口西岸的核心城市，人均国内生产总值17.55万元人民币，排名位列广东省第二，仅次于深圳。如今，它与一湾之隔的澳门，两者之间齐头并进，并驾齐驱，不相上下，真有一种“数风流人物，还看今朝”的恢宏气势。

我们的整个航程为九十分钟，湾仔码头是航线的起止点，游轮驶向伶仃洋的途中，可清晰观赏到的外围景点有珠海国际会展中心、横琴金融岛，也可欣赏到澳门新葡京娱乐场、美高梅娱乐场、中银大厦、旅游观光塔、南海观音像、“澳督府”、妈祖阁和“澳凼”“友谊”“西湾”三座跨海大桥等澳门著名景点，一睹被誉为“东方蒙特卡罗”之城的迷人风姿，但最令人期待的是，看到世纪工程——港珠澳大桥。

此时，一望无垠的万里晴空中，一片灿烂的红霞闪现在西边，在水天一色和天水相接的地方，有一道尚未退却的乌云，它翻滚着，好似空中奔腾的骏马，相比之下，我们那开足了马力的游轮，更像一匹在海上腾跃的巨鲸，它翻腾起白色的滚滚浪花，在向伶仃洋的深水航道飞驰而去。

说起伶仃洋，中国人既熟悉又陌生，这里是中国繁忙的南大门。七百多年前，文天祥在此留下了震古烁今的“人生自古谁无死，留取丹心照汗青”的爱国诗篇，就是那首著名的《过零丁洋》：“辛苦遭逢起一经，干戈寥落四周星；山河破碎风飘絮，身世浮沉雨打萍；惶恐滩头说惶恐，零丁洋里叹零丁；人生自古谁无死，留取丹心照汗青。”面对这片苍茫的海域，文天祥悲凉地感叹“惶恐滩头说惶恐，零丁洋里叹零丁”，那是一种天涯沦落、国破家亡的哽咽悲恸之情。在中国近代历史上，伶仃洋更是写满了屈辱的泪花，但也书写着跟殖民主义抗争到底的决心，林则徐虎门销烟展现了民族的浩然正气，也曾在这里拉响了鸦片战争的序幕。

时间是一首无言的诗，更是一曲经典的乐章。今天的伶仃洋早已今非昔比，如今的伶仃洋已是世界上最繁荣兴旺的海域之一，它拥有世界上最繁忙的海港和空港，每天有四千多艘船只和一千八百多架航班穿行其间，而香港、澳门、珠海、深圳等几个国际机场就在它的航道附近，这里是中国经济最繁荣昌盛的发达区域，展现的是泱泱大国的雄厚实力。曾见证国家和民族百年沉浮的伶仃洋，它的未来更是蔚为壮观，它已迎头赶上粤港澳大湾区崛起的时代胜景。历史一再证明，有爱国之因，才有繁荣之果。

游轮在伶仃洋的波澜里轻轻摇晃着，我站到甲板上，极目远眺，天边和海边一样烟波浩渺，目光尽处只见一条水平线，天和海在那里交界，云和浪在那里汇集。那翻滚着的银白色浪花，浊浪排空，似乎在邀请我天马行空地去想象关于粤港澳大湾区未来的风景线。恍惚中，那“千呼万唤始出来，犹抱琵琶半遮面”的港珠澳大桥已经出现在我们的视线，它像一条钢铁巨龙般横卧在碧海蓝天的正前方。我深情地眺望这条霸气十足的“威武之龙”，对这座中国桥梁史上最具想象力的工程，发出了由衷的赞叹。

港珠澳大桥历经八年建设，由桥、岛、隧三部分组成，使用寿命为一百二十年，全长五十五公里。从香港口岸人工岛开始，通过十二公里的连接线，经过东人工岛，进入世界最长的海底沉管隧道，水下穿行近6.7公里，再由西人工岛进入22.9公里长的大桥，到达珠澳口岸人工岛，然后分流到澳门或珠海。由香港开车到珠海或澳门，只需要15至20分钟。

港珠澳大桥是人类施工难度最大的工程，有人说，中国这位“基建狂魔”进行的每一步攻关和挑战，都好像是在攀登一座技术上的珠穆朗玛峰。作为世界上最长的钢结构桥梁，港珠澳大桥仅主梁钢板用量就达到四十二万吨，相当于十座鸟巢或者六十座埃菲尔铁塔的重量。而三十三节深海沉管消耗了三十三万吨钢筋和一百多万方混凝土，这些材料足以建造八座迪拜铁塔。

整个工程建设难度最大、技术最复杂的部分就是：要在海底用33节沉管建设一条6.7公里长的隧道。打个形象比喻，如同在大海深处穿针引线做滴水不漏的工程。

“33节沉管，装上去，对接好，像连续33次考上清华，难度可能还要更高。”负责率队攻克这个难关的，就是港珠澳大桥岛隧项目总工程师林鸣。

在此之前，中国没有任何沉管隧道的建设经验。

于是，港珠澳大桥建设团队找了当时世界上最好的一家荷兰公司合作，人家开了个价：1.5亿欧元！当时约合15亿人民币。

谈判过程异常艰难，最后一次谈判时，林鸣妥协说：“3亿人民币，一个框架，能不能提供给我们最重要的、风险最大的这部分的支持？”

荷兰人戏谑地笑了笑：“我给你们唱首歌，唱首祈祷歌！”

跟荷兰方面谈崩了之后，林鸣和港珠澳大桥建设团队也就只剩下最后一条路可以走：自主攻关！林鸣和团队成员坚信，只有走自我研发之路，才能掌握核心技术，攻克这一世界级难题。

港珠澳大桥建成通车之后，林鸣再次到当初那家荷兰公司进行技术经验交流。这一次，这家公司升起了中国国旗，奏响中国国歌，以示敬重与欢迎。

林鸣说过一句饱含哲理的话："桥的价值在于承载，而人的价值在于担当。"在林鸣和所有港珠澳大桥建设者们的身上，他们那种永不言败的精神，让我深刻体会到：只有主动追求的东西才可能到手，这似乎是一条事业成功的法则；锲而不舍干到底，结果只能是成功；唯有钻研和创新，才能孕育巨大飞跃。

在人与自然的相处中，中国人的哲学是讲究天人合一，和谐共处，尊重自然，顺势而为。

在港珠澳大桥设计之初，一个有关中华白海豚的环保问题被提了出来。中华白海豚是国家一级保护动物，被称为"水中大熊猫"，这种珍稀动物，也是香港回归祖国的吉祥物。港珠澳大桥跨越的伶仃洋海域，正好经过中华白海豚的栖息地。

港珠澳大桥开工前，工程师们立下了誓言：大桥通车，白海豚不搬家。

检测结果表明，至大桥竣工，依然大约有一千八百九十头中华白海豚，欢快地栖息在港珠澳大桥周边海域。对此，港珠澳大桥岛隧项目副总经理黄维民说："作为举世瞩目的超级工程，港珠澳大桥的意义，不仅仅是中国由桥梁大国迈向桥梁强国的里程碑，也是一座代表人类与海洋和谐相处的丰碑。"

《庄子·齐物论》中有一句："风吹万窍，声音各异。"

有人说，港珠澳大桥是一座全球顶尖的跨海大桥，它代表着全球最顶尖的桥梁建造技术，是中国的一座"圆梦桥""同心桥""自信桥""复兴桥"，展示出中华之雄姿。

但也有人说，港珠澳大桥将会是历史上最亏本的大桥，站在经济性角度，这座大桥可能永远也回不了本。原因是什么？因为港珠澳大桥的使用率不足。

这座中国最雄伟壮观的大桥之所以会使用率不足，不是自然客观因素造成的，乃是人为政治因素居多，它受两方面掣肘：其一是因为只有经过批准的两地车牌才能上港珠澳大桥，而符合要求的车辆，不过数万辆而已。其二是港珠澳大桥采用了“单Y”设计方案，将深圳这座国际一流大都市排除在外。

游轮外，海浪在翻滚，游轮内，导游在向我们做介绍。港珠澳大桥建设之前，有过激烈的“单Y方案”和“双Y方案”之争。所谓“双Y”，就是港珠澳大桥东边连接香港和深圳，西边连接珠海和澳门。所谓“单Y”，就是港珠澳大桥“不带深圳玩”，只有珠海、澳门、香港三兄弟一起“玩”。

为什么当初没有采用“双Y方案”？个中的原因异常复杂，除了“双Y方案”造价较高之外，还反映了当时深圳定位偏低、缺少话语权，抗争不过香港，以及香港周边各方对深圳迅猛发展，怕香港会被深圳赶超的复杂心理。

桥梁在人们一贯的印象中，总是车水马龙的模样。在港珠澳大桥的桥墩下方，海风在呼呼地刮着，汹涌的海浪如同千军万马。我站到最高的甲板上极目远眺，在渺渺茫茫的海天之间，我几乎看不到任何车辆在港珠澳大桥的桥面上行驶。那座庞大的“海上巨龙”，寂寞得好像只是一条空中走廊，仿佛那里成了人烟稀少的世外桃源，如同地球上的“广寒宫”，而在桥墩不远处的海面上，那自由翱翔的海鸥数量似乎都比它的车流量多得多。此时此刻，我产生了一种深深的遗憾和惋惜的心情，世界上最美丽壮观的跨海大桥，竟是如此孤独寂寞，如此冷冷清清。

哪里有难以逾越的鸿沟，哪里就应该有桥的身影。我想，港珠澳大桥使用率不足的遗憾，向世人揭示了一个真理：城市群、都市圈之间，大家好才是真的好，城市和城市之间一定不能“筑鸿沟”，而是要千方百计去通路。

对比于世界著名的纽约大湾区，也许我们能找到清晰的答案。纽约市，是美国的第一大港口城市，也是全球贸易和金融的中心。纽约市被数条河流划分成不同的区域，包括水域在内只有一千二百平方公里，大约是香港和澳门加在一起的面积。不过，纽约全市分布着大大小小约二千多座桥梁，让八百五十万纽约市民充分享受了纽约大湾区一体化的繁荣景象。

我出神地望着万千气象、广阔无边的伶仃洋，感受海洋温暖的阳光，吹着爽朗的海风，我的内心久久不能平静。大海最显著的特征是广阔，是“海纳百川，有容乃大”，她的广阔，是因为她对世间万物一视同仁，无所避嫌，包容一切。雨果说：“世界上最宽广的是海洋，比海洋宽广的是天空，比天空更宽广的是人的胸怀。”没有一个冬天不可逾越，没有一个春天不会来临，我相信，港珠澳大桥有朝一日终会迎来车水马龙的日子。在港珠澳大桥最高的主塔上，耸立着一个造型优美的中国结，它寓意着中国人面向世界的胸怀，和永结同心的心意。

我们的游轮好像跳了一个海上芭蕾舞那般，在蓝色的海面上划了个一百八十度的白色优美弧线，开启了它的回程之旅。甲板最前方那面迎风招展的五星红旗，映着阳光，映着海浪，十分艳丽。我回过头来凝望，在港珠澳大桥的下方，只见一艘艘轮船正在繁忙穿梭，在迎风斩浪。

我爱海，爱它那波涛汹涌、磅礴的气势；爱它那无边无际的胸怀；爱它那深不见底的宝藏；更爱它那蓝蓝的，咸咸的，深深的，永远浪花滔滔，奔流不息的模样。听，伶仃洋好像在歌唱？时而雄壮，时而舒缓。不，它似乎又在向我讲述历史，讲述一段关于中国人的现代桥梁史，它好像在说，中国的工程建筑史就是一部攻坚克难、战胜挑战的历史：

20世纪30年代，战火纷飞中，39岁的茅以升临危受命，要在钱塘江上修建一座大桥，而外国人却断言，钱塘江不可能建桥。中国工程师艰苦奋战三年零一个月，一千四百五十三米长的钱塘江大桥终于通车了。但是，淞沪抗战爆发后，茅以升却不得不做出沉痛的选择，亲手将自己造的桥炸毁。仅仅通车89天，中国人第一座现代化的铁路公路两用桥就这样瘫痪在日寇侵略的战火狼烟中。

新中国成立后，中国桥梁开始跨越高山大海，势不可当。

1957年，武汉长江大桥建成通车，它是长江上面第一座大桥，被称为万里长江第一桥。毛泽东盛赞它："一桥飞架南北，天堑变通途。"

1968年又一座大桥建成，它是长江上第一座中国人自行设计建造的公路铁路两用桥，它就是南京长江大桥。

这些跨越江河的大桥，打通了中国的南北大动脉，长江两岸千年梦想得以实现。越过高山，跨过大河，中国的桥梁承载着民族的希望。

1993年，邓小平站在上海杨浦大桥上，有感于改革开放带来的巨变，这位很少写诗的世纪老人即兴吟诵了两句诗："喜看今日路，胜读百年书。"

2018年，横跨伶仃洋、举世瞩目的港珠澳大桥建成通车。习近平说：“核心技术靠化缘是要不来的，我们要有自主创新的骨气和志气，加快增强自主创新能力和实力。”

天边，霞光万道，无比绚丽，我们的游轮在缓缓驶向岸边，在慢慢地靠岸，它又回到了最初开始的地方——湾仔码头。透过玻璃窗，我无比留恋这美丽的港湾，我还在眺望，我想把气象万千、风光秀丽的伶仃洋，深深地印在心里。在阳光的照射下，海面波光粼粼，闪耀着一种金色的光芒。海鸥在蔚蓝的天空中自由自在地飞翔着；浩浩荡荡的海面上，有无数商贸船只在伶仃洋的波澜里轻轻摇晃，轻轻荡漾，驶向远方。

我的内心，一个铿锵有力的声音在呐喊着：“腾飞吧，东方巨龙；腾飞吧，粤港澳大湾区；腾飞吧，中国！”